EL DÉCIMO CÍRCULO

EL DÉCIMO CIRCULO

Verónica Cervilla

Papel certificado por el Forest Stewardship Council®

MIXTO
Papel | Apoyando la
silvicultura responsable
FSC® C117695

Penguin
Random House
Grupo Editorial

Primera edición: febrero de 2024

© 2024, Verónica Cervilla
© 2024, Penguin Random House Grupo Editorial, S.A.U.
Travessera de Gràcia, 47-49. 08021 Barcelona
© ACI / Alamy, por la imagen del interior

El fragmento de la *Divina Comedia* citado en la página 116 de esta obra pertenece
a la traducción en verso ajustada al original de Bartolomé Mitre, Centro Cultural «Latium»,
Buenos Aires, 1922.

Printed in Spain – Impreso en España

ISBN: 978-84-666-7742-4
Depósito legal: B-20.267-2023

Compuesto en Llibresimes

Impreso en Rodesa
Villatuerta (Navarra)

BS 7 7 4 2 4

A todas las novelas que me han acompañado
y a los autores que las soñaron

A mi chico Paraíso

Toda novela, toda obra de ficción, todo poema, cuando es vivo es autobiográfico. Todo ser de ficción, todo personaje poético, que crea un autor hace parte del autor mismo.

MIGUEL DE UNAMUNO

Prólogo

Podrían huir en busca de un lugar oculto en las montañas. Cazar pequeños conejitos inocentes y esperar que crezcan moras y champiñones. Vivir sin más reglas que las de la salvaje naturaleza. Podrían intentarlo, pero, en el fondo, Abigail sabe que las encontrarían. Vera desprende demasiada luz para unas mentes tan oscuras.

Por eso se detiene. La observa, sentada y abrazada a sus pálidas rodillas mientras clava su mirada transparente en la maltrecha puerta del granero. Es una niña, pero no es estúpida. Espera lo mismo que ella, que vengan a buscarlas. Entre lejanos ecos de gritos, Abigail se arrodilla en el suelo y garabatea en su maltrecho cuaderno. Las fibras de heno le arañan los muslos. Sus dedos sucios dejan surcos en el papel mientras imprimen trazos irregulares. Aun así, confía en que sirvan. No es el miedo el que la guía, sino la furia.

Que se vayan al Infierno, y allí donde nos envíen, nos encontraremos.

Nuestras almas y las suyas.

Compartiremos una condena impuesta, pero donde su espíritu perecerá, hasta el fin de los tiempos, el nuestro se hará más fuerte.

Con cada año. Con cada siglo.

Aguardaremos con paciencia infinita la mano que nos sacará de las profundidades.

Los inocentes no tienen cabida en el Inframundo.

No será nuestra tumba.

Tú, que lees mis palabras en este preciso instante, que llegas a nosotras a través de los velos del tiempo, tú nos encontrarás en la estancia reservada a los blasfemos.

Allí nos envían con su ceguera.

Pero tú nos salvarás. La magia que te ha encontrado sabrá guiarte.

A ti te invocamos. A ti te esperamos.

Ahora nuestras almas y la tuya regresan.

Y, juntas, nos alzaremos del Infierno para hacer justicia.

Tras rematar la última letra, corre hacia su hermana, que continúa agazapada, hecha un ovillo. Vera levanta un rostro ovalado lleno de dudas. Su largo cabello níveo permanece pegado a la piel de la frente, sucio por el sudor de la incertidumbre. Abigail la toma de la mano para que se incorpore. Ha cambiado la pluma por otro utensilio más afilado.

Primero se hace un corte en la palma de la mano, luego hace otro en el de la niña. No hay mueca de dolor por parte de ninguna.

—Tu alma y la mía —dice en voz alta.

—Tu alma y la mía —repite Vera.

Las manos de las hermanas se unen, al igual que la sangre que ya compartían.

Los ecos ya son clamores cuyas voces distinguen y se acercan a su guarida. Las pisadas envían vibraciones hacia el suelo sobre el que se yerguen.

Vera gimotea y sus ojos se humedecen. Abigail tira de ella hacia donde descansa el cuaderno. La sujeta de la barbilla y junta su frente contra la de su hermana en un juramento que no necesita palabras.

Las dos jóvenes asienten. Una lágrima dibuja un surco limpio en la mugrienta cara de Vera. Los gritos atraviesan las paredes de madera y paja.

—¡Bruja!

—¿Dónde estás, demonio?

Abigail inspira profundamente y, cuando la puerta del granero se abre para dejar entrar el odio, estampa ambas huellas de sangre en el texto.

—¡Nuestras almas y las suyas!

Lo recita en alto y entierra el cuaderno bajo el heno y

la tierra sucia antes de que las agarren sin miramientos y las separen.

Todo sucede muy rápido. Tan solo hay resquicios de tiempo para consolar a Vera con una promesa y para advertir a los que les colocan la soga en el cuello:

—¡Nos alzaremos del Infierno!

1

24 de septiembre de 2023

El objetivo de llevar los auriculares puestos era precisamente evitar una conversación, aunque la señora mayor que le había tocado al lado en el autobús no lo considerara un obstáculo. Tampoco que Gara hubiera cerrado los ojos para fingir un descanso que no disfrutaba. Hacía tiempo que dormir era la entrada a un mundo de recuerdos y jugarretas del subconsciente, así que lo hacía mal y a deshoras.

Sobre su regazo descansaba un libro de tapas duras de color azul oscuro, sin título y con los bordes desgastados.

—Qué bonita es Granada, ¿verdad? Cómo no va a querer venirse todo el mundo aquí. Tu isla también debe ser preciosa, no te lo tomes a mal. Cuando veas la Alhambra desde lo alto, lo sabrás. Entiendo a mi hijo. Habría venido a visitarle antes, pero...

Jamás había logrado comprender por qué para algunos el silencio era tan amenazador. Ella lo ansiaba con todas sus fuerzas. Si al menos pudiera reinar en el exterior... Para caos de voces ya tenía las que le palpitaban en la cabeza. No quería ahondar más en su procedencia ni en la razón de haber regresado a la Península, menos aún con una extraña. Ya se había mostrado cordial cuando la señora se empeñó en charlar al comienzo del trayecto.

Se giró hacia la ventanilla, colocó las manos en posición de oración y apoyó la mejilla. Aguardó unos instantes de rigor y luego entornó los ojos a un atardecer apacible, como el cráter de un volcán dormido. Era la clase de imagen para postal de tienda de souvenirs que le habría enviado a Elena.

Imaginar las letras de su nombre le provocó un hormigueo en la garganta. Sin embargo, el zarandeo de la señora a su derecha lo ahuyentó y el llanto se quedó atrapado un rato más. Seguidamente, un toquecito en el hombro.

—Niña, la estación. Hemos llegado. —Esperó a que Gara reaccionara—. ¿Vas muy lejos?

—Al Albaicín.

La fina línea que separa la amabilidad del cotilleo era un asunto que siempre le había costado distinguir, pero su coraza reservada chocaba con unas ganas nulas de conflicto.

—Uf, eso está lejísimos. Coge un taxi, no seas tonta. Que por ahí tú sola te pierdes seguro.

La advertencia se le antojó una tentación. Esa era justamente la intención de la mudanza. Perderse. Sumergirse de tal forma en el caos de lo desconocido que acabara hundiéndose y el océano de recuerdos que había dejado atrás no la alcanzara.

No. Así no funcionaría. Forzarse a no rememorar era inútil, como la verdad del elefante que no paraba de ver en todas partes.

«No pienses en un elefante rosa». Y allí estaba. Todo su cerebro invadido por Elena.

El cansancio la instó a obedecer el consejo de la señora y se puso en la cola para tomar un taxi. Un conductor con gafas de sol, a pesar de que la noche ya diluía el rojizo atardecer, y un polo desgastado un par de tallas más pequeño de lo que debía cargó su maleta. Gara rezó en silencio por que no fuera un tipo hablador.

Tuvo suerte de que las noticias deportivas llenaran el habitáculo mientras el paisaje urbano cambiaba por otro arábigo, de caminos estrechos, edificios de piedra y cuestas infinitas. Las teterías dieron paso a casas blancas, pintadas por el azul nocturno. Todo estaba particularmente vacío para ser un domingo.

Cuando el coche se detuvo, respiró aliviada. La residencia de visitantes de la universidad estaba en la parte baja de la colina, vigilada por la Alhambra al otro lado.

—El Carmen de la Victoria —indicó el conductor—. Que no es el nombre de la dueña, no se vaya a confundir.

Los cármenes son casas típicas de por aquí. Bonitas. Y muy viejas.

Gara pagó en efectivo la carrera y asintió, empujando hacia fuera una sonrisa. Ya sabía lo que eran los cármenes nazarís, la combinación de casa y huerto, pero si se lo hubiera dicho, habría iniciado un intercambio de preguntas y respuestas evidentes para las que no se encontraba de humor. Sí, estaba allí para estudiar e investigar, y no, no se había graduado en Historia. La gente se olvidaba de que la literatura era una disciplina transversal que permitía acceso a todo el conocimiento humano si se contaba con la suficiente curiosidad, y a Gara le sobraban dosis de tan adictiva droga.

Tocó el timbre y, tras dar sus datos, el zumbido le permitió abrir la puerta de reja. Atravesó el arco de medio punto que daba acceso al complejo, un viaje a tiempos pretéritos de jardines y senderos de piedra. El gorgoteo del agua de alguna fuente que no ubicaba componía una canción de bienvenida. Por un momento la calidez de la novedad se instaló en su pecho y sintió una tímida esperanza de que allí encontraría algo de paz.

Arrastró la maleta hasta unos escalones pedregosos que conducían a la recepción y, una vez hechos los trámites necesarios, recibió la llave de su habitación. Era la número nueve. No se detuvo demasiado en inspeccionarla. De un vistazo rápido comprobó que la cama era individual, había wifi y el baño estaba limpio. La televisión le serviría para lo que había quedado después de que se inventara internet: hacer ruido de fondo y disimular la soledad. Abrió su bandeja de correo y avisó al profesor Villar de que se pasaría por su despacho por la mañana para conocerlo, aunque lo que necesitaba era que la guiara y le dijera por dónde empezar a investigar para su tesis. El resto podía esperar a que amainara un poco la tormenta de su estómago antes de que la cocina del restaurante cerrara.

No estaba muy alejado. Azulejos blancos colocados estratégicamente mostraban con flechas el camino hacia cualquier estancia y sus nombres en letras azules. Entró y se sentó a una mesa en la que sobraban sillas. Los pocos comensales que había apuraban el postre de sus platos. Gara optó por una cena ligera para no alimentar su insomnio: sopa y un trozo de tarta de trufa. El teléfono móvil le vibró en el bolsillo; no había avisado a nadie de su llegada, ni siquiera a su padre, y tampoco iba a hacerlo. Todavía no. Se clavó los dedos de la mano derecha en el muslo, como si intentara sujetar un pensamiento, y resopló. No quiso ver de qué se trataba.

Cuando saboreó el último dulce bocado, se percató de que era la única que quedaba en la sala. Salió como un gato, casi de puntillas, como si no hubiera pagado la cuenta, a pesar de haber contratado media pensión. La noche se mostraba tan tranquila y silenciosa que ansiaba perderse en ella un instante. Vagó por los hermosos jardines, caminó más allá del edificio principal entre cipreses y otros árboles irreconocibles en las tinieblas. La oscuridad transformaba en un laberinto aquella joya árabe. El paraje se le antojaba romántico y con sabor a aventura, y a la vez sospechoso, como si algo se escondiera entre las hojas de las adelfas y las plantas trepadoras.

La leve brisa de principios del otoño transportaba un rumor, un susurro áspero que buscaba su oído, quizá.

Elena.

Se giró. El patio continuaba vacío, presidido por una fuente que derramaba agua plateada por sus negras piedras circulares. Las retorcidas ramas pintaban sobre ella un techo de venas verdes y conectaban con paredes hechas de filamentos vegetales. Si se tumbaba ahí, tal vez pudiera hibernar hasta que despertara a una realidad que no doliera tanto.

Elena.

Se sentó en uno de los bancos de piedra con la mirada ausente, sin tener muy claro si estaba asustada de los ecos o decepcionada por que fueran una simple alucinación. No sabía si desear que fuera cierto o un mal sueño. Porque Elena no podía llamarla, ya no.

El teléfono móvil volvió a vibrarle en el bolsillo; esta vez lo hizo furioso, igual que un abejorro atrapado en la boca de un gato. Metió la mano y lo sujetó un instante, aguantando la respiración, hasta que al fin se decidió a leer el mensaje que parpadeaba en la pantalla.

> Te fuiste sin despedirte. Llámame y
> hablamos. Alberto.

Ese había sido el primero, el que había ignorado durante la cena, y tenía razón. Se marchó de la isla en cuanto todo estuvo preparado, sin mirar atrás ni dejar una nota lacrimógena. Se veía que era cosa de familia. Podría haber cambiado de número, pero tampoco quería causar más daño. Tan solo necesitaba... Quién sabía lo que Gara necesitaba en aquel momento.

> No fue culpa tuya. Elena te diría lo
> mismo.

El siguiente mensaje la obligó a cerrar los ojos con fuerza y resistir la tentación de destrozar el teléfono contra el suelo. No importaba cuántas veces se lo repitieran si no lo decía ella, si Elena no la miraba a los ojos y la absolvía de una culpa cuya losa arrastraría, igual que Sísifo, hasta el fin de los tiempos.

Entonces el viento le volvió a acariciar el oído con su melodía.

Elena.

2

Se planteó comprar una bicicleta. Una que la obligara a hacer algo de ejercicio y la mantuviera concentrada, aunque solo fuera para no acabar atropellada. Mientras su cerebro se enfocara en un procedimiento, en descifrar señales o advertir el peligro, no rebuscaría entre el fango. Lo pensó, pero en cuanto el autobús subió la cuesta que conducía al campus universitario, desechó la idea. Desde ahí arriba, un rey alcanzaría a contemplar todo su reino.

Había un poco más de movimiento que en la residencia. Algunos estudiantes aligeraban el paso y otros andaban con parsimonia aislados por cascos como orejeras para la nieve. Observó el mapa de la entrada y localizó el edificio que buscaba. Otro laberinto, pero no preguntó a ninguno de los jóvenes, ni a los que pasaban por su lado sin apenas fijarse en lo perdida que andaba ni a quienes tomaban un café en las mesas exteriores de la cantina.

Prosiguió el camino rodeando el primer edificio por la derecha. El tímido sol calentaba con los últimos albores del verano, agonizante y deseoso de un descanso. Los pinos eran los únicos centinelas verdes, pues el otoño traía ya su equipaje para pintar de ocres y naranjas la vegetación. La brisa, que le había obligado a colocarse un ligero blazer de cuadros, no sabía a sal ni la humedad le ondulaba su largo cabello de bronce. Ya no estaba en Las Palmas de Gran Canaria y solo había que cerrar los ojos y prestar atención al viento para confirmarlo.

Llegó hasta unas escaleras grises, flanqueadas por abetos, frente a las cuales se alzaba la facultad de Filosofía y Letras. Era una construcción moderna, aunque lucía apagada, casi escondida por los árboles que marcaban el camino. Unas aves blancas sobrevolaban las tres banderas que la coronaban. Gara lo tomó como una guía. «Es aquí. Adelante».

Empujó las puertas acristaladas y se dirigió hacia la zona de la secretaría. La encontró desierta y suspiró, anticipando una discusión que probablemente no llegara a producirse. Gara no se desenvolvía bien en los conflictos espontáneos; necesitaba pensar bien sus respuestas. A menudo se le ocurría qué decir cuando ya era demasiado tarde. No esperó mucho. Una mujer con un traje de chaqueta burdeos y el pelo parcheado de mechones plateados se asomó por la ventanilla y la invitó a acercarse con una sonrisa carmín.

—¿El despacho del profesor Villar?

—Tienes que subir a la segunda planta. Por ahí. —Sacó la cabeza, le puso una mano en el hombro y señaló la dirección con la otra—. En el pasillo de la izquierda, es el penúltimo. ¿Sabe que vienes?

—Le envié un e-mail ayer.

—Eso no significa nada. Ese hombre busca las gafas mientras las tiene puestas. —Arqueó las cejas—. Paciencia, muchacha.

Gara dejó que el atisbo de decepción que pretendía colarse en su mañana pasara de largo. Sonrió a modo de agradecimiento y siguió las indicaciones. Los largos pasillos blancos alternaban luces y sombras formando una hilera de charcos iluminados y agujeros negros. Al fondo, como le habían dicho, encontró el despacho del profesor Villar, adecuadamente señalado con una placa. Llamó a la puerta varias veces, pero no hubo respuesta.

Sacó su teléfono y abrió el único e-mail que había recibido del profesor. Marcó el número de la firma y escuchó los tonos al otro lado de la pared. Llenó las mejillas de un aire que, al resoplar, le meció el pelo cerca de la cara. Vaciló un momento entre patalear como una niña pequeña y exagerar la mala suerte de su primer día oficial en Granada, o bien aprovechar la mañana para conocer el terreno. Antes de marcharse se había mirado al espejo en un ritual mientras se repetía «pon de tu parte, Gara», así que se decantó por la segunda opción.

Dio media vuelta. Todas las puertas de esa hilera eran despachos y, salvo un estudiante que salió de una de ellas masajeándose las sienes y cerrando de un portazo, no había nadie más. Probablemente estaban todos en clase. Gara no solía saltarse las lecciones, tenía un genuino interés por lo que había elegido estudiar. Elena, sin embargo, sopesaba otros parámetros de la ecuación, por ejemplo, cuánto importaría dentro de diez años si desaparecía una hora o si debía acudir a la llamada de un radiante sol. «Vamos, el día está bonito», decía. Ella sabía que la primera vez que la arrastró fuera de la clase de Teoría de la literatura obedecía más a su instinto protector que al tiempo atmosférico. Gara pasaba gran parte de sus horas enfrascada en un libro. En ellos encontraba más consuelo que en ejemplares de su propia especie, aunque en el fondo anhelara que los personajes pasaran del papel a la carne. Y Elena percibía su anhelo. Por eso la enganchaba del brazo por sorpresa en alguno de los pasillos y tiraba de ella antes de que cruzara el umbral de la puerta del aula.

—Te vienes con nosotros.

«Nosotros». Porque Elena ya estaba en el tercer año y había conformado varios grupos de amigos, aunque uno de ellos era la nave nodriza, el cuartel general de su vida social.

—Tengo clase. No puedo...

—De Teoría de la literatura. Lo sé. Conozco tu horario —le susurró al oído—. Hermanita, esa clase la podrías dar tú. Te puedes permitir un rato de... evasión.

A Gara le gustaba cuando su hermana usaba palabras que no correspondían con la jerga de gente de su edad. La hacía sentir menos bicho raro. Lo de engancharla del brazo de forma inesperada para rescatarla de sus oscuros pensamientos de no pertenencia acabó convirtiéndose en una de sus mejores costumbres.

El jaleo que salía de un aula la devolvió al presente. Sintió frío en la nuca y se frotó ligeramente los hombros en un abrazo de consuelo. Ya no tenía a Elena para disipar su oscuridad. En la clase, las protestas de los alumnos y los intentos del docente por acallarlas la empujaron a acercarse hasta la puerta entreabierta.

En el murmullo de los estudiantes, que subían la voz cada vez más desde sus pupitres, reconoció la etapa que había dejado atrás: un elevado entusiasmo por el futuro entre algunos y grandes dosis de pereza e inercia en la mayoría. El profesor apuntó con el mando al proyector para apagarlo. Las cejas grises a juego con una barba poblada y las tres líneas dibujadas en la frente lo situaban más allá de los cincuenta años, justo en la etapa donde la paciencia por una juventud desconsiderada mermaba de forma notable.

Luego se apoyó ligeramente sobre la mesa en el centro del entarimado frente a la pizarra, con los brazos cruzados, y esperó de pie.

—Señorita… No sé su apellido. Son demasiados en esta clase —se quejó con una voz grave e impasible—. ¿Piensa exponer su trabajo, sí o no? No tengo problema en suspenderla, pero háganos un favor a todos y decídase ya.

Gara localizó enseguida a la joven a la que se refería porque fue la única que sonrió y sacudió la cabeza, igual que si estuviera a punto de contestarle a un loco. En su camiseta, un majestuoso lobo aullaba a una perfecta luna llena. Se lamió sus finos labios y se puso de pie. Era una espiga de trigo en medio de un campo de hierbas comunes. El resto de los alumnos bajaron la voz.

—Ya se lo he dicho. No hay nadie de mi grupo.

Un bufido exasperado. El profesor chasqueó la lengua.

—¿Ha hecho el trabajo…?

—Elia. Me llamo Elia Ortega.

No había titubeo en su respuesta. Ningún temor a las consecuencias. Se cruzó de brazos, imitando el gesto del profesor. Si lo estaba retando, parecía hacerlo de forma inconsciente, casi como la alfa natural de una manada.

—Señorita Ortega, estoy dispuesto a hacer una excepción con usted y permitirle que haga su exposición sola. Ya me ocuparé de los compañeros que la han abandonado, no se preocupe.

—Me parece injusto que todos expongan en grupo menos yo.

—Podría no haber venido, como ellos —apuntó el profesor.

—Soy una alumna responsable. Eso debería tener su recompensa.

Gara se cubrió la boca para amortiguar una tímida risa. En cierto modo, le interesó la firmeza con la que aquella chica defendía su posición.

—¿De qué poeta de la generación del veintisiete iban a hablarnos? —El profesor se dio media vuelta, anticipando una respuesta vacía, y se sentó en la silla detrás de la mesa—. Es su última oportunidad.

Elia se mordió el labio inferior, como si no quisiera dejarse arrastrar por un impulso mal calculado. Soltó una respiración honda y ladeó la cabeza, cediendo ante su oponente.

—Elisabeth Mulder —dijo al fin.

—Señorita Ortega, sabe de sobra que Elisabeth Mulder no está incluida en el temario. Por favor, le ruego que no nos haga perder más el tiempo.

—Pero fue una poetisa de la generación del veintisiete.

Esa frase no había resonado en el pensamiento de Gara; la había pronunciado en voz alta. Tanto, que un rebaño de cabezas se alzó hacia ella, incluida la del profesor, que tuvo que girarse para verla.

—¿Y usted es...?

—Es de mi grupo —se adelantó Elia.

Si Gara hubiera tenido la habilidad de la telepatía, habría confirmado que la joven pretendía enviarle un mensaje a través de una mirada almendrada excesivamente perfilada de negro. «Di que sí y líbrame de esto». Había demasiados ojos observándola.

Esta vez nadie se enganchó a su brazo para sacarla de allí. Más bien juraría que sintió un pequeño empujón hacia delante. Asintió despacio, aún incrédula de su propia acción, y caminó hacia la tarima. Elia se abrió paso entre los compañeros de su fila y bajó las escaleras para reunirse con ella. El profesor resopló y se quitó las gafas para masajearse el puente de la nariz.

—Que sea rápido, por favor.

—No hacía falta que me invitaras a nada.

Pero ya estaban en una de las mesas de la cafetería en la hora punta, rodeadas de estudiantes hambrientos en busca de energía para afrontar el resto de la mañana. Gara jugueteaba con el anillo que adornaba su dedo corazón. Tres circunferencias unidas hechas en plata que su madre les regaló a ella y a su hermana cuando enfermó. Tragó saliva. No se había permitido reparar en su ausencia desde hacía años. Su hermana, en cierto modo, había llenado ese hueco.

Elia untaba mermelada de fresa sobre una tostada enorme, con unos dedos tan largos y finos como las patas de una araña, y sorbía de su taza de vez en cuando.

—¿Seguro que solo quieres un té? ¿No tienes hambre?

—No, gracias. El té está bien. El café me mantiene demasiado despierta.

—¿No es esa su finalidad? Aunque puedo entender que no quieras formar parte de este circo... —rio y dibujó un círculo a su alrededor, refiriéndose a la realidad que las ocupaba—, cuéntame, ¿de dónde has salido tú..., Gara?

Se detuvo en su nombre unos segundos y eso lo hizo sonar exótico, casi ajeno.

—Pasaba por aquí, me han dejado tirada y os escuché.

—Me refiero a tu procedencia, de dónde vienes —la interrumpió—. No consigo ubicar tu acento.

Gara esbozó una sonrisa. No era la primera vez que le tocaba explicarlo. Era una oración, una letanía que había tenido que recitar numerosas ocasiones.

—Acabo de llegar de Las Palmas.

—Uh, las Islas Afortunadas. ¿Son el paraíso del que hablaban los griegos?

Elia le dio un sorbo al café.

—Supongo que podrían serlo. Solo volví para estudiar. —Bajó la mirada hacia la humeante taza de té verde—. Nací allí, pero me crie en la Península, y el resultado es esta mezcla rara que escuchas. No me queda suficiente acento para ser de ninguna parte.

—Me gustan las mezclas raras. Lo común es aburrido. ¿Quién ha dicho que no se puede ser de varios sitios a la vez? Mi corazón está entre la Italia del siglo dieciséis y la Inglaterra victoriana, y aun así exhalo las eses como buena hija del sur.

Un planteamiento que no había barajado antes. Gara sonrió al mismo tiempo que asentía.

—Quizá son los restos de todas tus vidas anteriores…

La conclusión escapó en un susurro y, cuando notó que Elia la había escuchado, advirtió el calor del rubor que le calentaba las mejillas. De nuevo, esas normas autoimpuestas de no levantar sospechas, de permanecer en la norma, de no hablar demasiado de sueños lúcidos, viajes astrales o reencarnaciones del alma. Las rarezas que una albergaba en lo profundo eran el privilegio de unos pocos. En otros tiempos la habrían ahorcado por bruja solo por considerarlo.

Un grupo de chicos sentados a la mesa de al lado se levantó a la vez. El chirrido de las sillas contra el suelo les pitó en los oídos.

—¿Qué le pasaba a ese profesor? ¿Es así de cascarrabias siempre? —preguntó Gara para tapar el barullo con otro tema.

—No voy mucho a su clase. Otra asignatura más que hay que aprobar metida con calzador en el currículum universitario.

—Era bastante evidente que no le caías bien. ¿No te molesta?

—Bueno, ya sabes: si alguien te cae mal, probablemente es mutuo. —Se encogió de hombros y se tragó el último bocado de tostada. Luego se concentró en el líquido aún caliente—. ¿Cómo puedes enseñar poesía y limitarlo todo a lo que una sola persona piensa? Cuando analizaste el poema de Mulder, te diste cuenta, ¿verdad? No estaba interesado en lo que tenías que decir sobre el texto, solo en que soltaras de memoria la teoría de lo que otros académicos ya han dicho.

—Era un castigo. Estaba empeñado en ponerte en tu sitio por haberte saltado el programa.

—El programa se ha saltado a las poetisas del veintisiete, aunque se ve que el de tu universidad no. ¿Cómo sabes tanto de Mulder?

Gara apretó la cerámica de su taza con ambas manos y agradeció el calor que aún conservaba. Se guardaba esa respuesta como otro tesoro al que acceder con la llave adecuada. Llegó hasta Elisabeth Mulder y el resto de las poetisas del 27 el último año de instituto, quizá en busca de un espejo, de referentes sin miedo de sus peculiaridades. Entonces se topó con un poema en particular y algunos de sus versos se convirtieron en un mantra, una invocación a la que acudir en instantes de debilidad:

¡No poder nunca ver nada
como los otros lo ven!
Tener luz propia: alborada;
y sombra propia: la nada,
y en este luchar eterno
por apartarme de mí
ser esclava del Infierno

fatal donde me sumí
por ignorar lo que hacía.
¡Si pudiera salir de mí
acaso me salvaría!
¡Pero no puedo!

«¡Si pudiera salir de mí / acaso me salvaría! / ¡Pero no puedo!». Ser una lengua silenciosa con una mente atronadora le había dificultado ese periodo ya de por sí complicado que constituía la adolescencia.

—Soy un ratón de biblioteca —respondió al fin.

—Uno de los que se meten en los rincones oscuros y poco explorados, por lo visto. —Gara quiso disimular una mueca de tímido orgullo. Elia no la miraba como si fuera un aburrido monstruo de tres cabezas. Al parecer, le impresionaban de verdad sus conocimientos sobre literatura e historia—. Todavía no me has dicho lo que estás haciendo en Granada.

Un titubeo antes de pronunciarlo en voz alta:

—Preparo mi doctorado.

—Vaya, eso es un compromiso importante.

—¿Crees que es ingenuo y estúpido que alguien de mi edad...?

—En absoluto. Creo que es... valiente. —Elia sacó un bálsamo labial que invadió su área de influencia de olor a vainilla cuando se lo aplicó—. ¿Y has abandonado el Paraíso para venir hasta aquí?

— 34 —

—Un cambio de aires, supongo. —Desvió la mirada y frotó de nuevo el anillo de forma inconsciente—. Washington Irving encontró la inspiración en la Alhambra. A lo mejor yo también.

Soltó una risita nerviosa para cubrir su mentira.

—Granada esconde secretos en muchos rincones, si buscas bien. ¿De qué trata tu tesis, si se puede contar?

—Literatura comparada.

—Eso ya lo intuía.

Gara dudó un momento sobre su respuesta.

—Digamos que quiero enfrentar la ficción con la realidad.

—Cuánto misterio... —Elia hizo una pausa—. Interesante. ¿Qué investigas exactamente? Tal vez pueda echarte una mano, ya sabes, como agradecimiento. Me van a poner una buena nota gracias a ti.

Gara se frenó, advertida por una fuerza invisible. La misma que le insistía en protegerse. La que avisaba de que, si se exponía demasiado rápido, ya no sería útil. Se cansarían de ella, utilizarían la información como munición en futuras guerras o alguien acabaría decepcionándola. Como ya le había sucedido. Como ocurría casi siempre que se confiaba a alguien. Sin balas, no había posibilidad de herida. Así era su cerebro, empeñado en salvarla de supuestos peligros a costa de cubrirle el corazón con una película de hielo.

Contarle a Elia más sobre su investigación atraería

otras preguntas que la llevarían hasta un lugar donde era una criatura desprovista de piel. Su delicada carne quedaría desprotegida bajo un sol primaveral lo bastante intenso para provocar quemaduras si no tenía cuidado.

Se mordió la lengua y apretó los labios. Ciertos temas la volvían soñadora; le daban saliva a su lengua y alas a palabras encerradas. La literatura era uno de ellos.

—Debería irme y aprovechar un poco el tiempo.

—Ya has hecho tu buena obra del día —bromeó Elia— y yo debería volver a clase y hacer la mía.

Se marcharon de la cafetería, que se había vaciado considerablemente, y caminaron hacia una salida distinta, la que daba a otra entrada del campus. Había algunas mesas fuera. Aunque los días amenazaran con volverse fríos y húmedos, todavía el sol del mediodía se asomaba entre nubes de gasa en lo más alto y calentaba un poco.

—¿Estás muy lejos de casa?

El pensamiento de Gara viajó sin remedio hasta el piso alquilado cerca del paseo Tomás Morales, el que había compartido con Elena, su casa durante los cuatro años de universidad, y una sensación de ahogo se le quedó atascada en la garganta. Madrid había dejado de serlo cuando murió su madre. Era cierto que algunas personas convertían un lugar en hogar.

—Me estoy quedando en el Carmen de la Victoria.

—Uf, eso es un paseo. —Ella asintió—. Bueno, si alguna vez quieres tomarte un descanso de tu investigación o charlar con alguien sobre la generación del veintisiete, ya sabes por dónde ando. Elia Ortega, búscame en Instagram.

Para la mayoría de la gente, las redes sociales constituían una extensión más donde dar rienda suelta a sus *alter ego* fabricados para encandilar. Para Gara, sin embargo, eran una gatera, una rendija a veces abierta que daba acceso a los pocos retales de su vida que exponía. Sonrió, incómoda, y se despidieron.

Mientras observaba a Elia marcharse, sujetando el asa de la mochila que le colgaba del hombro, decidió volver a la facultad. Regresar a la residencia le producía la ansiedad de malgastar el tiempo, eso que nunca jamás se recuperaba. Se fijó en la arquitectura de los pabellones, un evidente canto al racionalismo, de paredes de hormigón que alternaban con grandes cristaleras. En su interior era cuando se percataba de que, en lugar de permitir el paso de la luz, la atenuaban, creando una atmósfera de tímida claridad y sombras, como si fuera un guiño a Platón y al deber de los estudiantes de asomarse al exterior para al fin salir de la caverna de la ignorancia.

Gracias a las indicaciones, encontró la biblioteca. Pasó en silencio cerca de los mostradores donde dos empleados tecleaban concentrados en la pantalla de sus ordenadores. Pocos alumnos ocupaban las mesas, como puntos alejados en un mapa. Gara no sabía muy bien qué buscaba, así que paseó entre las estanterías hasta que localizó la sección dedicada a la literatura. Recorrió con los dedos los lomos de los libros, ordenados alfabéticamente. Eran una amalgama curiosa de ficción, ensayo y crítica literaria. Podría haberse sentado a leerlos de uno en uno hasta el fin de los tiempos sin remordimientos. Cuánto conocimiento concentrado en unos metros cuadrados.

La vibración en el bolsillo de su chaqueta interrumpió su fantasía. La insistencia la obligó a sacar el móvil y comprobar quién la solicitaba. Esta vez el número que flotaba en la pantalla era el de su padre. Gara no pretendía castigar a nadie con la incertidumbre de no tener noticias de ella, tan solo necesitaba distancia, así que envió un mensaje escueto.

> Todo bien. Estoy ocupada. Ya te llamaré.

No pensaba hacerlo. Al menos, no todavía. Otra notificación de la que no se había percatado hasta el momento esperaba su atención. Tocó el icono con forma de sobre y leyó el e-mail:

Hola, Gara:

Disculpa por no haber podido atenderte hoy y por este aviso *a posteriori*. Ha sido una confusión de horarios. Te

explico un poco los pasos a seguir para que puedas
comenzar con tu formación e investigación de tu programa
de doctorado.

Lo más importante es que definas bien el tema de tu tesis
y la metodología que llevarás a cabo. Para eso te adjunto
un documento con una serie de seminarios y ponencias
formativas que ofrece la universidad. Te aconsejo que
emplees en esto las primeras semanas.

Si tienes alguna duda, estoy a tu disposición. Puedes
escribirme o llamarme a mi despacho.

Seguimos en contacto.

Un saludo,

Emilio Villar

Abrió el documento y echó un vistazo a la lista de ponencias, las fechas y los horarios. Necesitaría una agenda para configurar sus días y calmar la sensación opresiva que le había subido del pecho a la garganta. Si controlaba el caos externo, quizá engañara al que se agitaba por dentro. De repente, otra vibración, esta más corta y precisa, y una nueva notificación en la pantalla:

> Elia Ortega te ha enviado una solicitud
> de seguimiento.

Había una gata asomada a una puerta que llevaba meses cerrada a cal y canto. Paseó el dedo por las teclas en una caricia indecisa. En su mente se libraba una batalla entre permanecer en su enrabietada tristeza y saltar a lo desconocido, a la posibilidad del olvido, de un nuevo comienzo. Se había prometido hacer un esfuerzo y no estaba dispuesta a decepcionar a nadie más, incluida a sí misma.

Pulsó el botón de «aceptar» y proporcionó a la gata una pequeña rendija abierta por donde asomar la patita.

3

La mente humana era curiosa. Siempre le había parecido un agujero negro que engullía lo que se le acercaba (experiencias, sensaciones, recuerdos) y regurgitaba un mejunje de sabores que no casaban, igual que una máquina de prensado levantaba un automóvil con sus garras y lo convertía en un amasijo de hierro, cristal y plástico. Mismos ingredientes retorcidos desde la perspectiva de un ente con vida propia que proporcionaba un resultado prejuicioso. Así eran los pensamientos que Gara se afanaba por ahuyentar.

¿Cómo lograr abstraerse del hueco que dejaba alguien, sin olvidarlo del todo? ¿De qué manera se filtraban los instantes felices del dolor de su recuerdo? El tiempo había sido un maestro cruel, pero eficiente, y ella conocía sus puntos débiles a la perfección. Un cerebro ocioso era un lugar inseguro, un niño sin vigilancia en mitad de la calle.

Había que agitarle unas llaves en la cara para distraerlo lo máximo posible y evitar los desastres.

Con ese objetivo llenó su horario de tareas. El primer seminario al que acudió era una ponencia de dos horas y media sobre divulgación científica en el campo de las humanidades, una introducción a los fundamentos básicos que la componían y qué proyectos relacionados con la lingüística y la literatura se realizaban en la universidad. La impartía una profesora entusiasta que rondaba los cincuenta, de nariz puntiaguda, gafas de montura gruesa y lengua intranquila, con mucho más conocimiento acumulado que tiempo para impartirlo. Sin dejar de moverse por la tarima, hablaba rápido, apenas pausando para tomar aire. Gara aprovechó su predisposición para intercambiar direcciones de correo electrónico y anotar una invitación sincera a consultarle si le surgían dudas en cualquier momento de su estancia.

Dejó un espacio de veinte minutos para saborear un té negro y un cruasán de mantequilla, y dirigirse a continuación a una ponencia enfocada a la redacción de artículos para revistas especializadas, que encontró de gran utilidad. Su sensación de vagabunda perdida en un desierto se calmaba con cada ápice de información. Tan enfrascada estaba en cumplir con la disciplina que se había autoimpuesto que no consultó su móvil hasta la hora del almuerzo.

Había un mensaje de Elia sin responder.

> Es la hora del té en alguna parte del mundo. ¿Vamos?

Gara hizo un pantallazo a la lista de seminarios enviados por el profesor Villar y lo mandó como respuesta.

> Parece que no en el mío.

No disfrazaba un rechazo con evasivas; se había propuesto agotar a sus neuronas hasta el punto de que, cuando las colocara en la mullida cama de un cuarto oscuro, se rindieran de una vez. Si no conseguía descansar por las noches, acabaría por parecerse a uno de los personajes de animación de Tim Burton.

Tomó notas de todas las diapositivas proyectadas. Llenó su cuaderno rayado con garabatos de trazos amplios y letras entrelazadas, demasiado legibles para provenir de una apresurada mano zurda. Intercambió comentarios banales con algunos de los compañeros que compartían los cursos transversales. La distracción surtía efecto y, cuando el ponente de la última charla de la tarde encendió las lámparas del aula, se percató de la hora. La tarde languidecía, como ella, agotada y satisfecha de haber dado lo mejor de sí misma.

El trayecto en autobús se le antojó corto, quizá porque lo pasó aislada en los muros del caserón de Hill House, entretenida con las conversaciones entre Eleanor y Theodora. Había libros para el conocimiento y otros para la evasión, y con Shirley Jackson siempre tenía la sensación de que lo segundo era una excusa para profundizar en lo primero. También le pasaba con Daphne du Maurier y con Calderón de la Barca. Qué gozo le suponía descomponer las capas de una novela, despegar la epidermis de la dermis y esta, a su vez, de la grasa que conformaban la piel de las historias. Conservaba varias ediciones de los libros que releía: la afortunada que adornaba sus estanterías por puro placer estético y la que sufriría la autopsia de subrayados, anotaciones y páginas dobladas a modo de referencia a la que regresar.

Se bajó en la parada más cercana y caminó unos minutos, arrastrando el pesado bolso colgado al hombro y su agotamiento. La luna competía por iluminar las calles con la tenue luz de las farolas en el funeral de un largo día. Cuando llegó a la residencia, el jardín la aguardaba en compañía.

—Para ser mediocre con las matemáticas, no he calculado tan mal.

Elia levantó sus ojos verde avellana de una copia bastante maltratada de *La Celestina* y sonrió traviesa. Por el código de barras en el lomo, Gara confirmó que pertenecía a una biblioteca, y aquel estado era fruto de su viaje de mano en mano.

—Existe la teoría de que Fernando de Rojas no la escribió solo. De hecho él lo dice en el prólogo —apuntó Gara.

—¿Otro Shakespeare? Algunos piensan que la variedad de temas y el propio apellido no podían pertenecer a alguien de clase baja, por lo que se cree que fueron varios autores de un nivel más acomodado los que utilizaron ese mismo nombre.

—Es posible.

—Fascinante. —Elia elevó las cejas con entusiasmo y cerró el libro, que aún descansaba en su regazo—. Apuesto a que quieres preguntarme qué hago aquí sin sonar demasiado brusca.

—Debo ser bastante fácil de leer —bromeó Gara, de pie junto al banco de piedra donde se sentaba su interlocutora.

—Algo más que algunos pasajes de Rojas, pero sospecho que guardas secretos entre líneas.

Gara sintió una súbita bofetada de calor arder en las mejillas y agradeció que la nocturnidad la rebajara con sus tonos azulados. Había un secreto, por supuesto. Uno que se ramificaba en el árbol genealógico de todos sus demonios.

—Todos guardamos algo, ¿tú no?

Una buena defensa podía transformarse en un ataque y, cuando Gara se veía acorralada, lo que algunos malinterpretaban como timidez se convertía en humo.

Elia guardó la novela en su bolso y estalló en una risa de culpabilidad mientras asentía.

—Las palabras justas, pero en el momento adecuado. —Entornó los ojos y torció la boca, igual que si tuviera delante un enigma por descifrar—. Te cambio un secreto por otro. —El intenso ardor de la preocupación regresó al pecho de Gara—. Yo primero: me muero de hambre.

—Ese es un secreto un poco decepcionante.

—Impaciente. El secreto es dónde vamos a ir a cenar.

—¿Ahora?

—Necesitas hablar con alguien de fuera de las páginas de un libro… Y yo también.

Fue la última apreciación de Elia la que evitó el desastre. De lo contrario, aquellas palabras tantas veces repetidas por otros, a ratos con desdén, otros con genuina consternación, la habrían lanzado a una espiral de inseguridad y fastidio de sobra conocida.

Elia se levantó, agarró a Gara del brazo y tiró de ella hacia la puerta principal de la residencia. El recuerdo de Elena le heló la sangre un instante y la obligó a exhalar un suspiro soterrado. ¿Le había enviado el universo un reemplazo? Qué osadía creer que otra esencia humana podría encajar en el molde vacío que había dejado su hermana. Y, aun así, la curiosidad le susurraba con cantos de sirena en dirección a Elia. Por un momento fantaseó con la posibilidad de ser una creyente devota y abrazar las teorías que hablaban de la pervivencia de las energías, la reencarnación y el viaje de las almas. Sacudió la cabeza y se sacó de encima el olor a esperanza e ingenuidad.

Elia optó por llevarla por el paseo de los Tristes, una travesía a lo largo del río Darro con vistas a una majestuosa Alhambra iluminada. En sus labios se dibujó una sonrisa irónica.

—¿Qué pasa? —le preguntó Elia.

—¿Por qué se llama así?

—Cuentan que en el siglo diecinueve paseaban por aquí los cortejos fúnebres, camino del camposanto de San José. Había que subir la cuesta de los Chinos para llegar, así que se detenían en esta parte para despedir a sus difuntos. Bien podría haberse llamado el paseo de los Perezosos. —Rio—. Pero eso no atraería a tanto turista bohemio.

El ambiente festivo, de bares repletos y charlas a voz en grito, le resultó un contraste curioso. Reír y celebrar la vida en el mismo sitio por donde había procesionado tantas veces la muerte.

—Menudo cambio radical —reflexionó Gara.

—Mi teoría es que alguien se percató de la necesidad de un lugar para detenerse a ahogar las penas, *et voilà*. Hay algo melancólico en tomarse una copa de vino rodeada de todo esto.

—«Por el agua de Granada solo reman los suspiros».

—Los versos de García Lorca la obligaron a detenerse. Gara oteó el río serpenteante bajo la noche, que se abría paso rozando los matorrales y las hierbas aromáticas de su ribera. La humedad definía aún más las ondas cobrizas que le enmarcaban el rostro.

—Eres una romántica. Lo sabía. Todavía no me has contado por qué abandonaste tu Isla Paraíso.

—Ya te lo dije. El Paraíso es como el Infierno —explicó Gara, retomando el camino—. Caras de una misma moneda. No creo que uno vaya hasta ellos, sino que más bien el lugar se transforma según tus experiencias.

—Así que no hace falta morir para llegar al Nirvana...

—Ni al Inframundo.

—Supongo que la diferencia se encuentra en el tiempo. Nada de esto es una condena eterna. —Elia se apartó para dejar pasar a un viandante—. Me cuesta entender tu cambio de escenario. La gente mataría por irse a vivir a Gran Canaria.

De nuevo, el nudo en la garganta, las ganas de dejarse arrastrar por la inercia de soltarlo todo en un grito, la angustia. Pero se contuvo. Era una nueva etapa, limpia e intacta. No podía permitir que el veneno saliera y lo contaminara todo. Las solitarias calles empedradas se estrecharon.

—Bueno, como te dije —respondió al fin y se tragó la marea de ansiedad acechante—, es una ciudad que ha servido de inspiración a muchos artistas, cuna de civilizaciones antiguas. Además, tiene una biblioteca muy completa para la investigación y el programa de doctorado que ofrecían me resultó interesante.

—Y un poco mágica, o eso cuentan.

Elia se adelantó, misteriosa, y giró a la derecha en una plaza. Su despeinado cabello zaíno la seguía como la estela de un cometa, a la que Gara se unió. Por un instante, la idea de ir directa a una broma pesada le cruzó la mente. No había más que altas paredes de cal blanca o de piedra con ventanas minúsculas a modo de ojos vigilantes y apenas algún transeúnte al que suplicar ayuda, si llegara el caso.

Entonces los sonidos alborotados y los olores especiados la tranquilizaron. A pesar de la todavía estrechez de la larga callejuela, ambos lados estaban ocupados por coloridas teterías árabes y bazares repletos de marroquinería, juegos de té y chilabas. Sin duda, el pasado musulmán aún perduraba. La popularidad de aquella zona se hizo evidente a juzgar por la marabunta de personas.

Gara se quedó rezagada, esclava de un interés curioso por los detalles de cada tienda.

—Cuidado, no vayas a perderte. Estamos cerca —le advirtió Elia.

Apenas la escuchó. Necesitaba un momento para impregnarse de sus alrededores con turistas en pantalones cortos, desafiantes al amenazador fresco otoñal; regateos con acento extranjero; faroles que teñían de rojos y dorados aquel paisaje de *Las mil y una noches*.

Avanzaron y dejaron atrás restaurantes tentadores de decoración ostentosa y recargada. Cualquiera le habría parecido una opción acertada para la cena. El cuerpo de

Gara había olvidado el cansancio de la jornada, solo deseaba saborear los aromas que le aguaban la boca.

—Es aquí. Espero que tengamos una mesa libre.

Elia atravesó una puerta de madera azul grisáceo junto a la que dos hombres de evidente ascendencia árabe charlaban en francés, sentados sobre unos taburetes en la única mesita exterior. Gara levantó la vista y leyó: RESTAURANTE BEIRUT. GASTRONOMÍA LIBANESA Y SIRIA. Su estómago rugió con alegría.

Un camarero las recibió, sonriente y atento, y señaló a Elia una mesa en la esquina izquierda del local. El resto estaba prácticamente todo ocupado. El interior no guardaba ninguna distinción especial. Lo único constante era el papel de las paredes pintado con motivos herbáceos y las losetas azules y blancas del suelo. Las sillas rojas, azules y negras destacaban en una amalgama de estilos que Gara no habría sabido clasificar.

Se sentaron en los lugares asignados: Elia, de espaldas a una cristalera llena de ostentosos jarrones y piezas de plata, y Gara, enfrente, con una repisa ocupada por teteras de diferentes tamaños a su derecha.

—No es tan elaborado como otros de los que hay por aquí, pero no te dejes engañar por las apariencias. Sirven los mejores falafel de Granada.

—Todo tiene una pinta estupenda.

—La calle Elvira está plagada de buena comida, pero este es mi preferido. Siempre que venía del pueblo con mis padres, acabábamos comiendo aquí. —Elia hizo una pausa y elevó una de sus oscuras cejas, traviesa. Era una peculiar Sheherezade—. ¿Confías en mí?

Gara asintió y dio vía libre a que su compañera pidiera una suerte de platos exóticos. Las bebidas llegaron enseguida, al igual que el resto de las preguntas. Incluso ella misma decidió mostrar algún interés, dejar que el muro que se había construido alrededor descendiera durante un rato.

—Entonces ¿no has vivido siempre aquí?

—Se podría decir. Mi familia es de un pueblo al noreste, un sitio muy pequeño donde nunca pasa nada, así que veníamos a menudo a la ciudad para entretenernos un poco. Es difícil pasar tiempo en Granada y no caer en sus redes. A lo mejor te acaba gustando esto y te quedas...

—No lo sé. —Gara titubeó—. Ahora mismo no tengo planes más allá de acabar el doctorado.

—Eres un cuaderno en blanco. Eso tiene su parte positiva. Cualquier cosa es posible.

A Gara la amplitud de posibilidades siempre le había provocado náuseas. Por esa razón envidiaba a los devotos. Al menos ellos tenían a alguien en quien depositar la fe de un destino incierto o, en cualquier caso, la culpa de un resultado indeseado.

Lo primero en llegar fueron cinco piezas de falafel y una crema rojiza que no supo distinguir.

—Prueba el mutabal de remolacha. Es delicioso. Normalmente, todo el mundo se decanta por el hummus tradicional, pero he supuesto que eso ya lo habrías probado en cualquier otro lugar. —Elia agarró un falafel con los dedos—. ¿Echas de menos tu casa?

—No tengo muy claro dónde sería eso. Mi madre tocaba el piano y solíamos viajar a menudo hasta que establecimos nuestra residencia en Madrid.

—Supongo que eso te hace más fácil el proceso de adaptación. Ya estás acostumbrada.

—Bueno, el hecho de pensar que todo es temporal acaba cansándote y piensas: «¿Para qué encariñarme con esta persona, si me voy a marchar?». —Gara tomó un sorbo de su bebida—. Los libros eran lo más permanente que tenía en mi vida.

Y a Elena, pero eso decidió obviarlo. Había aprendido de los mejores narradores del mundo a seleccionar una información y a omitir otra. Esa se quedaba guardada en el cajón de sastre en caso de que optara por revelarla más adelante. El hecho era que, cuando su madre enfermó, todo se detuvo: los viajes, los cambios de colegio y la vida; y en las profundidades de su alma había un minúsculo espacio que había respirado con alivio. Por fin podría echar raíces, hacer amigos que no fueran invisibles, ser una adolescente normal.

La necesidad de encajar en un grupo se volvió una cruzada entre su carácter introvertido y la rebeldía de unos hábitos ermitaños. Con el tiempo, la defensa de su personalidad sustituyó ese objetivo y, a pesar de las noches de lágrimas y preguntas sobre qué habría de malo en ella, conectó con otros «bichos raros». Pero siempre se refugió bajo el ala de su hermana mayor, su hada madrina. Igual que le ocurrió en Las Palmas. Su falta solo la hizo esconderse aún más entre las páginas de otras tragedias. Mejor eso que fingir que no había sucedido nada, como hizo su padre con la muerte de su madre y como pretendía hacer también con la de Elena.

—¿Sabes? —inquirió Elia, tras una pausa pensativa—. Tengo una teoría sobre eso. Creo que nosotros no elegimos los libros que leemos, son ellos quienes nos encuentran.

—¿Incluso las lecturas obligatorias del instituto? —Gara rio.

—¡Por supuesto! Vamos, Gara, ¿quién se lee nada de eso realmente? Son un mero trámite y todos los profesores lo saben. Puede haber un porcentaje ínfimo que se termine leyendo *El árbol de la ciencia* de Baroja y lo comprenda, pero no es lo común. Piénsalo. Seguro que, si haces memoria, te das cuenta de que todos esos libros han llegado en el momento apropiado.

Gara no pudo evitar elaborar una lista rápida de algunos de esos títulos.

—¿Así que los libros tienen conciencia? —Lo meditó un segundo—. No soy muy creyente en casi nada, pero me gusta tu teoría.

—Te hace sentir un poco menos sola, ¿verdad? —Elia

arrancó un trocito de cordero asado de la brocheta con los dientes, lo masticó deprisa y se lo tragó.

—Al final, la literatura es un mensaje que alguien quiere lanzar al universo y espera que sea recogido. Una historia no puede sobrevivir por sí misma; siempre debe haber un lector que la traiga a la vida.

—Exacto. Es bonito pensar que una persona en el siglo quince, por ejemplo, escribió algo sin saber que le llegaría a alguien como tú o como yo cientos de años después, ¿no te parece?

A pesar de la fuerza con la que su muro se empeñaba en cercarla, Elia sonaba convincente. A medida que la conversación avanzaba, aumentaban las ganas de Gara de saber más e incluso de liberar algunas de sus propias verdades. Cada vez que relajaba los hombros y se apoyaba sobre el frío respaldo de la silla metálica, los restos de sus traumas le golpeaban en las costillas para volver a ponerla en guardia. Escaneaba a Elia en busca de alguna señal defectuosa, un parámetro que la avisara de que mentía, una excusa para cerrar la puerta y no dejar entrar a nadie más.

Pero se había mentalizado en salir del pozo.

«Ya estás otra vez desconfiando, Gara —podía escuchar a su madre repetir las palabras que le había susurrado desde la cama del hospital—. Así no harás amigos propios nunca. Elena no puede llevarte de la mano siempre». No, tenía que crecer de una vez, ser una adulta y ocuparse de sus asuntos.

Ya habían vaciado los platos casi por completo, así que apuraron los restos de mutabal, que rebañaron con pan de pita.

—¿Por qué estudias Filología? El otro día me dio la impresión de que no te interesaba mucho.

—Lo que no me interesa es ser un borrego más. —Elia descruzó las piernas y se inclinó hacia delante, más cerca de Gara—. Me sacaré la carrera porque para seguir en este sistema hace falta un papelito que confirme que sé algo, pero odio que me obliguen a repetir teorías como un papagayo.

Levantó la barbilla hacia el camarero, que apareció a los pocos segundos con la cuenta y dos pastelitos de miel en un platito. Hizo un gesto para que Gara probara el suyo primero.

—Existen teorías que debemos conocer antes de investigar otros enfoques. La ciencia es así, ¿por qué no las humanidades?

—Supongo que, en cierto modo, tienes razón. Tendré que esperar a entrar en el engranaje, ser profesora y entonces destruirlo todo desde dentro, como tú. —Elia guiñó un ojo y se comió su pastelito.

Gara no se había planteado qué destruiría su investigación, sino más bien cómo probar lo que ya sospechaba en torno a un tema que le había fascinado desde siempre. Pagaron la cuenta a medias y salieron del restaurante, en el que aún quedaban una familia con dos niños y una pareja que jugueteaba por debajo de la mesa.

Elia se empeñó en acompañarla al menos hasta la cuesta que conducía a la residencia, lo que a Gara le pareció un detalle útil, pues no le apetecía vagar por las callejuelas con el móvil en la mano como una turista.

—Bueno, te toca —le dijo Elia a medio camino.

—¿A qué te refieres?

—Me debes un secreto. —Los músculos de Gara volvieron a tensarse—. Tengo una petición. Si no, puedes elegir contarme otra cosa. —Asintió, expectante y con la mirada evasiva—. Cuéntame de una vez de qué va tu misteriosa tesis. No voy a plagiarte, me llevas años de ventaja. ¿De qué tienes miedo?, ¿de que me ría?

—Puede ser...

—Vamos, Gara. Sabes cómo funciona una tesis, ¿no? Tendrás que presentar tus conclusiones a un tribunal.

—Aún no está del todo definida. —Gara calló un momento, indecisa entre soltarlo de una vez o correr hacia su refugio—. Vas a pensar que soy rara...

—Cariño, eso es bastante obvio. —Elia se enganchó de su brazo para continuar caminando—. Somos del mismo club. Acéptalo y cuéntalo de una vez.

Una sensación cálida anidó en el pecho de Gara y notó su cuerpo perder en un suspiro la tensión acumulada de varios años. Así, tan solo con aquel gesto de una desconocida a modo de permiso para sentirse cómoda bajo su propia piel.

—De acuerdo. La verdad es que... me enamoré de otras épocas a través de sus historias. De la Inglaterra victoriana, la antigua Grecia, la Edad Media. De todas las perspectivas y posibilidades de la realidad humana, de la opción de que monstruos, héroes y criaturas fueran algo más que la fantasía de un loco que dominaba el lenguaje. —Gara se detuvo para tomar aire y observó la atención con la que Elia escuchaba—. Siempre he pensado que había mensajes encriptados en un intento de entender la vida a través de las aventuras de personas invisibles. Fueron todas esas posibilidades y la conexión que habría con la realidad de cada autor lo que me atrapó.

—Vivir otras vidas a través de palabras escritas hace siglos o ayer mismo.

—Y no solo eso. —Las palabras fluían de la boca de Gara como el agua de una fuente en primavera—. ¿Qué hay de ficción y qué de experiencia? ¿Dónde acaba la imaginación y empiezan los recuerdos olvidados, los sueños influenciados por vidas trágicas, lo inexplicable?

—¿Quieres averiguar si realmente había monstruos más allá de las columnas de Hércules?

No sonó a burla, sino a pregunta genuina, y el entusiasmo envolvió a Gara como el azúcar a una manzana caramelizada.

—Me interesa lo que se produjo entre los siglos dieciocho y el diecinueve.

—La literatura gótica y el Romanticismo. —Su interlocutora asintió—. Aunque eso te puede llevar varios siglos atrás. Es mucho trabajo.

—Por eso te dije que no estaba del todo definida.

—A ver si lo he entendido. ¿Buscas confirmar la realidad de las novelas escritas en esas épocas?

—Tal y como yo lo veo… —se detuvo en la cuesta que conducía a la residencia, pero Elia continuó, inmersa en la charla, así que prosiguió también—, muchas obras que parecen ficción, como algunos textos religiosos, nos han llegado como realidad. ¿Y si algunas novelas escondieran un hecho real camuflado para no provocar, no sé, una alarma social? ¿Y si Frankenstein hubiera sido un experimento que simplemente salió mal?

—Todo el mundo sabe la historia de cómo surgió esa novela.

—Sí, es un ejemplo estúpido… —Frunció el ceño y pensó un segundo—. Nadie sabe con certeza dónde está enterrado Vlad Tepes.

—¿Crees que fue un vampiro de verdad? —Elia se alegró de plantearse esa posibilidad, por ínfima que fuera.

—No lo sé, pero creo que la humanidad no puede separar lo social, la experiencia real, del arte. Escribimos de lo que sabemos.

—Muchos autores, para escribir, se ayudaron de hipnosis, drogas, espiritismo… Pero no se ha demostrado que nada de eso funcione. Bueno, quizá las drogas sí. —La risa terminó su conjetura.

—¿Crees que lo sabríamos si hubiera sido así?

—Ahora suenas como una conspiranoica, pero me parece un buen punto de partida. Sin dudas no hay investigación. —Elia se detuvo en la puerta principal del Carmen de la Victoria, completamente engullido por la oscuridad de la noche—. Tu secreto está a salvo.

Gara le agradeció la salida nocturna y la conversación, y prometió que había cenado de maravilla. Justo cuando hacía ademán de tocar el timbre, Elia interrumpió la despedida con una pregunta que le heló el corazón de nuevo:

—Por cierto, ¿quién es Elena?

Las piedras del muro emergieron de las arenas movedizas, entre nubes de polvo y humo, y amenazaron con volver a unirse a su alrededor.

—¿Cómo sabes...?

—He cotilleado tu Instagram un poco —la interrumpió Elia, con las manos unidas en una oración, a modo de disculpa por adelantado—. Perdona.

El rostro de Gara se ensombreció aún más que la propia noche y el entusiasmo se pudrió como los dientes tras comer demasiado dulce. La manzana estaba envenenada; lo sabía.

—¿He dicho algo malo? ¿Es alguien con quien ya no...?

—Es mi hermana —la cortó—. Era.

La boca de Elia permaneció unos segundos abierta, aunque de ella no salía ninguna palabra. Enseguida, una disculpa susurrada, como si las sílabas de un «lo siento» cortaran más que la omisión de lo sucedido.

—Perdona. No pretendía que…

—Es tarde y mañana las dos deberíamos madrugar.

—Claro. —Una pausa en la que ninguna sabía dónde dirigir su mirada—. Deberías pensarte lo de mudarte más cerca del centro o te pasarás la mitad del tiempo en el autobús. Buenas noches, Gara.

Elia se marchó. Lo supo porque escuchó sus pasos alejarse, aunque le daba la espalda. Presionó el botón del portero automático y entró deprisa. Habría jurado que se había teletransportado a su dormitorio en una nube de tristeza y furia. De repente estaba sentada en la cama, jugando inconscientemente con su anillo, y con los labios secos.

El teléfono móvil vibró en su bolso con insistencia. Miró la pantalla y encontró lo que suponía. Otra vez el nombre de Alberto flotaba en el espacio. El ruido del zumbido le resultó insoportable, así que rechazó la llamada. Abrió el cajón de la mesita, sacó el libro azul y se tumbó, aún vestida. Lo meció contra su pecho un instante, respiró hondo y se sumergió en sus páginas.

Y así, se adormeció.

Círculo I
Limbo

Sesión tercera

3 de octubre de 2022

Acepté la invitación por supervivencia, pero también por curiosidad científica. Desde el momento en que hube descendido por las oscuras escaleras de madera hacia el sótano, quedó consensuado el acuerdo tácito que implicaba cualquier tipo de admisión en un grupo. Al principio me pareció la banal firma de un contrato, pero pronto comprendí que significaba mucho más: un pacto en toda regla.

Se respiraba solemnidad y eso me produjo un cosquilleo nervioso. En cuanto abrí la boca para saludar al resto de los participantes me advirtieron de la primera norma. La pronunciación de los nombres de los presentes quedaba expresamente prohibida dentro de las premisas del lugar de reunión. Lo acepté, sujetando mi fascinación por la manera en que se sucedían los protocolos.

Sentada en la silla asignada, esperé con anticipación que deliberasen los que, supuse, eran los miembros con más poder, y al fin recibí mi bautismo. A partir de ese instante, me denominarían «Primero». Escuché los argumentos que justificaban la elección y los encontré sólidos, ya que no tenía relación con el puesto que ocuparía respecto a los demás ni con el orden de llegada. No, la razón era todavía más profunda y precisa. También secreta. Por eso me la explicaron aparte entre susurros.

Uno de los miembros escribió la palabra en números romanos en una etiqueta y me la pegó sobre la camiseta. Entonces me fijé en que todos llevaban una similar que los identificaba.

—Primero, representas a tu círculo, lugar de Sócrates y Platón, ancestros que te preceden, y a él te debes —me dice quien a partir de entonces llamaría «Octavo»—. Nadie más puede ocupar tu lugar. Como en el mundo, en este club eres especial y única. Repasemos las reglas para dar la bienvenida a Primero, ¿queréis?

Miré alrededor en busca de alguna risita ante tanta solemnidad, pero comprobé con sorpresa que había unanimidad en las expresiones. Aquello me fascinó aún más, aunque no entendía muy bien el motivo. Al fin y al cabo, la mayoría de las sociedades habían establecido reglas para autorregularse y no todas eran necesariamente lógicas. Tener un nombre nuevo representaba un lienzo en blanco sobre el que pintar una personalidad, tal vez la oportunidad de sacar a relucir la que a veces escondía, como cualquier ejemplar de la especie humana, para ser aceptada precisamente por un grupo. Experimentar un poco para encontrar respuestas y, sobre todo, hacerme preguntas. Mi pasatiempo favorito.

—Este es un espacio seguro —agregó quien se sentaba tres sillas a la izquierda. Miré su etiqueta, que decía «Cuarto»—. Puedes expresar tu opinión con libertad e, igualmente, debes aceptar las que sean aquí expuestas.

—Todo lo que se hable aquí es confidencial. —El participante a mi lado derecho no me miró, sus ojos estaban fijos en Cuarto—. La revelación de nuestras identidades, localización de las reuniones o cualquiera de las conversaciones pronunciadas será motivo de expulsión.

—Y de castigo —apuntó rápido Cuarto. Los demás miembros volvieron la vista hacia su sitio, unos mientras asentían y otros con el ceño fruncido en una interrogación.

En mí la curiosidad se expandía con más fuerza que ningún miedo.

—En este círculo que formamos —prosiguió otro con la etiqueta «Séptimo»—, el conocimiento nos busca a nosotros y no al revés. Un libro nos ha reunido y en su honor continuamos. Son ellos y lo que esconden quienes nos eligen, así que prestad atención a sus señales. Están por todas partes.

Hubo un silencio compartido. La emoción de un proyecto que se iniciaba nos hacía respirar profundamente. Bajo la contención ceremonial se intuía la ilusión y la anticipación por lo que vendría después. Intrigada, los observé de uno en uno y una sensación cálida me produjo la felicidad de formar parte de aquel pacto de intelectuales. Sonreí levemente para regresar enseguida a la seriedad. Nunca me había planteado que las historias me encontraran y no al revés, pero la sola idea de estar al acecho de la que insistiera en entrar en mi vida me pareció algo casi místico. Así debió ser como los estudiosos de otras épocas esperaban su «eureka».

—Creo que ya tenemos un ganador —volvió a hablar Octavo y señaló con una mano al miembro más callado de todos. Tenía la cabeza gacha, perdida en el suelo sucio, pero debió de sentir el peso de las miradas porque la levantó y tragó saliva. Entonces pude ver el nombre con el que debía dirigirme para hablarle: «Tercero»—. Te encontró a ti, ¿no es cierto?

El participante titubeó un poco y se crujió los nudillos.

—Joder, cuéntalo de una vez —le increpó Quinto.

—Este es un espacio seguro —repitió Cuarto, arrastrando las palabras como una serpiente.

Quinto se dio por enterado y calló.

—Estaban discutiendo sobre la huelga de la semana que viene —dijo Tercero por fin—. La mayoría de las chicas estaban de acuerdo en asistir. «Mi cuerpo, mis normas», decían. Pero había un par que discutían sobre si los médicos se estaban convirtiendo en dioses o algo así, si era ético, qué pasaría si alguno se negaba, ya sabéis, a realizar la intervención. Y entonces imaginé a Mary Shelley tomando notas de esa conversación para usarla en su novela. ¿Qué diría el doctor Frankenstein al respecto?

—Creo que esa es una respuesta fácil —apuntó Segundo.

Abierta la veda (adoraba esta expresión), comenzó la discusión más maravillosa que había presenciado entre personas de mi edad. Así supe que estaba en el lugar indicado y sentí el crujido de la pieza que representaba al encajar en aquel rompecabezas.

—Primero acaba de llegar —retomó Cuarto, ocupando una evidente posición de liderazgo—. ¿Conoces la novela?

—Por supuesto. No la he leído al completo, solo trozos en mi lengua materna, pero puedo seguir el análisis. El deseo de inmortalidad del ser humano le lleva a realizar todo tipo de actos, algunos éticos y otros no. Shelley se crio durante el Romanticismo y la Revolución Industrial. Estaba preocupada de que se les fuera de las manos.

Hubo asentimientos acompasados entre los demás miembros que me templaron el corazón.

—Y con razón —aseveró Tercero—. Somos fáciles de corromper.

—No estoy de acuerdo —replicó Segundo—. Tampoco me parece mal que busquemos cumplir nuestros deseos. ¿Quién desea morir? Todos soñamos con la inmortalidad.

—En realidad —apuntó Octavo—, no se trata de la muerte, sino de la vida. El doctor es el Creador, no lo olvidemos. Vamos, que esto es mitología de primero de carrera. Primero, cuéntaselo.

Una sonrisa de complicidad se me dibujó en la cara. La borré deprisa para no desentonar, pero la sensación me duró un rato.

—Hemos establecido que aquí podemos expresarnos con libertad, ¿no? —Séptimo buscó aprobación en Cuarto y la encontró—. Yo tampoco quiero morir y creo que la medicina avanza hacia ese objetivo. Lo demás es negar lo evidente.

—Pero todos moriremos, es inevitable. Creo que de eso trata en realidad este libro, de lo insalvable de la naturaleza. —Tercero se detuvo, tomó aire y bajó un poco la voz—. Por mucho que huyamos, somos lo que somos.

—Entonces ¿el monstruo es una pobre víctima del doctor? Discrepo —dijo Quinto—. Tiene la opción de elegir.

—Qué fácil es decir eso cuando no eres un monstruo al que toda la sociedad rechaza, cuando no te sientes completamente aislado y solo.

—Huy, veo que ha tocado hueso.

Tercero frunció el ceño por la burla.

—Por favor, respetad el círculo.

—Gracias, Segundo. —Cuarto se puso de pie—. Llevamos un buen rato de intercambios en el que han salido algunas conclusiones interesantes. Para no saturar a nuestro nuevo miembro, cerremos el círculo por hoy. Aquel que sea encontrado por la próxima lectura queda obligado a informar al resto y convocar la sesión pertinente.

Me uní al asentimiento general y me levanté, ceremonial, junto a todos los miembros, quienes repitieron al unísono:

—Permanecemos atentos a las señales de sus páginas. El círculo queda sellado.

Callé, aún con la sensación de entusiasmo y asombro de presenciar mi iniciación, y tomé una nota mental del protocolo para la siguiente ocasión.

Por fin mis preguntas habían encontrado un lugar para vagar libres en busca de alguna respuesta.

4

Gara deseaba embeberse en cada uno de los libros que la rodeaban, impregnarse de todo el conocimiento guardado en sus páginas como un bizcocho absorbía la leche del desayuno. A veces soñaba con poseer el poder de aspirarlos con la punta de los dedos y devorar las letras igual que un demonio hambriento de almas. Otras prefería saborear los conceptos, las ideas que atraían a otras similares o aleatorias dentro de su conciencia, flotar a la deriva sobre un lecho de metáforas hasta alcanzar una orilla de pensamientos. Indagar era como vivir encerrada en una pompa en busca de un objeto para pincharla y salir a por oxígeno.

El insomnio no mantenía su cuerpo despierto, sino su cabeza, lo que encontraba más torturador aún. Los vívidos sueños que burbujeaban en su cerebro la dejaban exhausta. Siempre la misma concatenación de imágenes: el agua, el hundimiento, el coche. ¿Cómo podía sufrir estrés postraumático de una experiencia ajena? Le resultaba imposible enfrentarse al día que tenía por delante sin un mínimo de tres tazas de té. Del delicado amargor del verde pasaba al dulzor astringente del negro, hasta que sentía una ligera jaqueca y el corazón bombeaba deprisa aunque la realidad avanzara a cámara lenta.

Había pasado una hora en la biblioteca de la facultad, hojeando libros de historia centrados en el siglo XIX y tomando notas. Comprobaba su móvil cada cinco minutos en un patrón obsesivo y extraño en ella. No había noticias de Elia, ni las hubo las dos horas siguientes en las que asistió a otro de los seminarios aconsejados por el profesor Villar. ¿Se habría molestado para siempre por lo sucedido la noche anterior? ¿Había ahuyentado a la única persona con la que había conectado sin la ayuda de nadie?

Gara era consciente de sus reacciones agresivas cuando se veía acorralada; su madre solía pedirle que contara hasta diez, y si todavía sentía el impulso de atacar, que continuara hasta cincuenta. Lo había puesto en práctica, incluso había asistido a clases de meditación para controlar la respiración cuando el malestar del estómago se le subía al pecho y golpeaba las costillas para salir. «Grita —le decía Elena—. Canta una canción como si tuvieras que vaciar todo el aire de los pulmones. Patalea y llora igual que cuando eras pequeña, Gara. Haz lo que consideres necesario, pero déjalo salir. Hazme caso». Hablaba con la triste seguridad de la experiencia, pero Gara no supo verlo. Olvidó que la sonrisa se escondía en los ojos y no en los labios, y los de su hermana ya eran incapaces de fingir.

Empujada por la nostalgia, entró en su Instagram. Había subido la última foto hacía seis meses, una semana antes de la muerte de Elena. La había convencido para ir a un pub irlandés a celebrar San Patricio, una excusa más para beber y trasnochar que Gara no comprendía. No había conexión alguna con aquella festividad, ni familiar ni por afinidad. Sin embargo, como todo lo que tenía que ver con Elena, al final consiguió su propósito y allí estaban las dos, congeladas en un fragmento del tiempo en el que ella llevaba un horrendo gorro verde y ponía los ojos en blanco mientras su hermana la abrazaba por encima del hombro con una sonrisa ebria en la mirada.

Fue una despedida. Elena lo sabía. Por eso se empeñó en inmortalizarla y hacerla pública. Para haber leído tanta ficción, Gara no supo reconocer el numerito que su hermana montaba cada vez que se juntaban, donde todo parecía verse a través de un cristal de colores. Debió esforzarse más en rascar la superficie, igual que hacía con las páginas de sus libros. Sabía que lo importante se encontraba en la profundidad.

Elia había rozado una herida abierta sin saberlo y Gara respondió como un asustado perro callejero que no se fiaba de nadie. Respiró hondo en una cuenta mental hasta diez. No quería alejar a todo el mundo de su lado. En el fondo, no lo deseaba. Cerró los ojos y fantaseó con apretar los puños, dejarse llevar por un arrebato y destruir todo lo que la rodeaba, igual que en una película. Pero no lo hizo. En su realidad nadie detendría la escena ni habría un equipo que limpiara los restos de la catástrofe. Tendría que recoger los pedazos uno a uno o tumbarse en mitad del caos y dormir para siempre.

Expulsó el aire con un suspiro sonoro, buscó el perfil de Elia y le escribió un mensaje:

> Salva a esta doctoranda

La respuesta no se hizo esperar demasiado:

> El equipo de emergencias no está disponible hasta la tarde. Estoy atrapada entre sujetos y predicados.

Gara relajó los hombros y le devolvió un emoticono contrariado. El de Elia fue uno pensativo.

Segundos después, otro mensaje:

> Tengo el plan de rescate perfecto. Nos
> vemos en la plaza Nueva a las 21h. No
> preguntes.

Otro emoticono con expresión misteriosa. Gara tocó la pantalla dos veces y un corazoncito quedó colgado de una esquina de la frase a modo de confirmación. A pesar de las largas horas de trabajo que le quedaban hasta la cita, lo que le apretaba la boca del estómago cesó y un peso se levantó de su espalda.

Desde ese momento, la concentración basculaba entre teoría de la metodología de la investigación científica y el enigmático plan que la esperaba al caer la noche.

No era lo mismo nadar en una piscina que en el mar, pero el agua acallaba sus pensamientos, los amortiguaba y los envolvía en jaulas líquidas para que pesaran menos, y al flotar, los empujaba, fuera de su vista, un momento. Gara adoraba la sensación de ligereza que le aportaba la natación y la echaba de menos, así que, tras el almuerzo, se bajó en una parada distinta.

La universidad disponía de una piscina en la facultad de Ciencias del deporte que podían utilizar todos los estudiantes, previa reserva. Supuso con aquel último dato que no llegaría a tiempo. Además, no había traído ni bañador ni gorro. Aun así, se pasó por las instalaciones para informarse y echar un vistazo. El hombre que la atendió le aseguró que las horas más demandadas eran las primeras de la tarde y que debía reservar con setenta y dos horas de antelación, aunque las prácticas de estudiantes y las relacionadas con la actividad docente tenían preferencia.

—También hay cursos de natación para adultos —le explicó con un marcado acento andaluz—. Son de ocho y media a nueve y media de la mañana. Aún quedan plazas, si te interesa.

Gara declinó la oferta. Lo que precisaba era espacio en solitario. Algunas personas necesitaban ejercicio físico para activar las neuronas; ella, para entretenerlas. Asintió a modo de agradecimiento y se marchó. Todavía faltaba un rato para verse con Elia.

Paseó en dirección al punto de encuentro, que, según su GPS, se encontraba a unos cuarenta y cinco minutos andando. Sus músculos agarrotados de tanto sedentarismo se despertaron progresivamente. Las farolas ya se habían encendido en un aviso de que los días cada vez eran más cortos y las calles bullían con la vida de una ciudad universitaria.

A mitad de camino se detuvo en una tienda de equipamiento deportivo y compró un gorro de natación negro y un bañador del mismo color, con motivos florales en coral y turquesa en cada costado. No abultaban demasiado, así que los guardó en el bolso.

Ignoraba cuál era el plan de Elia, pero su estómago

soltó un par de rugidos al atravesar la calle Elvira, así que realizó otra parada de avituallamiento en un pequeño local de comida turca. La cola era larga, pero la mujer del mostrador atendía con agilidad. Pidió una ración de patatas fritas suficiente para calmar a la fiera y caminó los pocos metros que le quedaban hasta la plaza Nueva.

Llegó la primera. Era una amplia zona rectangular con el suelo ajedrezado y bastante transitada. Gara observó la puerta de la iglesia de Santa Ana, su arco de medio punto y las dos columnas corintias que la flanqueaban. Se dirigió a uno de los bancos de piedra más alejados y se percató de que la Alhambra vigilaba constantemente desde su privilegiada posición.

Camina hasta la fuente.

El mensaje de Elia llegó cuando apenas llevaba cinco minutos sentada. Levantó la cabeza y divisó el lugar en cuestión a su izquierda, junto a la terraza de un elegante restaurante con todas las mesas ocupadas.

—Admito que me muero de curiosidad por saber qué estamos haciendo aquí —dijo Gara al llegar.

No eran las únicas alrededor de la fuente. Dudaba si era un punto de encuentro popular o todo formaba parte del mismo plan misterioso.

—Espero que no te importe caminar un rato.

Un chico embutido en una gabardina gris oscura hasta las rodillas se colocó delante de la fuente, carraspeó un par de veces y encendió un altavoz que llevaba enganchado al cinturón.

—Buenas noches. —Su voz sonó melódica y agradable, como la de un cantante pop de los que llenaban un estadio de fútbol solo con su presencia y una guitarra—. Los que hayan reservado una entrada para la ruta por la Granada más oculta, por favor, acérquense.

Se produjo un murmullo y, poco a poco, casi con prudencia, algunos de los presentes se aproximaron al joven, que debía de tener un par de años más que Gara.

Elia hizo un gesto con la mano a modo de invitación para imitar al resto.

—Vamos. Somos nosotras.

—¿Una ruta misteriosa? —Gara bajó la voz—. ¿Eso no es para turistas?

—¿Y cómo te definirías tú? —Rio—. Dijiste que buscabas inspiración. Pues te aseguro que la vas a encontrar.

—Soy Uri, su guía —se presentó el chico—. Antes de comenzar, vamos a quitarnos de encima la parte incómoda. Son doce euros por persona, que hay que abonar antes de iniciar la ruta para que no se me pierda ninguno por el camino. Los fantasmas son caprichosos, pero si pagan el que será mi sueldo, me aseguraré de que vuelvan a casa sanos y salvos.

Risas nerviosas se escaparon en eco mientras abrían bolsos y carteras para obedecer las normas. Gara desabrochó el velcro de su cartera, pero antes de abrir la cremallera, Elia puso la mano encima y negó con la cabeza.

—Nosotras somos vips.

—¿Estás segura? —Gara dudó un momento. Llevaba un rato con una pregunta entre los dientes y finalmente la soltó—: ¿Estamos bien? Me refiero a que anoche…

—Anoche no pasó nada —la interrumpió—. A veces soy una bocazas… Me contarás lo que quieras cuando lo consideres oportuno. Ahora presta atención.

Señaló al guía con la cabeza, que con un dedo estirado contaba en voz alta a las catorce personas que se habían colocado en círculo, expectantes. El flequillo, más largo que el resto de su oscuro cabello castaño, se partía en dos mitades perfectas y creaba una onda a cada lado que le otorgaba un aire distinguido aunque desenfadado.

—Bienvenidos a la mejor ciudad del mundo. —Elevó el volumen sin sacar las manos de los bolsillos, salvo para colocarse bien las gafas de vez en cuando—. Si no lo piensan ahora, lo harán cuando termine este paseo, a menos que yo no haga bien mi trabajo. Estoy seguro de que han disfrutado de todo lo que Granada tiene que ofrecer a la luz del sol, pero cuando llega la noche… Ah, es entonces, protegidos por la oscuridad, cuando otras criaturas hacen acto de presencia. Todo lo que escucharán en esta mágica velada tiene cierta base histórica y algo de leyenda. En ustedes dejo la tarea de colocar el límite donde deseen. Si me preguntan a mí, ¿qué sentido habría en tenerlos dos horas caminando entre historias si yo no creyera en ellas? Acompáñenme.

Uri se dio media vuelta y enfiló en dirección opuesta a la fuente. El grupo lo siguió hasta la puerta de la iglesia que Gara había observado con cierto detenimiento. Allí, delante del viejo edificio de piedra y su alta torre, se daba un aire a vampiro victoriano a la caza de una buena cena. Sus marcados pómulos, la fina mandíbula y su piel clara, apenas rosada en la punta de la nariz, le proporcionaban una ambigüedad atrayente.

—La iglesia de San Gil y Santa Ana, construida en el siglo dieciséis, es el testigo mudo de esta historia que comienza un año antes de la Guerra Civil española, en 1935. —Las luces ámbar de las farolas lo iluminaban como a un actor en un anfiteatro romano—. Se cuenta que por esta zona los viandantes escuchaban ciertos ruidos, alaridos más bien, y cada vez menos gente se atrevía a caminar por aquí. El propio párroco aseguró haber visto al demonio oculto en la oscuridad. Otros, a una criatura mitad humana mitad lobo.

»Pronto se puso en marcha una batida por las cercanías del río Darro. La policía no se tomaba a broma estas cosas en aquella época. Hasta la prensa se hizo eco de la noticia. —Sacó una fotocopia del periódico en una funda de plástico, que pasó a uno del grupo para que la circulara—. Hubo investigaciones para determinar de qué se trataba. Algunas teorías apuntaban a la posible relación amorosa secreta entre dos familias locales rivales, una especie de Capuleto y Montesco, que se refugiaban en el sótano del caserón cuyos ventanales daban al río.

»Así que quizá lo que escuchaba el párroco no eran precisamente los rugidos de una bestia... —Rio levemente y el grupo lo secundó—. Con el inicio de la guerra, como pueden imaginar, todo se archivó. Hay diversos rumores sobre dónde se encuentran los documentos y por qué nunca se hicieron públicos, aunque mi intuición me dice que no debería contárselo, a menos que quiera que un ejército de curiosos se adentre en el archivo de la Real Chancillería. Vaya, se me ha escapado.

Varios asistentes rieron por el descuido. Gara los observó de uno en uno: la joven pareja que no se soltaba la mano, los que escuchaban de brazos cruzados y asentían a cada dato, aquellos cuyos móviles se habían convertido en una prolongación de sí mismos y sacaban fotografías de todo. Los tenía completamente en el bote. Eran suyos. El vampiro podría haberles pedido que dejaran caer la cabeza con suavidad hacia un lado y sonrieran mientras les sorbía la vida, y ellos habrían obedecido.

—Es bueno —le confirmó a Elia.

—Nadie conoce los entresijos de esta ciudad mejor que Uri.

Aprovechando que la Alhambra los observaba, el guía

contó unas cuantas historias más relacionadas con mitos y leyendas nazaríes. El público se asombró con la mención del sultán que asesinó a diecisiete miembros de una misma familia durante una fiesta, producto del rumor que había propagado un rival sobre una aventura amorosa con la sultana. La sala quedó, pues, bañada por la sangre de la masacre hasta tal punto que de ahí procedía el color rojizo de las paredes.

Los cuentos de amor y desamor y las promesas de la venida del fin del mundo cuando cayera tan majestuosa e indestructible construcción dieron paso a las crónicas sobre fantasmas. Ya desde el reinado de Carlos I proliferaron los testimonios de quienes juraban y perjuraban haber percibido presencias entre aquellos muros. Gara estaba fascinada con la conexión entre épocas, la obsesión humana por renegar de una vida terrenal sin otra irremediablemente otorgada en el Más Allá, la subsistencia del alma aunque solo fuera para asustar a unos pobres crédulos.

—Después de todo —continuó Uri—, se encuentra en una de las siete colinas con un extraño poder energético, al igual que Roma, y plagada de simbología esotérica. Pero esos detalles se los darán mis compañeros en la ruta especializada dentro del palacio. Vamos a movernos un poco, que no quiero que se me duerman.

La caminata prosiguió por las calles bajas del Albaicín, donde se habló del popular suceso del exorcismo acontecido en los años noventa que había conmocionado a la ciudad. Se detuvieron a unos metros de la casa en cuestión y Uri narró los hechos animado por las tinieblas de los callejones y una luna menguante. Con cada sádico detalle, se oían exclamaciones y ahogados suspiros de horror. Gara no dejaba de pensar en su tesis, en lo que le había contado a Elia, y cuánta parte de realidad habría inspirado a los grandes autores de todos los tiempos.

Aquella historia no tenía nada que envidiar a ninguno de los argumentos de las novelas de terror que había leído en su adolescencia y, sin embargo, las acciones llevadas a cabo por los protagonistas también obedecían a creencias extraídas de la mitología y la religión, que para ella constituían, al fin y al cabo, un tipo de literatura.

—Esta es mi favorita —le susurró Elia al oído cuando se detuvieron en otra de las callejuelas.

—¿Algún fan de los Monty Python? —preguntó Uri a la vez que empujaba de nuevo sus gafas y se apartaba el flequillo, aunque el cabello solo se deslizó entre sus dedos y regresó al mismo lugar—. Por la simpatía de este guía y el aplauso del público: ¿qué institución fundada por los Reyes Católicos velaba por el cumplimiento de los preceptos cristianos con procedimientos un poco… estrictos?

El silencio del miedo a ser el elegido retrotrajo a Gara a la escuela primaria, a esas veces en las que todos bajaban la mirada al suelo y fingían invisibilidad para evitar salir a la pizarra. Un par de personas lo pronunciaron en un susurro. Uri insistió en que hablaran más fuerte.

—La Inquisición española —contestó ella finalmente.

—Gracias. No tengo claro si les estoy aburriendo o aún temen que los acusen de herejes. —Risas avergonzadas como respuesta—. Pero me alegro de que haya alguien que no se asusta de la Santa Inquisición. En esta ocasión, al tribunal ni se le había avisado ni se le esperaba.

»Les sitúo: finales del siglo quince, Granada había sido conquistada por los cristianos, pero no se pueden borrar ocho siglos de historia de un plumazo. Las tres religiones monoteístas más importantes convivían, no sin problemas. Ya conocemos la persecución de los judíos y su expulsión, por ejemplo. La magia y la hechicería siempre fueron parte de la cultura andaluza, una especie de plan b para cuando la razón no servía. ¿Quién de ustedes no le ha puesto velas a un santo para pedirle que interceda o se ha tomado una infusión de hierbas para curar algún mal?

»En una zona cercana a lo que es hoy la ciudad de Granada, vivieron dos hermanas tan unidas en vida como lo estarían después en su muerte. Abigail Quiroga acogió a su delicada hermana menor Vera con cariño y, como era la primogénita, tomó la responsabilidad de guiar y proteger a la pequeña. El problema era que donde Abigail no veía nada que rechazar, el pueblo opinaba distinto.

»Vera nació con una peculiaridad: su cuerpo era incapaz de producir melanina, un trastorno genético que hoy conocemos como albinismo. Ya se pueden imaginar lo que las gentes de ese siglo asociaron con un ser de piel, cabello e iris blancos. Como mínimo era un engendro del Diablo. La leyenda cuenta que, temerosa de las acciones de los campesinos, Abigail recurrió a las artes oscuras para proteger a su hermana. Así, pronunció un hechizo en la misma noche en la que, acusadas de brujería, fueron ejecutadas a manos de los aldeanos.

»Se dice que sus dos almas vagan unidas en el Infierno en busca de una manera de regresar para reclamar justicia. —Uri hizo una pausa y observó a los asistentes en silencio. Si hubiera forzado una sonrisa siniestra para mostrar sus colmillos sedientos de sangre, Gara no se habría sorprendido—. Puede ser que esta noche los persigan en sus sueños en busca de un cómplice, ahora que conocen su historia.

La ruta continuó ya fuera del casco antiguo. La noche se les había echado encima y las estrellas quedaron cubiertas por una suerte de nubes grises. Uri había dejado para el final casos de índole paranormal que habían sucedido en el siglo XXI y que, según su información, habían sido investigados por equipos especializados en lo oculto. Toda aquella fascinación teñida de un respetuoso temor por los residuos del espíritu dejados por otras personas Gara la notaba como un dedo arañándole, paciente, la nuca, con la certeza de que, tarde o temprano, le prestaría atención.

Si en todas las civilizaciones de cualquier época había arraigado la creencia en el Más Allá, a veces hasta el punto de construir toda una mitología a su alrededor, ¿cabía la posibilidad de que hubiera algo de cierto? Comprendía las razones para fantasear con la idea de no perder del todo a un ser querido, de reunirse de nuevo en otro plano astral e incluso de tener la opción de regresar a la Tierra para una segunda oportunidad. Y, por otro lado, estaba el universal miedo a morir. Lo había considerado en varias ocasiones, y su temor, más que al dolor físico que provocara pasar de un estado viviente a otro inerte, era el de dejar de existir por completo. La nada la aterraba profundamente.

Entonces otra pregunta se coló sigilosa en su pensamiento. ¿Cuánto había sufrido Elena? Primero, su razonamiento se refirió al daño que habría experimentado, al dolor corporal de huesos rotos, hematomas y contusiones. Por las imágenes de cómo había quedado el coche, la respuesta era evidente. Pero deseaba que los narcóticos que habían encontrado en su sangre la hubieran adormecido segundos antes del impacto, rápidos y eficientes, y a partir de ese momento todo se sucediera como un sueño. Fue ese mismo dato el que no dejaba escapar el otro juicio, el que continuaba elucubrando si el sufrimiento no habría sido precisamente anterior y aquella había sido la única manera de detenerlo. La nada más absoluta. El cese de la existencia.

El vello de su cuerpo se erizó, a pesar de haberse puesto una rebeca, y regresó a la realidad de la calle Mesones, donde Uri aceptaba el aplauso del grupo frente al edificio de la Diputación de Granada, cuyos fenómenos paranormales habían sido la guinda de la ruta.

—¿Te ha gustado? —le preguntó Elia con una expresión de anticipación.

—Ha sido muy… intenso.

Varias personas del grupo se acercaron a despedirse de Uri y le ofrecieron felicitaciones y palmadas en la espalda, así como alguna duda en la que el guía podría lucir sus conocimientos de historia. Luego se fueron dispersando entre cuchicheos sobre aquellas leyendas que acecharían a más de uno esa misma noche.

Elia empujó a Gara por los hombros con suavidad para recorrer los pocos pasos que las separaban de Uri.

—Otra gran actuación —dijo, realizando una reverencia caballeresca.

—Tú ya te sabes esto de memoria.

—No te hagas el interesante, que no he venido a verte tantas veces. —Elia se apartó el cabello detrás de la oreja y señaló a su costado—. Esta es Gara.

Uri sacó la mano del bolsillo de la gabardina para saludarla.

—La chica del Paraíso. Espero no haberte aburrido.

—Oh, no. Ha sido muy entretenido. Me interesan más las historias antiguas, pero supongo que la gente busca algo más cercano a su tiempo.

—No te creas —replicó Uri—. No hay nada como un viejo cuento de fantasmas para metértelos en el bolsillo.

¿Os vais a casa? Hablar tanto me da hambre y no estaría mal escuchar a otros un rato. Estoy cansado de mi propia voz.

En otra ocasión, Gara habría mirado el reloj de su móvil y utilizado cualquier excusa para irse a casa a recargar su batería social con silencio, pero Uri se le antojaba un recipiente repleto de curiosos datos que absorber. Quizá ella fuera la vampiresa, después de todo.

Trasladaron la conversación a una pizzería cercana donde compartieron una familiar especialidad de la casa con prosciutto, mozarela y aceitunas negras. En el local había un grupo de jóvenes que apuraban los últimos minutos antes de un probable toque de queda.

—Del uno al diez, ¿cómo de escandalizados creéis que se han ido con mi detallada descripción de la autopsia de lo del Albaicín?

—No sé… Tengo la sensación de que te has olvidado alguna cosa —lo provocó Elia.

—¿Qué dices? Es mi mejor historia y ambos lo sabemos. —Dio un bocado elegante a la pizza y entrelazó los interminables hilos de queso en un dedo.

—Alguno se tapó la boca cuando mencionaste las quemaduras.

—Creo que lo peor fue el momento de la introducción de la aguja por… —Gara se detuvo con expresión asqueada y juntó las piernas en un gesto involuntario al emular el dolor de lo que relataba—. Me parece sorprendente que aún creyeran en esas cosas hasta el punto de torturar así a esa pobre mujer.

—En mi opinión, la mayoría de las veces el Diablo es solo la excusa para comportarse como un monstruo —apuntó Uri—. Quién sabe las verdaderas intenciones detrás de aquel exorcismo.

—O de cualquier caza de brujas. —Elia levantó el vaso vacío en dirección a la camarera.

—Bueno, detrás de eso suele haber, sobre todo, misoginia —repuso Gara.

—El miedo a lo diferente es poderoso. Toma el ejemplo de las hermanas Quiroga. Todo un pueblo se te echa encima porque no produces una hormona que regula el color de la piel. Suena a locura, pero en zonas de África, los albinos aún son considerados la personificación de un espíritu maligno.

—Bueno, según tu historia, la hermana mayor sí que resultó ser una bruja.

—Espera, Gara. —Uri se colocó las gafas y fijó sus ojos grises en ella—. ¿Crees que existe la posibilidad de lanzar un conjuro o que quien lo intenta debe ser ejecutado por hereje?

—Por supuesto que no —respondió nerviosa—. Ni una cosa ni la otra. Quiero decir que evidentemente nadie debe ser ejecutado por brujería, pero el pueblo sospechaba de ciertas prácticas, ¿no es así?

—La mayoría de las acusaciones de herejía se producían por rencillas entre vecinos, venganzas personales, envidias y cosas así —terció Elia.

—Eso es cierto. Aun así, habría un porcentaje alto, sobre todo de campesinos analfabetos, que creerían de verdad en su existencia.

Uri observó a Gara un momento, cerró los ojos para ordenar sus pensamientos y elaboró su respuesta.

—Lo que intentas decir es que la culpa está en quienes plantan ciertas ideas en las cabezas inocentes —explicó.

Gara asintió con la cabeza, dubitativa.

—Supongo que en parte sí, aunque desde la Prehistoria, los humanos nos hemos empeñado en la existencia de dioses, malos y buenos espíritus...

—Gara investiga sobre su tesis. Vamos, cuéntale de qué va. Uri es una enciclopedia de historia. A lo mejor te ayuda.

—No es una decisión definitiva —dijo ella, en cierto modo molesta por la encerrona de su nueva amiga—. Me gustaría estudiar el impacto sociocultural e histórico en la literatura gótica.

Uri dejó de comer y levantó la cabeza, visiblemente interesado.

—Piensa que, si muchos autores hablaron de vampiros o de brujas, es porque podría haber algo de cierto en ello. Una realidad que pasaron por ficción —aclaró Elia.

—Bueno, más bien eso es lo que me gustaría averiguar... Me refiero a que las influencias literarias existen, por supuesto, pero no podemos separar los textos de la realidad que vivieron sus autores y... —Gara se detuvo. Notaba el ardor en las mejillas y, al escucharse, se sintió estúpida.

—... y puede que alguno fuera testigo del ataque de un vampiro y lo relatara como ficción para no meterse en problemas —completó Uri la frase—. Me encantaría que fueras capaz de probar esa teoría, en serio. Pero no sé cómo vas a hacerlo. En el siglo diecinueve se esforzaron mucho en demostrar la pervivencia del alma después de la muerte y ningún dato científico lo ha corroborado. Pero si alguno tuvo una visión en una de las sesiones, ¿quiénes somos nosotros para negársela? La realidad nos pertenece, es individual. No todos percibimos los estímulos de la misma manera. No veo por qué no deberíamos incluir ahí la magia o lo sobrenatural.

—No sé, es tan solo una idea. Sigo pensando en un tema mejor...

Gara ocupó su silencio y la ansiedad de haberse perdido en un laberinto arrancando un trozo de pizza, a pesar de que hacía rato que no tenía más hambre.

—Algunos descubrimientos científicos fueron considerados brujería —la consoló Elia—. Y cada año surgen nuevas teorías que refutan otras anteriores. Nos queda mucho por comprender de lo que nos rodea.

—A veces la historia simplemente está incompleta y hay que seguir indagando. —Uri se limpió sus largas manos con una servilleta—. Hay una parte de la leyenda de las hermanas Quiroga que siempre me reservo para mí, aunque estoy seguro de que llamaría la atención. Tantos siglos después, todavía se cuenta que la acusación era cierta porque algunos pueblerinos habían visto a las hermanas apuntar sus hechizos en un libro.

—¿Un grimorio? —preguntó Gara.

—Exacto. Un supuesto cuaderno con todos sus horribles conjuros, incluido aquel que las resucitaría.

—¿Y dónde está?

—Enterrado en alguna parte de la ciudad de Granada —se adelantó Elia—. Las versiones son contradictorias. Unos afirman que un grupo de aldeanos se tomó la justicia por su mano, las ejecutó y enterró el grimorio dentro de una caja bien sellada, y otros, que la Santa Inquisición quiso tapar el asesinato y se llevó el libro para que nadie sospechara de su irresponsabilidad. No había habido sentencia, con lo que habría sido un delito.

—Sin pruebas, todo esto no son más que cuentos para turistas, lo sé —admitió Uri—. Pero si leyéramos ese libro, quizá averiguaríamos cuál fue su verdad. Después de todo, somos seres en una alucinación continua. Cuando aceptamos lo que percibimos, lo llamamos realidad.

—Precisamente. —Los ojos de Gara se iluminaron, sabiéndose comprendida. No había juicios en aquella conversación, tan solo conjeturas y divagaciones de tres personas que disfrutaban disertando sobre el universo y sus misterios como un estudiante disecciona una rana—. ¿Qué es real? Hay personas que perciben los colores de manera distinta. Si tuvieran que describir una pintura, lo harían de otra forma comparado con alguien, llamémoslo, normal. ¿Por qué no puede haber ocurrido eso en lo que hemos recibido como ficción?

—Cualquier psiquiatra tendría una respuesta para eso. —Elia levantó su vaso de refresco en un brindis y lo apuró de un trago—. La camarera lleva rato sin quitarnos ojo. Deberíamos dejar que cierre este sitio y se vaya a dormir.

Pagaron la cuenta y se marcharon bajo la mirada de odio de la trabajadora, que masculló alguna queja entre dientes mientras recogía la mesa. El frío aire nocturno les golpeó en la cara a la salida. Gara percibió la humedad en el ambiente y las ondas de su cabello se regocijaron en espirales sinuosas.

Las primeras gotas de aviso dibujaron puntitos en el asfalto. Abrieron las palmas de las manos hacia el cielo en busca de una confirmación que llegó en cuestión de segundos. Uri encogió los hombros para protegerse del aguacero, pero se quedó en el filo de la acera, empapándose. Las chicas optaron por resguardarse un poco debajo de los balcones del mismo edificio de la pizzería.

—Bueno, me voy corriendo. Nos vemos en otra —se apresuró a decir Uri a la vez que hacía un gesto con dos dedos en la frente, a modo de despedida. Se dio media vuelta y, dirigiéndose a Gara, añadió con simpatía—: Si necesitas ayuda con tus indagaciones, avísame.

Y desapareció bajo la insistente lluvia otoñal.

—Vente a casa, Gara —le ofreció Elia—. Vas a pillar un buen resfriado. Vivo a unos diez minutos de aquí.

Ella titubeó un segundo, pero no había mucho tiempo para pensar y Elia tenía razón. Las alternativas eran esperar que un taxi la recogiera o buscar una parada de autobús, pero era casi medianoche y aquello supondría una larga espera. Diluviaba, así que asintió, poco convencida.

—De acuerdo. Gracias.

A pesar de que el piso de Elia estaba a poco más de diez minutos de la pizzería, redujeron el tiempo a la mitad en una carrera por debajo de los balcones y las terrazas. Como si el agua fuera azufre y ellas dos, pobres diablillos que habían escapado del Infierno para jugar un rato.

El portal enrejado y de cristalería opaca ya aventuraba un interior antiguo y olvidado. Marcaron el recorrido hasta el ascensor con un rastro líquido. Gara pensó que tal vez hubiera sido mejor estrenar el bañador y el gorro, y la imagen mental le hizo soltar una carcajada ligera que no pasó desapercibida para Elia. Ambas rieron ante su reflejo en el espejo: la ropa empapada pegada a la piel, el lápiz de ojos resbalando en lágrimas negras, el cabello enredado por el viento.

Bajaron en la tercera planta. Elia abrió la puerta del

piso con sigilo y se perdió por un pasillo que había a la derecha.

—Toma. El baño está por ahí. Primera puerta —le dijo cuando reapareció con una toalla y algo de ropa—. Intenta no hacer ruido. Leda estará durmiendo.

Gara obedeció en el más absoluto silencio. Se estrujó el pelo sobre el lavamanos y se lavó la cara para eliminar los restos de la sombra de ojos. Se desnudó, colgó la ropa en un toallero y se secó deprisa. Elia le había prestado una camiseta de la película *Matrix* con el vinilo tan gastado que apenas se distinguían los códigos binarios que caían en cascada vertical y un pantalón corto.

—El piso era de mi abuela —le contó más tarde, sentadas las dos en el sofá del salón—. Estuvo cerrado unos años, así que cuando vine a estudiar, mi madre lo consultó con sus hermanos y acordaron que podía usarlo. No es ningún lujo, pero tiene su encanto. A veces creo que si abro el cajón adecuado, encontraré algún tesoro de juventud.

—Al menos es tuyo. Te ahorras lo de aguantar al casero.

Gara dio un sorbo a la infusión que le había preparado su amiga para que entrara un poco en calor.

—Así es. Por el momento solo aguanto a mi compañera de piso. Es una buena chica.

—No sé si compartiría casa, si existe la opción de tener mi propio espacio…

De niña, Gara nunca había tenido una habitación propia, como aquella de la que tanto hablaba Virginia Woolf. De convivir con su hermana había pasado a habitar un piso con cuatro estudiantes que no respetaban los límites. Aquella había sido una razón de peso para hospedarse en la residencia universitaria.

—Como no pago alquiler, el de Leda me da para las facturas de luz, internet y demás. Es un buen trato. Nos llevamos bastante bien.

La charla se fue apagando, igual que su energía. El último sorbo de la taza sirvió como punto final a un largo e interesante día. Elia la guio hasta un estrecho dormitorio atestado de revistas, pósters de bandas de rock y una cama individual, que sospechó había pertenecido a uno de sus tíos. Se tumbó sobre un costado y agradeció el abrazo de las cálidas sábanas.

Un remolino de pensamientos surgió de las profundidades de su agotada conciencia. Se encontraba en casa de una chica que, hasta hacía unos días, era una completa desconocida. Una sensación de satisfacción emergió en su pecho, la misma que contradecía a quienes la habían tildado de inepta social, a todas las veces que había dudado de su capacidad por entablar amistad sin la tutorización de su hermana.

Elena. La había guardado en un cajón por un momento. También pensó en Uri, en su exquisita presencia y en su apasionante conversación. Podría haberse quedado charlando con él durante horas. Todos esos datos históricos, el análisis, la falta de prejuicios ante sus locas propuestas sobre la realidad y la ficción. Aquella historia sobre las hermanas Quiroga se le había quedado enredada en el alma. Le había resultado inevitable sentir empatía por ellas. Sabía de sobra que Elena habría hecho lo mismo; se habría arriesgado, como siempre, a salvar a su indefensa hermana menor de la inclemencia de una sociedad injusta y despiadada.

Le resultó conmovedor aquel último intento por aferrarse a un posible reencuentro después de la muerte. La resurrección era un concepto tan antiguo como el propio mundo. La fascinación por el regreso del Más Allá se había tratado en numerosos textos religiosos, pero también hubo autores que jugaron con esa misma idea. Recordó a Mary Shelley y su monstruo, una joven que también había sufrido por el fallecimiento de seres queridos. ¿Poseía la pérdida el poder de estimular la creatividad, aunque solo fuera por entretener la fantasía de recuperar la vida? ¿Significaba eso que, si alguien podía regresar de entre los muertos, también era posible localizar su espíritu?

Entre divagaciones, el sueño le susurró en el oído con un canto dulce y su respiración se hizo pausada y tranquila. Fuera, el ruido de la lluvia se había transformado en una nana, y entre las líneas de aquellos pensamientos se coló una tímida idea oscura: ¿sería posible alcanzar el otro lado? ¿Podría comunicarse con Elena?

Círculo II
Lujuria

Sesión decimoquinta
26 de diciembre de 2022

Detestaba tener que usar mi apodo incluso cuando no se había dado por comenzada la sesión, por el solo hecho de encontrarme en las premisas del club.

Segundo. Segundo. Segundo.

Una palabra más que me escocía en el centro del pecho. Odiaba ocupar ese lugar. Sin embargo, sospechaba que a Cuarto eso le excitaba de una manera siniestra.

Maldita sea, hasta en mis pensamientos la llamaba así.

La precipitación de ser descubiertos o la profanación de un lugar que habíamos prometido dedicar al cultivo de la mente se le antojaban más tentadoras que mis caricias. Aun así, la deseaba y el deseo era capaz de echar abajo cualquier bandera roja. Llevaba demasiado esperando un espacio a solas, un instante en el que al fin tener su cuerpo cerca, así que mi voluntad ya estaba vendida al mejor postor. Quedaban diez minutos para el inicio de la reunión que aprovechamos, en la soledad de la estancia, rodeados de botellines y cajas, para perdernos el uno en los labios del otro con pasión.

De la que solía nublarme la visión y que todo lo demás no importara. Pero había algo que me reconcomía.

—¿Por qué tengo que esperar a las sesiones para verte? —pregunté a pocos centímetros de su boca.

—Ya sabes por qué.

—¿Crees que no sospechan nada? Vamos, no son estúpidos. ¿Y qué más da, si así fuera?

—Todo esto perdería solemnidad. —Cuarto entrelazó los dedos en mi pelo—. Me gusta que aquí no seamos nosotros. Si no tenemos nombre, no se nos pueden poner otras etiquetas, ¿comprendes? Este tiempo, tú y yo, todo es una página en blanco.

—Me queda claro el mensaje.

Expulsé un resoplido de ego dolido.

—¿Qué? Segundo, no seas así.

—Llámame por mi nombre. —La miré a los ojos sin pestañear durante segundos. Qué ironía. Ella se bañó en mi retina sin dar un paso atrás y eso me excitó aún más.

—¿Desde cuándo te importa lo que sepan o cómo nos definamos? Lo que más me gustaba de ti es que eras un espíritu libre.

—No te estoy pidiendo que nos casemos, relájate. Simplemente, no me apetece esconderme.

—Y yo que pensé que este juego te gustaría...

Su tono sonó juguetón, un ronroneo que me acarició el estómago, aunque intuí una pizca de manipulación. Levantó una ceja para hacerse más interesante. Quise resistirme, apelar a mi orgullo para no dejarme arrastrar por mis instintos primarios, darle una lección de alguna manera. Pero el tiempo era fugaz y el placer, una tentación constante que no estaba dispuesto a despreciar.

Pagaría el precio que ella me pidiera.

Nos besamos despacio, saboreándonos a conciencia. Acaricié lo que la ropa no cubría y busqué senderos hasta lo que se ocultaba.

La baja temperatura inicial de la sala carecía de importancia. Habríamos quemado el suelo y fundido las paredes. Nos hallábamos envueltos en un trance en el que yo perdía mi voluntad cada vez que tomaban el control mis otros sentidos.

La oferta fue perfecta por unos instantes.

Hasta que escuchamos el crujido de las escaleras de madera y Cuarto reaccionó separándose de mí como un resorte. El escozor de mi pecho se reactivó aún más doloroso, pero también hubo cierto alivio.

Un segundo más entregados al gozo y Tercero nos habría pillado.

No, precisamente él...

Nos separamos. Cuarto disimuló con un talento natural que asustaba; yo bajé la cabeza, contrariado, y esquivé la mirada manchada de sospecha de Tercero mientras me recolocaba la ropa. El marcado rubor en las mejillas, sin embargo, me duró un rato.

No hubo ningún reproche verbal, no era necesario. La información flotaba en el aire como un mensaje escrito en las estelas de humo de una avioneta. No le debía explicaciones y, aun así, me sentía incómodo, como un traidor.

Enseguida aparecieron los demás miembros y ocuparon sus lugares. Permanecieron de pie, serios como jueces, hasta que recibieron la señal de sentarse en círculo. Yo también recompuse la expresión de mi cara y me guardé la frustración detrás de la máscara de mi apodo.

—Menuda lectura —dijo Quinto con ironía—. Anda, Séptimo, te has lucido. Querías ponernos a todos a tono, ¿eh?

Las risas se apagaron con el gesto de desaprobación de Cuarto.

—Tomaos esto en serio.

—Creía que aquí éramos libres de opinar —apuntó Tercero.

Un hecho basado en las propias reglas establecidas, pero también un dardo venenoso que no pasó desapercibido.

—Lo somos, pero precisamente aquí escoged vuestras palabras. No hemos venido a sonar vulgares como un corrillo de viejos en el bar. Por esa falta de respeto al círculo harás la sesión de rodillas.

Quinto frunció el ceño. Estaba a punto de protestar.

—Todos nos hemos adherido a unas normas —se adelantó Octavo—. Juramos cumplirlas. Acepta tu castigo por irrespetuoso.

Miré a Cuarto, que asintió con cierta satisfacción. Nadie se opuso. Tenía razón, lo habíamos consensuado. Un trato era un trato. Hasta Quinto lo sabía, así que apretó los dientes y tragó saliva y orgullo antes de posar las rodillas sobre el polvoriento suelo helado.

—No te apoyes en los talones. Erguido. Bien, Séptimo —retomó Cuarto—, ha sido tu propuesta, así que damos por abierta la sesión. Empieza tú.

El aludido se atusó el cabello hacia atrás y se crujió los nudillos.

—Partiendo de la teoría de que todos guardamos un pequeño lado oscuro, hasta la persona más aparentemente inocente y buena, me puse a discutir sobre este tema con otras personas y me dijeron que era un «sadista».

Hizo una pausa adrede esperando alguna broma al respecto, pero el castigo a Quinto había hecho efecto en el club. Solo hubo silencio y rostros serios que no se atrevían a mirar a Cuarto. Me maravillaba su habilidad camaleónica para cambiar de personaje y pasar de la dulzura ácida de una frambuesa a la impasibilidad del hielo.

—El caso es que no sabía casi nada del marqués de

Sade —prosiguió Séptimo— y resulta que el tipo tenía unas filosofías de lo más… controvertidas.

—A mí me parece un egoísta —añadió Tercero.

Recogí el guante haciendo acopio de todo el talante que me quedaba:

—¿Por decir que los humanos somos unos interesados? Es la pura verdad. Cada uno va a lo suyo y no le importa el resto.

—Pero *Justine* no va de eso, en mi opinión —interrumpió Primero—. Es claramente una queja. Quizá un lamento. La pobre Justine, que simboliza la virtud, es aplastada por el vicio. Creo que nos quiere hacer reflexionar sobre la moral.

—¿El marqués de Sade? —La carcajada de Quinto perdió fuerza en cuanto recordó que hablaba desde el suelo. Miró a Cuarto y se recompuso—. Lo que quiero decir es que ese tipo era el menos indicado para dar charlas de moral a nadie.

—En realidad, no —añadió Octavo—. Había mucho de leyenda. Es verdad que se vio envuelto en algunos escándalos con prostitutas, pero aunque hubiera sido todo cierto, ¿le quita eso el derecho a explorar la moralidad?

—No sé por qué siempre damos por sentado que lo que no se pudo probar era un mito —dijo Cuarto.

—Porque la historia necesita evidencias. Si no, se trata de cuentos. No podemos dar todo lo que se dice por verdadero simplemente porque nos guste el morbo.

—Pero, Octavo, la existencia de Dios es entonces una leyenda...

—Existe el contraargumento de «tampoco se ha probado su no-existencia» —apuntó Primero.

—Es el amor contra el libertinaje.

La observación de Tercero atrajo la atención de todo el círculo, sobre todo la mía.

—El que hace todo según las reglas, ese acaba perdiendo y se queda en una posición de desventaja, mientras que quienes se corrompen y hacen lo que les da la gana sin pensar en las consecuencias consiguen lo que quieren. Es así. La vida es justo eso. Pero discrepo en que sea algo que sucede por arte de magia. La gente es egoísta por elección.

—Muy pocas veces no podemos elegir, aunque las alternativas sean horribles...

Primero lanzó su aseveración con voz pausada y me dio la sensación de que buscaba aplacar cierto rencor latente en las palabras de Tercero.

—Si yo contara un secreto de alguien de este grupo sin su consentimiento, ¿sería eso egoísta?

Sentí una punzada en el estómago y observé el ceño fruncido de Cuarto. Temí las consecuencias de que aireara nuestro romance, pero enseguida comprendí que tenía información aún más sensible con la que jugar, y con una telepatía en la que no creía le supliqué que no lo hiciera.

—Supongo que si hay una motivación detrás, lo sería.

—Sería una traición —interrumpí a Primero—. Las traiciones siempre son egoístas.

—Mmm... —Séptimo pensó un instante—. Bueno, no es exactamente así. Si mi secreto fuera que tengo un problema con el alcohol...

—Eso no es un secreto.

—Cállate, Quinto. Creo que no estás aprendiendo nada. Deberíamos subir al siguiente nivel. —Dirigió una mirada de consulta a Cuarto, que negó con la cabeza. Petición denegada—. Como decía, si fuera así y un amigo lo contara para buscarme ayuda, en realidad sería un acto de amor.

—A veces, cuando estás cegado por otras cosas... o personas, no sabes distinguir lo que es un acto de amor.

—¿Nos estamos yendo del tema o me lo parece? —ironizó Octavo.

Fue Cuarto quien retomó la conversación sobre la novela y la recondujo hacia otra dirección. Respiré aliviado, aunque en el fondo sabía que no lo había hecho por mí. Percibía la incomodidad de tener a Tercero en medio de los dos, pero no lograba pensar en otra cosa que no fuera conseguir doblegar la voluntad de quien se me resistía. El poder de su rebeldía era tan tentador o más que su propio cuerpo, que tanto ansiaba.

De todas las personas que se habían presentado candidatas a mi cama desde el comienzo del curso, me había encaprichado de la más complicada.

Y eso le proporcionaba cierto halo de conquista.

Adrenalina.

Fascinación.

Si tenía que enterrar otro secreto más para mantener la opción de reencontrarse y dar rienda suelta a nuestras fantasías, lo haría. Cuarto tenía poder sobre mi ser y no me importaba. La recompensa lo merecía con creces.

Me dejaría llevar hasta donde fuera necesario y tendrían que comprenderlo.

O no. ¿Acaso importaba lo que opinara el resto acerca de mi libertinaje? La virtud solía verse vencida por el vicio. En eso el marqués de Sade tenía toda la razón.

5

Con los ojos cerrados Gara habría jurado que se hallaba tumbada bocabajo, envuelta en una crisálida y colgada de un árbol. La gravedad la empujaba por la espalda y la brisa le acariciaba la cara. Fue un microsegundo lo que tardó en asimilar esos datos y sentir una punzada de pánico en la boca del estómago.

Despertó en una habitación desconocida, como si hubiera hibernado durante siglos y ni siquiera pudiera ubicar el año. Hacía meses que no conciliaba un sueño tan profundo como para no recordar dónde se encontraba. Enseguida regresaron imágenes de la noche anterior, del paseo junto al guía-vampiro y de la invitación de Elia a su guarida para huir de la tormenta.

Se incorporó despacio y escaneó la habitación con la precisión que le brindaban los tenues rayos de sol que se colaban por la persiana a medio subir. Estaba en una jaula de los años ochenta. Se fijó en el radiocasete sobre el escritorio, un aparato que solo había visto en las películas, y en las cintas en fila india sobre la estantería junto a la ventana. Había una pila de revistas de cine metidas en un par de cajas a los pies de la cama y, entre los pósters de grupos musicales, alternaba alguna celebridad extranjera con poca ropa.

Gara se dirigió de puntillas al baño para no interrumpir el silencio reinante y comprobó que su ropa aún seguía húmeda, pero se la puso de todas maneras. Ya había sobrepasado la invitación de cortesía; debía volver a la residencia y reanudar sus tareas. Salió al salón mientras se trenzaba el pelo deprisa, la única manera que había perfeccionado para cuando sus ondas resultaban indomables.

—¿Ya te has levantado?

A su espalda, la voz sonó musical y distinta. Gara se giró sobresaltada y se encontró de frente con una chica de nariz respingona y cuerpo en forma de triángulo que sujetaba una taza humeante en la mano.

—Pensé que todo el mundo estaba durmiendo. ¿Te he despertado? —El tono de disculpa se perdió en el aire.

—No, qué va. Madrugo para salir a correr un rato y estudiar cuando todo está en silencio. —Hizo una pausa esperando una reacción que no llegó—. ¿Quieres desayunar? Soy Leda, la compañera de piso de Elia. Ella se ha ido temprano a clase. Te iba a dejar una nota, pero ya le he dicho que yo me ocuparía de ti.

Gara no lograba situar aquel acento, aunque había descartado la geografía nacional, y afinó el oído para localizar los rasgos que la ayudaran a clasificar la procedencia de Leda, lo cual debió de reflejarse en su expresión.

—Te estás preguntando de dónde soy... —Exhaló una sonrisa y se sentó en el brazo del sofá. Se apartó el flequillo hacia atrás y aprovechó para deslizar la mano por su nuca desnuda—. Soy de Atenas. Estudiante de Erasmus.

—Vaya, Elia me llama «la chica del Paraíso», pero tú vienes de la cuna de la civilización occidental. —Gara calló para calmar su entusiasmo—. Hablas español muy bien.

—Gracias. El año pasado vine un mes para estudiar español, me enamoré de esta ciudad, conocí a Elia y los demás... y al final me quedé hasta el verano. Al menos este año estudiaré aquí. No estoy preparada para volver a Grecia todavía.

—¿«Los demás»? ¿Te refieres a Uri?

—Es cierto, lo conociste anoche en su famosa ruta por los misterios de Granada. —Leda usó un tono de voz más grave imitando a un presentador de circo—. ¿Te ha dejado alucinada con todo lo que sabe de historia? A mí me pasó lo mismo. Es muy interesante, ¿verdad? Todo ese cuento de los exorcismos, las princesas árabes, las brujas...

—Sí, fue una noche entretenida. Creo que necesitaba un poco de inspiración.

—¡Oh, claro! Elia me ha contado que investigas para

tu tesis. Algo sobre literatura, no precisó demasiado. Suena emocionante.

—¿También estudias Filología?

Gara colaba preguntas en los huecos que la joven griega le dejaba libres. Era una mariposa que revoloteaba de un tema a otro con genuino interés y entonaciones caprichosas que le obligaban a abrir sus redondos ojos negros de par en par.

—Filosofía. A todo el mundo le parece irónico. ¿Otra griega que pretende diseccionar el mundo? —Leda soltó una risita—. Mis ancestros eran buenos en lo suyo, ¿por qué no seguir la tradición? Parece que todo está inventado y reflexionado, pero cada día se abren nuevas puertas al pensamiento y a la ética. Mira las IA, por ejemplo. Es fascinante darle vueltas a quiénes somos aun después de tantos siglos. —Gara asintió y apenas susurró un «sí» que se perdió entre las rápidas divagaciones de su interlocutora—. Perdona, a veces hablo demasiado y pienso que a todo el mundo le interesan las mismas tonterías que a mí.

—No me parecen tonterías —replicó Gara con sinceridad—. Es valiente estudiar una disciplina tan…

—¿Inútil?

—No, no pretendía decir… —De nuevo, el rubor cálido en sus pálidas mejillas—. Denostada, esa es la palabra. —Leda arrugó el ceño—. Me refiero a que la gente piensa que ya no hace falta estudiar la conciencia, la ética y todo lo demás. Creen que la filosofía es algo…

—Inútil —insistió, aunque no había ofensa en su expresión—. Eso no me preocupa. Todo el mundo se hace las mismas preguntas existenciales. Tarde o temprano acabarán llegando a las mismas conclusiones que *Sokrátis* o Descartes, solo que quienes los estudiamos nos ahorraremos todo ese trabajo. —Esta vez hubo una sonrisa de satisfacción y un sorbo de café—. Tómate una taza, por favor.

—No puedo. —Gara evitó explicarle su aversión al café por lo de la taquicardia y su preferencia por las infusiones que le calentaban el estómago y el alma—. Tengo que volver a la residencia. Debería ponerme con la tesis, si quiero avanzar, y cambiarme de ropa antes de que me resfríe.

—¿Aún no se ha secado? —Leda se puso de pie de un salto, dejó la taza sobre la mesa del centro y palpó la humedad de su espalda—. Ven, te presto algo. Vas a coger frío.

—No hace falta, de verdad. Llegaré a la residencia en un cuarto de hora como mucho. —Se colocó el bolso en el hombro—. He dejado la ropa de Elia en el baño. Bueno, supongo que ya nos veremos.

—Oh. —La joven se dio con la palma de la mano en la frente a modo de castigo—. ¿Por qué no vienes al Bohemia esta tarde? Es el cumpleaños de Miguel y Bruno. Tomaremos algo sobre las cuatro y ellos fingirán que no sabían que íbamos a hacerles una fiesta sorpresa.

En aquel instante, Gara solo sentía deseos de abrazar su soledad en un lugar conocido, de regresar a la madriguera donde recargarse y ordenar la retahíla de pensamientos que danzaban desacompasados en las cisuras de su cerebro. De sobra sabía que ofrecer una excusa podría haberse transformado en una invitación a la insistencia, así que utilizó un truco que no fallaba.

—Suena bien —dijo—. Lo pensaré si consigo acabar todo lo que tengo que hacer hoy.

—Es un trato.

Leda, de nuevo con la taza en la mano, selló el acuerdo con un brindis al aire.

—*Stin iyá su.*

Gara abandonó el piso observada por su amistosa mirada. En cuanto puso un pie en el lóbrego pasillo, le castañetearon los dientes. Aligeró el paso hacia el portal en un trayecto tan alejado del paseo de la vergüenza que las comisuras de los labios se le elevaron, ligeras como nubes de algodón. Dos emociones opuestas pugnaban en su interior: una por permanecer latente y otra por reclamar un poquito de territorio conquistado. El paralizante hielo del duelo, que la culpaba por soñar con sacar la cabeza del agua y respirar un poco, contra la tímida calidez de la satisfacción por iniciar otro círculo.

Si con una única noche de contacto social distraía sus recuerdos, ¿qué sucedería cuando la imagen de Elena se hiciera cada vez más borrosa? ¿La olvidaría como casi le había ocurrido con su madre? Levantó la vista a un cielo invisible, rozó con la punta de los dedos su anillo plateado y un nudo hizo de contrapeso, borrando de un plumazo su sonrisa.

La sensación de descontrol avivaba sus nervios. Toda esa disciplina que Gara adoraba, de horarios fijos y metodologías precisas, era un fantasma que aparecía de forma intermitente. Miraba su agenda y los días que estaban por venir, con apenas unos huecos rellenos de seminarios, y una incómoda sensación opresiva le latía en las cervicales. Si no navegaba a la más absoluta deriva, lo parecía.

La reducida productividad y la falta de tareas que tachar de su agenda eran una soga al cuello que apretaba cada vez más. Sin resultados, su identidad quedaba desdibujada a simplemente existir, y ese era un acto aterrador si se practicaba con demasiada asiduidad. Por eso rellenaba todos esos agujeros del tiempo con la lectura de material potencialmente útil, el visionado de documentales o películas sobre el tema en cuestión, o la reiterativa acción de adecentar su habitación. El caos interno siempre se adormecía cuando la ropa quedaba ordenada por colores y los libros, por género.

Un correo electrónico firmado por el profesor Villar acudió al rescate de su neurosis. Al parecer, el departamento tenía pendiente finalizar un artículo del que solo había notas sobre algunas investigaciones previas. La petición se reducía a elaborar el estado de arte y redactar el texto final a partir de la documentación que había trabajado la persona anteriormente responsable. Sonaba bien, como la clase de actividad que entretendría sus ansiosas neuronas durante unos cuantos días, y además, no podía rechazarlo. Aceptar el programa de doctorado comportaba formar parte del departamento de literatura y todas sus tareas pendientes.

Abrió el documento adjunto y lo leyó por encima para extraer las ideas principales. El tema versaba sobre la *Divina Comedia* de Dante, algo que, supuso, ya se habría estudiado de sobra en décadas anteriores. Pero al fijarse en los apuntes de las páginas posteriores, se percató de algún matiz que le daba un giro a la perspectiva del investigador en esa ocasión. Había supuesto un sesudo análisis de todo lo escrito hasta el momento sobre la obra, quizá también de su autor, en retrospectiva. En vez de eso, quien se había encargado del artículo parecía tener una intención más orientada al futuro.

¿Qué influencia tuvo Dante en otros autores?

Percepción de su obra casi como doctrina. ¿Pretendía ser un profeta?

¿Es la *Divina Comedia* realmente una alegoría?

Nota personal: ¿podría llegar a convertirse en una especie de Biblia? ¿Se crearía una religión en torno a su nombre?

Había párrafos y flechas sobre conexiones entre ideas afines y conclusiones garabateadas para evitar olvidarlas. El caos de información la abrumó ligeramente, pero el poeta siempre le había resultado un personaje interesante, una de esas figuras históricas que ocultaban algo en los puntos ciegos donde la luz no iluminaba lo suficiente.

Buceó un rato en las profundidades de internet. Sentada frente a su ordenador portátil en una sala de estudio vacía, leyó algunos artículos que divagaban en torno al impacto que había tenido en el autor la muerte de su amada Beatriz y su deriva filosófica. El resto del material hacía hincapié en el contexto político que rodeó a Dante, sus supuestas alegorías sobre el capitalismo y el simbolismo de su viaje como una manera de adoctrinar sobre el verdadero camino del bien.

El dato sobre la acuciante depresión en la que cayó tras la muerte de Beatriz bailaba en la mente de Gara. Había tantas interpretaciones del enorme poema que era la *Divina Comedia* como personas en el mundo. Pensó en Elia y en su obstinada postura con respecto a la clase de poesía que había interrumpido el día que se conocieron. Tal vez tuviera razón en eso de que analizar un poema desde lo externo no tenía el más mínimo sentido. ¿Qué había querido contar Dante en realidad? ¿Se asemejaría alguna de las versiones de los eruditos a la que pretendía transmitir el autor?

En medio del camino de la vida, errante me encontré
por selva oscura, en que la recta vía era perdida.

La lectura de la primera frase con la que empezaba la
obra la dejó paralizada. En ese instante, a través del velo
del tiempo y de versos escritos siglos atrás, sintió una
punzada en el corazón. Fue como si una aguja le traspasa-
ra los tejidos vivos hasta alcanzar su esencia, el núcleo de
donde brotaban los sentimientos más puros, y la uniera
con una punzada de hilo negro a las emociones del poeta.
Dante se había encontrado tan perdido como Gara tras la
muerte de Elena y, en un intento desesperado por recuperarla, se había lanzado a través de las dimensiones más
despiadadas en su busca. Incluso a través del mismísimo
Infierno.

Al menos, metafóricamente.

La vegetación de los jardines obligaba a la poca luz que
se colaba por las ventanas a salvar demasiados obstáculos.
A pesar de que el mediodía había quedado atrás, el cielo
continuaba inundado de nubes enfadadas, de negros ce-
ños fruncidos y labios apretados en una mueca de ira.
Gara encendió una de las lamparitas asignadas a cada sitio
en la mesa. Era un punto dorado en medio de un ambiente
silencioso y gris. De vez en cuando se escuchaba el crujido de algún mueble, como huesos de ancianos de madera.

Al nombre del autor a menudo iban unidas referencias
a lo oculto y las posibles interpretaciones de algunos pa-

sajes. Entre los resultados de búsqueda que aparecieron, descubrió la existencia de un curioso manuscrito titulado *Marietta*, escrito por un tal Artazu, que pertenecía a la Sociedad Española Espiritista, una entidad cuya existencia Gara desconocía. Se trataba de una trágica historia de amor que sus propios protagonistas, ya fallecidos, dictaban a un médium. Sacudió la cabeza para deshacerse de la curiosidad que la reclamaba por ese lado y se esforzó en hacer un análisis serio del texto.

De repente, un ruido en alguna parte de la sala la distrajo. Levantó la vista de la pantalla con la expectativa de encontrar compañía, pero seguía sola. Habría identificado el sonido como algo metálico, por lo que pensó que provenía de la puerta. Negativo, permanecía cerrada. Regresó a su tarea, pero aquel manuscrito en cuestión la llamaba con sus cantos de sirena. ¿Acaso su escaso coqueteo con lo sobrenatural tenía el poder de sugestionarla?

Resopló y cerró los ojos un instante. Negó con la cabeza para sacudirse la idea que le rondaba, amenazando con colarse y plantar una semilla.

—No. No es posible —pronunció en voz alta.

Entonces un golpe sordo contra el suelo la sobresaltó. Se colocó la mano en el pecho para calmar los acelerados latidos del corazón y se agachó bajo la mesa. Su pesado bolso se había resbalado de la silla y había quedado medio abierto. Palpó para recoger lo que hubiera logrado escapar del interior. Nada, salvo lo que rozó con la punta de los dedos, aquella pasta dura de bordes desgastados que tan bien conocía.

—¿Elena?

Agarró el libro azulado, lo abrazó con fuerza y apretó los labios para atrapar las lágrimas que amenazaban con derramarse. Se levantó y cerró la tapa del portátil de un manotazo. Allí no había nadie, ni versos con los que traerla de vuelta a la vida.

Guardó el ordenador en su funda, se colgó el bolso del hombro y salió, no sin antes girarse para observar una vez más la sala vacía y silenciosa.

Mientras esperaba que le trajeran la macedonia de frutas que había pedido de postre, Gara expulsó un bufido de hastío y se masajeó el puente de la nariz con la esperanza de que ambos gestos le proporcionaran un poco de calma. Obcecarse en un mismo asunto hasta el punto de la saturación más absoluta era otro de sus superpoderes. Por eso decidió parar.

Había bajado hasta el centro dando un paseo y allí se detuvo a contemplar pequeñas escenas cotidianas que la reconfortaran. La anciana que, a pesar del empuje de los años, todavía barría la acera; el transportista que aparcaba en doble fila y se recubría de hielo para que le resbalaran las bocinas de los conductores agraviados; los transeúntes que aparentaban hablar a voz en grito consigo mismos aunque escondían auriculares inalámbricos en las orejas. Entonces el estómago había protestado con razón, pues ya habían dado las dos de la tarde. Creyó que el hambre, por su condición de necesidad primaria, colmaría por completo su conciencia, así que entró en un bar escondido en una calle que comunicaba con una avenida principal.

No pudo evitar recordar una de las recurrentes frases de su madre: «Lo que no recibe tu atención se queda ahí, molestando, hasta que le hagas caso. Huir nunca funciona». Y ahí estaba, desde luego, la alocada fantasía de que el alma de verdad pesara veintiún gramos, como había leído en aquel experimento de un médico en 1907. Entonces le pareció un clavo ardiendo al que se habían aferrado quienes temían a la muerte y los que habían sufrido una pérdida dolorosa, pero en ese momento, en la sala de estudio, había sido capaz de percibir el intenso calor que le llegaba a las palmas de las manos mientras las acercaba a ese mismo clavo.

Coqueteó con la existencia de una mínima posibilidad... y se detuvo.

Podría haber estallado en lágrimas allí mismo, delante del cuenco con trocitos de melocotón, manzana y uvas. Quería mirar al cielo, si es que allí estaba la supuesta deidad que los vigilaba, y vaciar toda su frustración en una serie de reproches, empezando por la injusticia de haberle arrebatado a las dos personas más importantes de su vida antes siquiera de haber cumplido los treinta.

Decepcionada ante la evidencia de que ni siquiera poseía la valentía para montar una escena, se tomó el postre. Con las noticias de las dos de fondo en un televisor al que nadie prestaba atención, pagó la cuenta. Luchó contra la exigencia de productividad, siempre latente, y sacó el teléfono móvil para cotejar la ubicación del Bohemia Jazz Café. Aún quedaba tiempo y, aunque solía emparejar personas con libros en la mayoría de sus regalos, optó por algo menos personal. No conocía a nadie, salvo a Elia. Sería mejor sembrar otra primera impresión, más trivial.

Entró en la primera pastelería que le llamó la atención. Tan solo los dulces expuestos en el escaparate fueron suficientes para que salivara. Si había algo que poca gente rechazaba, era un delicioso pastel. Como el establecimiento presumía de preparar los mejores piononos de Santa Fe de toda la ciudad, Gara pidió probar uno. El bizcocho almibarado se le deshizo en la boca. Reconoció el sabor a yema y canela. Compró diez, que le envolvieron en una bandeja.

Callejeando, llegó hasta la plaza de los Lobos, presidida por una fuente y desierta salvo por un hombre que jugaba con su hijo en el área infantil. El exterior del Bohemia Jazz Café ya prometía, con aquel aire a local del Chicago de los años veinte. Junto a la enorme puerta negra de metal había una pizarra con una cita en inglés que le llamó la atención: «Benditos sean los bichos raros: los poetas, los inadaptados, los artistas, los escritores, los músicos, los soñadores, los marginados, pues nos obligan a ver el mundo con distintos ojos».

Empujó la puerta y la algarabía la engulló. La decoración era una amalgama de retratos de actores del Hollywood dorado, discos de vinilo y libros de encuadernación antigua. Las fotografías de Marilyn Monroe, Audrey Hepburn y Elizabeth Taylor compartían espacio con largos espejos de recargados marcos y muebles *vintage*. Curioseó un instante los lomos de los libros que atestaban las estanterías de la entrada. El temor de quedarse atrapada en esa actividad la obligó a sacudir la cabeza y continuar hacia el interior.

Dejó a su derecha la sobrecargada barra de madera, también adornada con imágenes y botellas de licores, y al fondo divisó un rostro conocido que le hacía señales con la mano. Leda la saludó a lo lejos y tocó el hombro de Elia, sentada a su lado, para avisarla de que había llegado. Reconoció a Uri, de pie junto a otro chico que, supuso, sería uno de los cumpleañeros.

Gara inspiró profundamente en un intento de tranquilizar los nervios de las primeras interacciones con gente desconocida y caminó hacia el grupo, dejando atrás guitarras colgadas de las paredes y lámparas de mesa estratégicamente colocadas. Un hombre de pelo canoso con pantalón y camisa negros acarició las teclas del piano situado al fondo, justo enfrente de la mesa que ocupaban Elia y los demás. Fue ella quien llamó su atención.

—¡Estás aquí! —le exclamó al oído, por encima de todo el ruido, y le rodeó los hombros con el brazo—. Ven, te presentaré al resto. —Se acercó con ella a la mesa y se dirigió al grupo—: Escuchad un momento. Esta es Gara, la chica de la que os hablé.

Hubo saludos sinceros que se solaparon con la música del ambiente. Leda se levantó, ya con una taza en la mano, y le golpeó cariñosamente el hombro.

—Al final te has animado a venir. ¿Un té?

—Sí, gracias. —Sonrió y observó a la joven llamar a uno de los camareros con un gesto. Por la familiaridad con que se trataron, dedujo que eran asiduos del bar.

—Ya conoces a Uri —dijo Elia y dejó espacio al intercambio de miradas—. Este de aquí es Genio. —Señaló a un chico alto con el pelo rozándole los hombros y aspecto de James Dean maltratado por la vida—. No creas que lo llamamos así por lo listo que es…

Risas y un mohín de fastidio del aludido.

—Oye, solo por eso, acabas de perder tus tres deseos —respondió y luego sacó la mano del bolsillo de los vaqueros para ofrecérsela a Gara—. No le hagas ni caso. Nunca quiere apuntarse a la noche de *Trivial* conmigo. Por algo será…

—A lo mejor Gara y yo formamos un dúo y te damos una paliza.

—Si eres buena en geografía, cuenta conmigo. —Gara se dejó llevar por el ambiente amistoso.

—Y ese tío tan serio de ahí —Genio apuntó con la cabeza a quien se sentaba junto a Uri— es Miguel, que parece que cumple ochenta años, pero solo son setenta y nueve.

Gara se giró hacia él. Su cara aniñada no cuadraba con aquella expresión de hastío en la mirada.

—Ya empieza el festival del humor... —replicó poniendo los ojos en blanco.

—¡Feliz cumpleaños!

—No sé si sabes dónde te estás metiendo... Huye cuando no te miren.

Gara sonrió, pero casi percibió cierto atisbo de honestidad en el comentario. Leda apareció por detrás con una humeante taza de té verde.

—No la ahuyentes tan rápido, Miguel —añadió Uri—. Danos un poco de tiempo.

—Bien, Gara —habló Genio—. Elia ya nos ha contado que vienes de Canarias, cosa que mi colega Leda y yo celebramos. Por fin otra forastera en este grupo. Algún día seremos mayoría.

Gara aguzó el oído, pero fue incapaz de ubicar su procedencia. Compartía la aspiración de la ese final con el sur, pero la musicalidad era distinta.

—¿De dónde eres?

—Extremeño de corazón y andaluz de adopción.

—Lo dice porque aún espera que la chica por la que vino a Granada le haga caso. —Miguel lo adornó con una media sonrisa de lado, pero sonaba a dardo envenenado, a juzgar por la intervención de Uri antes de que Genio saltara.

—Ninguna chica de Granada os va a hacer caso. Me temo que solo os queda convencer a Leda.

La griega ya preparaba su réplica cuando el grupo se alborotó ante la llegada de otro miembro, un chico con camisa blanca debajo de un jersey mostaza a rayas y que probablemente había tardado un buen rato en ondearse el flequillo. Algunos se mostraron más efusivos que otros al gritar su nombre y enseguida hicieron las presentaciones. Miguel no se inmutó.

—Ya veo que mi hermano es la alegría de su propia fiesta.

—Para eso estás tú, Bruno —dijo Miguel, con los ojos fijos en su jarra de cerveza.

Gara los observó: Miguel, tan enfadado con el mundo como un adolescente en plena efervescencia, sentado en la silla con una actitud de incomodidad o quizá de obligación por estar presente; y Bruno, que chocaba la mano de los chicos igual que una estrella del fútbol, y abrazaba a las chicas como un casanova. Costaba asimilar que compartían lazos de sangre.

—Vamos a sacar los regalos antes de que estalle la guerra, que yo me he puesto ropa limpia hoy —apuntó Genio.

Gara siempre había tenido la teoría que había dos formas de averiguar qué camarillas conformaban un grupo: una era cuando llegaba el momento de pagar la cuenta y el bar exigía que se pagara todo junto; la otra era la asociación secreta que se creaba para adquirir los regalos de un cumpleaños. Elia, Uri y Leda habían comprado dos entradas para un concierto de un grupo local de rock para Miguel, cuya ilusión le resultó difícil de disimular al abrir el sobre, y una raqueta de pádel para Bruno, además de una fotografía con un montaje en la que aparecía junto a la princesa Leia. Sin duda aquello era una broma interna que Gara no cazó. Por su parte, Genio les dio a cada uno dos paquetes idénticos envueltos con el mismo papel. Los rostros del resto anticipaban alguna jugarreta.

—Muy gracioso —dijo Bruno—. ¿Pretendes que me ponga esto?

El regalo consistía en dos camisetas de colores opuestos, una negra para Miguel y la otra blanca, con la cara impresa del otro en cada una de ellas.

—Que os las pongáis —le corrigió Genio—. Es una ofrenda de paz para que os llevéis bien… o podéis colgarla en vuestra habitación y lanzarle dardos. Salís monísimos. Ahora no lo sabéis, pero un día me daréis las gracias.

—Bruno acabará poniéndose la de su propia cara —añadió Leda, recibiendo así las risas del resto, incluida la de Miguel.

El aludido levantó las cejas, se alisó el suéter y dejó la camiseta a un lado.

—Yo también he traído algo. —Gara colocó la bandeja de dulces encima de la mesa—. El azúcar nunca falla, ¿no?

—¡Piononos! —exclamó Leda—. Ya me caías bien, pero esto lo mejora. Uri, pásame uno.

—Todo el mundo tiene un vaso en la mano, se han repartido los regalos y ya estamos todos —Genio miró a Elia en busca de aprobación—, así que...

—No, no lo estamos...

Miguel soltó el comentario con un hilo de voz, como si se lo hubiera confirmado a sí mismo, pero consiguió que se hiciera el silencio. El piano y el alboroto del bar quedaron en un segundo plano.

—No hagas eso. —La petición de Elia sonó a orden velada.

—¿Quieres mandar hasta en mi propio cumpleaños?

—Por una vez, tengamos la fiesta en paz, anda. —Bruno cogió un pastelito.

—Si vosotros os habéis olvidado de Santos, yo no.

—Nadie se ha olvidado, Miguel. —Uri le rodeó con el brazo en un gesto consolador—. Venga, que tenemos visita. Deja que Gara tarde un poco más en averiguar todas nuestras miserias.

Miguel apretó la boca y tragó saliva. Se mordió el labio como si sujetara una frase para que no se le escapara y finalmente asintió. Cogió su jarra de cerveza y la levantó hacia el centro de la mesa.

—Feliz cumpleaños.

Se la bebió de un trago y se fue hacia la barra con expresión seria. Hubo un suspiro colectivo y ojos que orbitaron hacia Gara, incómodos, hasta que Genio rompió la tensión:

—No me extraña que estudie arte dramático. ¡A comer!

Los pastelitos desaparecieron deprisa, en mitad de un interrogatorio amable hacia Gara, que confirmaba el interés por conocerla. Querían detalles sobre su vida en Gran Canaria, qué la conectaba con la isla, pues su acento bailaba en distintos ritmos, y cuál era la pieza que había hecho clic en el engranaje de su cabeza para meterse en la odisea de preparar un doctorado. Entre las bromas ácidas de Genio, con la inestimable colaboración de Bruno, las perfectas puntualizaciones del sutil carisma de Uri, el constante esfuerzo de Leda por relajar el ambiente con sus preguntas y la naturalidad con la que Elia dirigía el grupo, Gara se preguntó por qué su atención viraba hacia Miguel.

Participar en cotilleos no le resultaba interesante y a menudo huía de eso. Por su experiencia, en todo grupo había un difunto, alguien al que ya no se nombraba a causa de un agravio a uno de los líderes de la manada. Aquel tal Santos debió hacer algo terriblemente grave para que solo mencionar su nombre provocara una reacción unánime, o casi, y era ese «casi» lo que le despertaba la curiosidad. Aun así, era demasiado pronto para hurgar en la herida de un desconocido. Tampoco ella había mostrado ninguna de las suyas.

—¿Te lo estás pasando bien? —le preguntó Elia al oído mientras los demás criticaban la dudosa utilidad de jugárselo todo a un examen final, para apoyar a Bruno en su queja.

—Son simpáticos. ¿Miguel está bien? —tanteó.

—Ah, no te preocupes por él. Es un cascarrabias.

—A ver —intervino Uri—, habrá otras situaciones en las que te lo jugarás todo a una carta. En unas oposiciones, por ejemplo, o como Gara, en una tesis. Es una forma de demostrar tu compromiso.

—¿Con la contabilidad financiera? No llevamos tanto tiempo juntos. No me agobies —bromeó Bruno.

—¿Y es tan duro como dicen? —Leda le lanzó la pregunta a Gara con la evidente intención de dejar el otro tema aparcado de una vez.

—Bueno, todavía es pronto para saberlo; acabo de empezar y aún es todo un poco caótico. Me han asignado mi primer artículo, así que pregúntame dentro de unos días...

—¡Eso no me lo habías contado! —protestó Elia, empujándola con el hombro—. ¿De qué va?

—Es sobre Dante. —El autor atrajo la atención del grupo—. Tengo que ordenar un montón de notas de alguien que abandonó la investigación, revisar el estado de arte, sacar conclusiones...

—Otro poeta que fue más famoso muerto que vivo.

—Genio le dio un sorbo a lo que le quedaba de cerveza.

—No te creas. Vivo fue una figura bastante importante... —Uri dio un sorbo a su tónica de limón.

—Todo el mundo es mejor después de muerto, hasta la persona más despreciable acaba siendo alabada en su funeral —apuntó Bruno—. La muerte siempre revaloriza a las personas.

—Necesito un poco de aire...

Miguel se levantó sin dar opción a objeciones y se dirigió a la salida. El incómodo silencio reinó unos eternos segundos.

—Seguro que vas a hacerlo genial —le dijo Elia a Gara, dándole un toque cariñoso en la pierna.

—Si necesitas ayuda...

—O una cerveza para inspirarte... —Genio completó el ofrecimiento de Leda—. La poesía es como la música, necesita una musa, y esta nunca falla.

En las primeras interacciones, Gara era consciente de su postura por defecto. Se limitaba sobre todo a observar, escuchar y procesar. Aun a riesgo de que su silencio fuese confundido con timidez e incluso con falta de interés, había hecho las paces con su introversión hacía ya tiempo y lo único que aquellas etiquetas le activaban era una intensa sensación de frustración. Qué manía tenía la gente de premiar el ruido y las conversaciones insulsas sobre el tiempo y el último móvil que había salido al mercado. Ella prefería charlar sobre asuntos más profundos: los deseos, los miedos, los sueños, todo lo que en definitiva les hacía humanos; lo demás le producía una pereza difícil de disimular. Por eso se había percatado de que Leda a veces perdía el hilo de las conversaciones, probablemente por el cansancio mental de descodificar otro idioma, y se ausentaba enfrascándose en la taza que le servía de amuleto protector. Genio era incapaz de dejar pasar la más mínima oportunidad de convertirse en el centro de atención, a pesar de sus aires de incomprendida estrella del rock. En apenas unos minutos, se dio cuenta de que Bruno se pavoneaba como un deportista de élite deseado por igual por las marcas comerciales y por atractivas modelos, una fantasía que Gara achacaba a algún tipo de complejo de inferioridad que acabaría aflorando tarde o temprano. Uri se le antojaba más complicado de descifrar, con sus comentarios fríamente calculados y la serenidad con la que afrontaba cualquier conversación por tensa que resultara. Si no lo tenía todo absolutamente bajo control, lo disimulaba a la perfección, y aquello era un imán para Gara. Elia se reafirmaba como una líder sigilosa a la que todos rendían una pleitesía velada, o al menos buscaban de ella cierta aprobación. Se evidenciaba en que había sido la primera persona a quien habían dirigido la mirada cuando se pronunció el nombre de Santos. Sin embargo, había un claro disidente, un rebelde al que domar, y ese era Miguel, aunque Gara aún no lograba averiguar si había rivalidad por el trono o una rencilla oculta que pugnaba por venganza.

Antes de anunciar que debía marcharse, Gara los contempló con espíritu curioso. Aquel grupo de jóvenes podría haber sido un maravilloso elenco en una obra de Shakespeare. Sin duda, la única distancia entre un personaje de ficción y cualquier persona de carne y hueso era la pluma de un buen escritor. Fue la primera en abandonar la fiesta, aunque Leda también proclamó la culpabilidad que sentía por no haberse quedado a terminar un trabajo. Genio tardó poco en recordarle que, como estudiante Erasmus, su función consistía simplemente en existir y aparecer de vez en cuando en el aula. Sus pecados se redimirían a final del cuatrimestre sin ninguna víctima mortal; era la bendición del que venía de fuera.

Entre risas y agradecimientos por haber hecho acto de presencia, Gara se despidió. Su razón era legítima y cierta, debía volver al trabajo para entregar el artículo a tiempo, pero había otro motivo soterrado que flotaba en aquel bar, entre las radios antiguas y los letreros *vintage*. Cuando empujó la pesada puerta principal y dejó atrás la algarabía, distinguió a Miguel apostado en la esquina, exhalando el humo de un cigarrillo.

—Gracias por la invitación —le dijo de repente.

El sobresalto le hizo tragarse el humo y toser.

—Solo fumo cuando estoy muy nervioso. Es el primero en un mes. —Tiró el pitillo y lo pisó—. ¿Ya te marchas?

—Tengo trabajo que hacer y mi ansiedad ya me está diciendo que es hora de ser productiva un rato. —Sonrió levemente y Miguel asintió con complicidad—. Llevas un buen rato aquí fuera. ¿Estás bien? No quiero meterme donde me llaman, pero...

—Echo de menos a alguien, eso es todo —la cortó con brusquedad—. Los cumpleaños tienen ese efecto, supongo.

A cualquier otra persona aquella actitud le habría provocado rechazo. Después de todo, existía una convención social que dictaba un mínimo de cordialidad en el primer encuentro, fingir que la vida era maravillosa y llevar por bandera una de esas citas en las tazas de desayuno. Pero Gara reconocía a otro juguete roto cuando lo veía, entendía lo que se encontraba detrás de un perro rabioso que amenazaba con morder. Lo sabía porque ella aún mostraba sus afilados colmillos si la presionaban demasiado. Detrás de las gotitas de tristeza, un inmenso mar de pena y llanto a punto de transformarse en tsunami, percibió cierta amargura. Enfado, quizá. Eso es lo que había.

Le puso la mano en el hombro y apretó los dientes para sujetar su propia tormenta.

—Feliz cumpleaños.

Miguel asintió, como si pudiera distinguir un atisbo de dolor compartido en el brillo de sus ojos, un mensaje encriptado por telepatía. Hizo un ademán para añadir algo, pero cerró la boca y Gara aceptó que ciertas confesiones llevaban tiempo. A pesar del amor que les profesaba a las palabras, comprendió que en aquel instante resultaban innecesarias para comprenderse.

El trayecto hacia la residencia se sucedió como un sueño de nubes de algodón, casi habría jurado que se había elevado hasta allí sonámbula. De repente se descubrió sentada en el escritorio, tecleando en el buscador de su portátil y desplazándose por páginas repletas de resultados. Primero, sobre Dante, y después, en una desviación premeditada, acerca de la corriente espiritista del siglo XIX. Leyó sobre las sesiones llevadas a cabo por Arthur Conan Doyle y su esposa, las supuestas visiones de Houdini y los intentos de Thomas Edison por crear un teléfono que se comunicara con el Más Allá, sin percatarse de que su principal objetivo temático había quedado atrás hacía rato. A quienes afirmaban haberse comunicado con el espíritu de un fallecido le seguían irrefutables argumentos de quienes proclamaban la falsedad de tales afirmaciones. El debate de la razón contra la superstición había resultado intenso en la época en cuestión.

Gara se detuvo, suspiró y se frotó los ojos, rojos e irritados por contemplar la pantalla en una tarde que languidecía. En las tinieblas divisó su cuaderno azul sobre la mesita de noche. Fue hasta él y se saltó la primera mitad. Lo giró hacia abajo, le dio la vuelta y lo abrió. Por aquella parte, casi todos los textos comenzaban con las mismas dos palabras: «Querida Elena». Ese había sido su único intento de comunicación con su hermana. Un montón de letras caóticas donde imploraba perdón por su parte de culpa y le rogaba que, por favor, volviera de dondequiera que se ocultara en ese momento su alma, si tal cosa existía.

Las cartas gritadas a las páginas en blanco no habían servido de nada. ¿Tendría resultado un llamamiento a través del velo del Otro Mundo?

Querida Elena:

Perdóname por no haberte preguntado qué tal estabas tú y creerme lo que me decía tu sonrisa, tus fingidas ganas de hacer planes, la energía que parecía inagotable. Fuiste una gran actriz y yo, mejor público que hermana. Y ahora ya no puedo preguntarte nada.

¿O sí que podía?

—¿Elena?

Cuando se percató del sonido de su propia voz, la pregunta ya había sido formulada a la oscuridad.

—Elena... ¿estás ahí?

Calló, aguardando una respuesta que le hiciera abandonar todo un sistema de creencias. Habría cedido todos sus principios por escuchar su alegre voz, por una señal de que no era demasiado tarde. Esperó con el corazón encogido y una esperanza manchada de temor. ¿Podía contestar cualquier espíritu a su llamada?

Una vibración seca partió el silencio y su ilusión en mil pedazos. Agarró el aparato con el tímido anhelo de un mensaje de ultratumba. Una notificación de Instagram flotaba en la pantalla. Exhaló su decepción y cerró los ojos para reprimir una lágrima. Pulsó en el texto que la avisaba de la publicación de una fotografía y la aplicación se abrió con una imagen en el perfil de Elia.

Con alegrías y risas deja que las viejas arrugas lleguen. Feliz vuelta al sol, pequeños.

Una sensación de cálida calma la envolvió en un abrazo invisible. Deseó descolgar el teléfono y correr a contárselo a Elena, que por fin había encontrado un pequeño hueco en el mundo por sí misma, que ya podía salir de su escondite porque no la abrumaría con la responsabilidad de acogerla bajo su ala, que sabía volar sola.

Con la satisfacción que le otorgaba la noción de pertenencia, paseó la vista por los rostros de aquellos jóvenes que se divertían, brindando con las jarras en alto y echando el brazo por encima a quien se hallaba a su lado. Pero la cita que Elia le había tomado prestada a Shakespeare se equivocaba en algo, porque la risa les arrugaba los ojos a todos menos a uno.

6

La noche traía consigo la posibilidad de abrir todas las jaulas de ideas y pensamientos que de día permanecían cerradas. Gara no sabía si prefería el insomnio, donde al menos aún controlaba su realidad hasta cierto punto. Noches como aquella eran volcar la caja de un puzle y desparramar los miles de piezas por un suelo ingrávido. Conceptos aparentemente inconexos bailaban en la oquedad de su mente mientras ella se afanaba por atraparlos y darles sentido.

Se despertó un minuto antes de que sonara la alarma de su teléfono y echó un vistazo a las notificaciones de madrugada. Por supuesto, la fotografía del cumpleaños había recibido decenas de corazones de aprobación y algún comentario con felicitaciones olvidadas. Pero no fue eso lo que le hizo resoplar.

Creo que debo dejarte tranquila. Hablarás cuando así lo decidas y, cuando ese momento llegue, aquí estaré. Suerte con todo.

Se incorporó en la cama con el ceño fruncido. No lograba encontrar la raíz de la furia que le despertaba tanta insistencia por parte de Alberto e incluso de su padre. Ni siquiera le pertenecía como amigo, era otro más de los que había tomado prestados de Elena. Nunca estuvo muy segura de si habían tenido una relación en secreto o tan solo se admiraban con el más puro de los amores platónicos, pero el caso era que Alberto siempre se encontraba presente en los planes que surgían.

Como autóctono de la zona, se responsabilizó de buscarles un piso bien situado cuando Gara llegó a la isla y Elena dejó de alquilarle una habitación a una de sus tías para compartir vivienda con ella y otros estudiantes. La fantasía de la independencia se le antojaba tan atractiva que habían convencido a su padre para probarla, aunque fuera juntas. El chico le dio la bienvenida igual que si se tratara de su propia familia y Gara tenía la sospecha de que la razón estaba en su hermana, que era muy extrovertida, salvo para su vida sentimental. En realidad, ella se había enamorado una sola vez, suficiente para detectar miradas esquivas que sorteaban al grupo para encontrarse y susurrarse mensajes que únicamente dos almas conectadas sabían descifrar.

Y ahora percibía que Alberto había tomado el testigo de Elena para responsabilizarse de ella. ¿Por qué le resultaba tan complicado aceptar que alguien quisiera de verdad saber si estaba bien? Por simple aprecio. Por los viejos tiempos, las experiencias compartidas y los lazos que, en definitiva, los unían, aunque fuera a través del dolor y la pérdida.

Gara sujetó el teléfono y leyó de nuevo los mensajes anteriores. No, conocía perfectamente la razón para darle largas y posponer una respuesta: castigarlo. Todo crimen injusto necesitaba de un culpable sobre quien dejar caer el peso del desconsuelo, y Gara había decidido que otros debían sufrir los daños colaterales de su error. Ella ya se fustigaba en nombre de todos por no haber estado pendiente y haberse perdido las señales. Lo justo era que le dejaran liberar un poco de aquella condena sobre alguien más. Eran apenas las gotas de agua que se derramaban de un balde lleno.

Demasiado pronto.

Envió el mensaje y se dispuso a prepararse para salir.

La ducha de agua caliente, el jabón de almendras y un suave vestido negro de punto le abrigaron el cuerpo. Un cruasán y un intenso té rojo de frambuesas, el estómago.

Cuando llegó a la puerta del Hospital Real, Uri ya la aguardaba, de pie apoyado sobre la verja, con las manos dentro de los bolsillos, en esa pose de elegante despreocupación que tan bien le salía.

Al verla, esbozó una sonrisa tranquila y se recolocó las gafas.

—Disculpa por lo precipitado de la propuesta —le dijo—. Ayer te fuiste antes de que pudiera preguntarte sobre tu tesis.

—No te preocupes. Mi plan para hoy era seguir investigando sobre Dante.

Ya había puesto en orden los datos que conocía previamente sobre el autor y su obra, con especial atención en la *Divina Comedia* y sus tres partes: Purgatorio, Infierno y Paraíso. No era la única que había publicado el poeta, pero sí la más conocida, sobre todo porque supuso un paso de la perspectiva teocéntrica medieval al antropocentrismo del Renacimiento. Tras echar un vistazo a lo que ya había escrito, aprendió alguna información que desconocía, como que el autor la había titulado simplemente «comedia» teniendo en cuenta que su final feliz no la hacía una tragedia, pero que fue otro italiano, Boccaccio, quien le otorgó el adjetivo de «divina».

Descubrir esas pequeñas curiosidades de la formación de textos que habían logrado sobrevivir tantos siglos le resultaba incluso seductor. El que tenía entre manos era un mecanismo perfectamente desarrollado en el que nada se ubicaba ahí por azar. Sus cantos se organizaban en torno al número tres, un símbolo cristiano muy usado por artistas de todas las disciplinas por su valor místico, y cada parte disponía de una estructura propia al servicio de la historia. El Purgatorio y sus siete círculos, por los que el protagonista vagaba en busca de la expiación de su culpa; el Infierno, dividido en nueve, donde hacía frente a todos los pecados de la humanidad, y finalmente el Paraíso, imaginado como un conjunto de nueve esferas giratorias alrededor del Sol en el que adquiría el conocimiento que, probablemente, el propio poeta ansiaba. Qué manera tan perfecta de dedicarle una oda al saber.

Gara estaba motivada por continuar la investigación y absorber más datos sobre aquel enigma en forma de poema, pero también descubrió una intención similar acerca de quien la acompañaba. Uri le puso la mano en el omóplato y la hizo girar hacia la portada del edificio. El contacto se le antojó bienvenido.

—Siglo dieciséis, construido sobre un cementerio musulmán. Hospital, asilo y casa de dementes —explicó a centímetros de su oreja. Su aliento le produjo un agradable cosquilleo—. Seguro que encuentras algo interesante.

Le indicó que lo siguiera con un gesto de la cabeza y cruzaron los jardines hasta llegar a la portada de mármol gris. Gara reconoció el yugo y las flechas, los símbolos de los Reyes Católicos, y las enormes dobles columnas corintias a ambos lados. Se detuvieron bajo un arco de medio punto con triple rosca. El olor a recuerdos de otras vidas viajó por sus fosas nasales. Si había lugares repletos de historias, eran las estaciones de tren y los hospitales. De milagrosos nacimientos a tragedias bélicas, imaginó destellos del pasado. Aquella habría sido la cueva de las maravillas para cualquier médium.

—Por aquí.

Uri no la perdía de vista. La guio hacia uno de los patios, de suelos empedrados y setos de un verde intenso y dos enormes cipreses, que daba acceso a unas escaleras. Levantó la vista hacia las cubiertas de madera y al fin entraron en la biblioteca. Se trataba de una larga estancia rectangular con un techo abovedado de madera. Las mesas se situaban en hileras paralelas en la parte central con lámparas en cada puesto. Las paredes estaban ocupadas a ambos lados por altas estanterías de madera atestadas de manuscritos encuadernados en cuero. Un par de escaleras, también de madera, descansaban en esquinas opuestas, a la espera de un intrépido curioso que quisiera perderse entre tantos títulos antiguos.

Gara abrió sus prominentes ojos aguamarina de par en par.

—Hay unos quince mil volúmenes escritos entre los siglos dieciséis y diecisiete —susurró Uri—. El fondo de manuscritos del siglo diecinueve también es considerable, así que podría servirte para tu tesis, más allá del artículo en el que trabajas, aunque seguro que encuentras algo sobre Dante.

—Es maravillosa. No sé por dónde empezar.

Uri sonrió.

—Me da la sensación de que necesitas disfrutar más del viaje y anhelar un poco menos el destino. Fíjate en todo esto. Podríamos sentarnos a leer durante décadas. ¿Qué hay de malo en vagar sin rumbo un rato y curiosear? No pasa nada si entretanto no tachas una tarea de tu agenda.

Resultaba que Uri no solo era habilidoso recordando datos históricos y relatándolos con soltura, sino que también sabía leer algo más que manuscritos, y a ella la había descifrado en un par de días.

—Aún no sé qué estoy buscando —se excusó Gara, elevando las cejas en una pregunta sin formular.

—En mi opinión, ese es el mejor punto de partida. Leda diría que para encontrar respuestas primero hay que tener ganas de hacerse preguntas. Luego ya nos ocuparemos de si son las adecuadas...

Una señora que estaba sentada a una mesa del fondo, concentrada en la lectura de un manuscrito, levantó la vista por encima de sus gafas y los miró a modo de reprimenda.

—Voy a dar una vuelta —dijo Gara en voz baja, acortando la distancia con Uri de tal forma que pudo aspirar su aroma a bosque—. ¿Te importa? ¿No vas a aburrirte mientras...?

—Gara —la interrumpió, poniéndole con suavidad las manos sobre los hombros y clavando su mirada en la de ella—, estamos rodeados de historia. Este es mi parque de atracciones. Estaré cerca, si me necesitas. Tómate el tiempo que consideres necesario.

Se separaron. Ella cruzó la sala hasta la pared contraria, por ninguna razón en particular, y Uri rastreó las colecciones de las estanterías cercanas a la entrada. La cantidad de tomos era tan abrumadora que Gara cogió uno al azar. Palpó el cuero de la cubierta y las finas hojas amarillentas. El movimiento del papel lanzó una fragancia al aire. Podría haberse erigido en sumiller de libros, si tal profesión hubiese existido. Había tantos matices en su olor que era capaz de adivinar su edad, el material de las tapas e incluso algún género. Las novelas de terror y misterio olían a ácido, las románticas a frutas y las de fantasía a flores silvestres.

Allí la mayoría emanaba perfumes serios y solemnes. Había manuscritos sobre abogacía, agricultura, anatomía y arquitectura, entre otras materias. Hojeó una novela sobre alquimia del siglo XVII. Leyó al completo un pliego corto de un romance sobre un crimen cometido en ese mismo siglo, en el que dos amantes habían asesinado a sus hijos recién nacidos y se habían bebido su sangre para después dársela también a un perro y lanzarlos al río. Le llamó la atención un volumen en latín sobre las bases de la religión católica que rechazaban la herejía. La fe y las creencias constituían una de las influencias más notables en la literatura de cualquier siglo y civilización. Sobre sus preceptos se fundamentaba todo un sistema que impregnaba el resto de las parcelas de la vida de cualquier autor y le fascinaba cómo posibles ficciones se transformaban en doctrina. Así se habían formado todas las mitologías, después de todo.

De vez en cuando se giraba en busca de Uri, una sombra sigilosa que se movía por la sala sin apenas percibirse. Lo vio entretenido con un manuscrito, así que saltó a otra estantería. Entre algunos volúmenes sobre botánica y una infinidad de biblias antiguas, encontró algo interesante. Se trataba de un tomo bastante grueso del *Comentario a la Divina Comedia*, un texto de ciento cincuenta y ocho páginas en el que el propio hijo de Dante, Pietro Alighieri, interpretaba la obra y la diseccionaba al completo. Lo hojeó con sumo cuidado para no estropearlo. Evidenciaba sus siglos de antigüedad, pues probablemente databa de algún momento entre principios o mediados del siglo XIV, a juzgar por la cronología del poeta, que había muerto en 1321. El principal problema para Gara era que estaba escrito en latín y descifrarlo le llevaría mucho más tiempo del que le habían proporcionado para la tarea. Aun así, tomó fotografías de algunas páginas. Luego se dio cuenta de que probablemente estarían digitalizadas. Sin embargo, le hizo ilusión tener el ejemplar original en sus manos.

—¿Algo útil? —le preguntó Uri a su espalda.

—Encontré un texto en latín. Intentaré buscar si existe alguna traducción. No creo que pueda aprovechar nada del resto —Gara se percató de que sonaba descortés no apreciar la ayuda de Uri—, pero debe ser un patrimonio valiosísimo para la ciudad.

—Ven, sé adónde podemos ir.

—Me sabe mal que pierdas tu tiempo para…

—¿Sabes guardar un secreto? Ese es el precio a pagar por lo que voy a enseñarte.

Gara le aguantó la profunda mirada un instante dubitativo.

—Claro. No se lo contaré a nadie.

Uri esbozó una sonrisa de medio lado, empujó las gafas para recolocarlas y se dirigió a la salida. Ella lo siguió mientras deshacían el camino hasta la verja exterior. Bajaron por una avenida larga adornada por una hilera de naranjos. El sol otoñal del mediodía disimulaba la fresca brisa.

—¿De qué conoces a Elia? —inquirió con el doble objetivo de obtener información y rellenar el silencio. Uri exhaló una leve risa avergonzada ante la pregunta que le otorgaba un halo de seductora humanidad—. ¿Estáis… juntos?

—No, no, no. —La triple negación le resultó aún más graciosa—. Nos conocimos en una huelga de estudiantes. No lo habrías adivinado, ¿verdad?

—De Elia es posible. Me cuadraría bastante verla metida en una protesta con el megáfono en la mano. Tú tienes pinta de ser un poco más sereno.

—Todos tenemos un pasado, supongo. —Se encogió de hombros—. Siempre me interesó la historia, aunque di un par de tumbos antes de tomar la decisión de unirme al club de «las carreras sin futuro».

—Todo el mundo da más importancia a las ciencias, que la tienen, pero la mayoría de los grandes hitos tecnológicos y científicos los imaginó antes algún artista. Las humanidades nos obligan a cuestionarnos la vida, más allá de su utilidad económica.

—¿Eso ha sido un discurso político?

—No, no pretendía sonar... —titubeó Gara con la mano en el pecho.

—Estaba bromeando. Todo es político de una forma u otra. —Uri se metió las manos en los bolsillos con elegancia y contempló un momento el cielo celeste salpicado de nubes—. Ojalá te hubiera conocido cuando tuve que explicárselo a mis padres. Ambos son médicos, así que es difícil convencerlos de que conocer la historia de la humanidad también podría ahorrarnos algún disgusto. —Hizo una pausa y la guio en un giro—. El caso es que era el primer año de carrera de Elia y el último mío. Estaba con un grupo de alumnos, quejándose a un profesor que había impartido su lección a un aula vacía y les había perjudicado en su derecho a la huelga. Al ver con quién hablaban, solté una carcajada y Elia se lo tomó regular, ya sabes.

—No se deja amedrentar fácilmente. Algunos nacen líderes...

—O tremendamente cabezotas. Porque aquel profesor era un catedrático de Filosofía y los dejó en evidencia con sus argumentos sobre la legitimidad de las huelgas. —El recuerdo le provocó una sonrisa de nostalgia—. Me sentí en la obligación de invitarla a un café para curar su orgullo herido, aunque Elia siempre negará esta versión.

Gara observó una conexión entre su encuentro y el relatado por su acompañante. Empezaba a pensar que o bien Elia obedecía demasiado a su impulsividad si se trataba de una causa que categorizaba como justa, o bien se hacía pasar por una damisela en apuros para localizar a los singulares y filtrarlos del resto. Como estrategia, le había resultado bastante acertada.

Tras una caminata de un cuarto de hora, torcieron a la izquierda y anduvieron por una calle animada. Dejaron atrás la imponente construcción de piedra del monasterio de San Jerónimo, que Gara anotó mentalmente para una posterior visita, y se detuvieron frente a una alta verja negra de metal. Al otro lado, un cuidado jardín de setos meticulosamente podados y limoneros protegía un edificio coronado por una cruz latina.

—¿Una iglesia?

—El Centro Cultural Gran Capitán. Precioso, ¿verdad?

Gara paseó la vista por las fachadas de ladrillo, los

ventanales de arco de medio punto y los dos pinos a cada lado del jardín, que sobrepasaban la altura de las tres plantas. Luego se fijó en la gruesa cadena entrelazada en la verja.

—Está cerrado.

—No vamos a entrar por aquí.

Uri no esperó respuesta por su parte. Caminó, dejando el edificio a su derecha, y giró por una estrecha callejuela apenas visible entre los gigantes de ladrillo que la flanqueaban. Desierta y tan solo ocupada por unos pocos árboles, Gara imaginó un firmamento sin estrellas sobre aquel emplazamiento, las farolas iluminando con una tímida luz amarillenta y el silencio nocturno. La teletransportó a un siglo XIX de película, donde habría predicho la aparición de Jack el Destripador en busca de una víctima.

Al final se encontraba la biblioteca pública de Granada. Sobria y gris, a Gara le pareció una elección poco acertada para tratarse de un lugar en el que estimular la mente y guardar el conocimiento. Quiso preguntar el objetivo de entrar allí, pero Uri se mostró bastante seguro de lo que hacía. Atravesaron la puerta principal y obviaron los mostradores de la recepción para dirigirse al ascensor.

Dejaron subir a las dos chicas que esperaban, aunque los cuatro hubiesen cabido perfectamente. En la siguiente oportunidad se montaron ellos. Uri apretó el botón de los archivos que estaban justo debajo de la planta baja.

—¿Tenemos permiso para entrar ahí?

—Esta es solo una parada de prudencia.

Gara hubiese jurado que la mirada de Uri se había oscurecido. Su rostro guardaba una misteriosa intención y, sin embargo, conservaba la finura de un distinguido caballero. En aquel instante le pareció un verdadero señor de la noche, la auténtica representación del vampiro de Polidori, y temió ser la presa que le sirviera de alimento. El ascensor se abrió a un oscuro pasillo, iluminado tan solo por las luces de emergencia.

—Creo que deberíamos volver —advirtió ella, todavía dentro del cubículo—. Aquí no hay nadie.

—Tranquila. No suelen bajar hasta esta parte.

Aquella idea era precisamente el principal de sus temores. Después de todo, Uri era prácticamente un desconocido, o eso le decía su sentido común. Por otro lado, sus cejas se arquearon con genuina anticipación y entusiasmo por lo que fuera a mostrarle, así que Gara chascó la lengua ante la ambigüedad de las señales.

—¿Qué estamos buscando? Los libros están arriba.

—¿Todos? Piénsalo, Gara. ¿Dónde guardarías tus tesoros más preciados, tus secretos más oscuros, los que contienen información delicada? Hay libros que pueden desatar el caos. El Vaticano no es el único que entiende el poder de un manuscrito y lo oculta en un búnker. —Le extendió la mano—. Confía en mí.

Tentador. Tanto como la invitación a un mordisco de

un vampiro. Una ínfima parte de ella dudaba; el resto deseaba posar la mano en la de Uri y sentir su electricidad.

En cuanto aceptó el gesto supo que había hecho un movimiento estúpido. No había sopesado las alternativas ni un plan de huida; aquellas precauciones habían quedado enterradas por un miedo mayor: el de alguien que se arrepiente de haber sido cobarde, de la pérdida de una mínima posibilidad de que saliera bien. Cuando los largos y fríos dedos de Uri se aferraron a la palma de su mano, Gara percibió la calidez en sus mejillas y agradeció la oscuridad del pasillo que transitaban. Dudaba si el corazón le latía rápido por el temor a que los cazaran allí abajo, a la hipotética aparición de un ente sobrenatural o al hecho de encontrarse a solas con un joven Drácula.

Bajaron unas escaleras polvorientas que habían perdido varias baldosas y giraron hacia una pequeña sala abierta y cuadrada. Uri encendió la linterna del teléfono. Había algunas estanterías metálicas devoradas por el óxido y atestadas de libros, la mayoría en condiciones deplorables.

—Cuidado —le advirtió Uri, tirando de ella con suavidad—. El suelo está en muy malas condiciones. Es posible que esto fuera uno de los refugios durante la Guerra Civil.

—¿De qué son todos esos tomos? —El susurro de Gara se perdió en la humedad.

—Ayúdame.

Apoyó el móvil en un estante que le llegaba por la cintura y le indicó que arrastraran la estantería de la esquina norte lejos de la pared. El chillido de lo que imaginó sería una rata le erizó el vello de la espalda y Gara arrugó la cara, asqueada.

—Tú primero —le dijo Uri.

Fue entonces cuando se percató de que había un agujero desigual en el muro de ladrillo, probablemente abierto a martillazos. Negó con la cabeza.

—No cabemos por ahí. Es demasiado estrecho.

—Hay que gatear, pero son solo un par de metros. Valdrá la pena, créeme.

De nuevo, una decisión insensata. Gara obedeció. Entornó los ojos y se cubrió la boca con una mano para evitar el polvo, aunque lo uno y lo otro fue en balde. La tos le arañó la garganta, así que se apresuró. Uri no había mentido: un par de metros más adelante había otro hueco por el que salir y, al otro lado, una especie de pasadizo.

Sus ojos se habían acostumbrado a la falta de luz y lograban distinguir algunas formas. Se puso de pie, con cuidado de no tropezar con los trozos de losas levantadas y demás escombros que salpicaban el suelo. Al apoyarse en el muro, palpó un material más pulido, a pesar de la decrepitud.

De repente vio un tímido círculo de luz blanca.

—¿Estás bien?

Ella asintió en las tinieblas y confirmó con un ruido. Uri se irguió y enfocó con la linterna al frente. Ante los dos jóvenes se vislumbró una angosta galería flanqueada por estantes esculpidos en los muros. Gara se fijó en que se hallaba apoyada en una de las columnas de piedra que adornaban la larga hilera.

—¿Qué es esto? ¿Dónde estamos? —preguntó, incapaz de disimular su asombro.

—En el verdadero sótano de la biblioteca.

—¿Cómo sabías esto? Madre mía, todos estos libros… —Gara no lograba sujetar su sorpresa—. ¿Conocen ellos la existencia de este sitio?

Uri esbozó una sonrisa de satisfacción y se quitó las gafas para limpiárselas en la camisa.

—Estaba buscando algún manuscrito antiguo interesante para mi trabajo final de carrera y digamos que me salí del camino de baldosas amarillas. Acabé en la antesala donde estábamos, moví una de las estanterías para poder subirme a husmear más alto y encontré esto. No tengo la confirmación de que lo ocultan adrede, pero tampoco me extrañaría. Echa un vistazo a los libros.

Gara acarició el lomo de los que tenía enfrente con la misma delicadeza con la que se le aparta el flequillo a un niño enfermo. Temía que, si lo cogía, se le deshiciese entre los dedos como ceniza.

—¿De cuándo son?

—No los he hojeado todos. Este pasadizo llega hasta el Gran Capitán. Pero los que he mirado pertenecían sobre todo al siglo quince. —Uri agarró un manuscrito del tamaño de una cuartilla—. Hay anotaciones sobre botánica, plantas, supuestos milagros religiosos. Algunos los relatan como si fueran crónicas verídicas.

—¿Por qué piensas que esto me podría servir?

—Querías algo especial, ¿no? Si no te entendí mal, buscabas la línea que une la realidad y la ficción. Muchos de estos ejemplares están sin firmar o el papel se encuentra en tan mal estado que es imposible distinguir si existe la rúbrica de un autor, un nombre, un apellido… Algunos podrían ser simples diarios de quienquiera que habitara este lugar hace siglos.

—Eso no prueba nada. —Gara no pudo evitar sonar cortante—. Podríamos acertar el siglo por la ortografía e incluso con un análisis más profundo de los materiales, pero a simple vista también podría tratarse de libros viejos y sucios que nadie ha reclamado.

Uri frunció el ceño y volvió a colocar el tomo que había cogido en su sitio.

—¿Nunca te dejas llevar?

—¿A qué te refieres?

El joven respiró profundamente antes de hablar, como si eso le otorgara un instante para escoger bien las palabras. Se acercó a Gara y se detuvo a pocos centímetros. Con las manos en los bolsillos y un aire de científico elucubrando una teoría, fijó sus ojos en los de ella. El silencio previo la puso nerviosa.

—Te da miedo. —Gara apretó los labios para sujetar su ansiedad por lo que pudiera leerle en la mirada—.

Quieres descubrir algo extraordinario, pero estás asustada. Y no tengo muy claro de qué. ¿De decepcionarte si fracasas? A veces las ideas suenan mejor en la cabeza que en la vida real, por supuesto. Pero en cualquier tarea existe el riesgo de fallar. Eres inteligente y curiosa; es evidente que la literatura te ilusiona. Hay brillo en tus ojos cuando hablas de libros, pero algo te impide ir más allá.

—Son muchísimos libros y nada sería concluyente… —titubeó—. Eso es todo.

—Te equivocas. —Uri calló y bajó la cabeza un poco, lo que acortó aún más la distancia—. ¿O no me estás contando la verdad? Te da miedo confirmar tu propia teoría, ¿no es cierto? Si alguna de esas historias de ficción tuviera algo de realidad, tu sistema de creencias se iría al traste.

—No soy religiosa.

Tragó saliva tras su comentario. Se negaba a dejar escapar la verdad: en el fondo, anhelaba con toda su alma que existiera un Más Allá, un lugar donde llamar a Elena a voz en grito y conseguir que respondiera, que le proporcionara una explicación y, sobre todo, un perdón que la despojara de la pesada culpa. Ese deseo la hacía sentir estúpida, una ingenua más como todos aquellos crédulos que habían pagado con sus más preciados bienes a médiums y charlatanes, y a la vez albergaba la duda de si no se habría tratado de una artimaña por parte de los poderosos, incluida posiblemente la Iglesia, para ocultar una realidad difícil de manejar.

El remolino de ideas le provocó náuseas y, justo cuando abrió la boca para desviar la conversación hacia otro sitio, Uri se la cubrió con la mano, indicándole con un dedo en sus delgados labios que guardara silencio. Al principio no escuchó nada, pero, tras unos segundos de atención, el eco de unos pasos alcanzó aquel pasadizo.

En un acuerdo casi telepático, corrieron y dejaron atrás el hueco por el que se habían colado. La linterna del teléfono les ayudó a orientarse y a evitar tropiezos con los trozos de baldosas rotas y los tomos que había desparramados por el suelo. Una voz masculina y grave gritó desde la lejana oscuridad en busca de intrusos y Uri decidió apagar la luz. La humedad había formado algunos charcos, convertidos en barro en las zonas donde las losas se habían levantado.

La altura del techo abovedado favorecía que el sonido llegara hasta ellos con nitidez. Las pisadas sobre los restos de agua acumulados les avisaron de la cercanía del desconocido y, al llegar a una bifurcación del pasadizo, la preocupación por las posibles consecuencias de que los descubrieran los obligó a separarse. Gara corrió por la izquierda tan rápido que solo le dio tiempo a lamentarse internamente. Uri era quien conocía aquel laberinto que se abría ante ella en curvas hacia un final incierto.

Intuyó que habían hecho demasiado ruido en su huida cuando el hombre vociferó una amenaza para el supuesto intruso. Sus pasos retumbaban cada vez más cercanos y rápidos. En uno de los giros, se trastabilló con un obstáculo imposible de identificar en la negrura y cayó de bruces al suelo, aunque detuvo el golpe con las manos. Se quedó de rodillas mientras se tocaba la muñeca que se había lastimado y palpó el terreno para levantarse. Entonces sus dedos chocaron con un objeto que reconoció al instante, aunque no tuvo tiempo de examinarlo. Oyó que su perseguidor también había optado por el camino de la izquierda, así que agarró el cuaderno y huyó a toda prisa. Para asegurarse de no volver a tropezar, extendió el brazo para recorrer la pared a medida que avanzaba y controlar hacia dónde giraban las curvas mientras saltaba por encima de las piedras sueltas y los charcos del camino.

Aquel oscuro pasadizo parecía no tener fin. Hacía rato que las estanterías habían dado paso a muros de fría piedra que le raspaban los dedos. Estaba agotada, sudorosa y con la muñeca dolorida cuando la mano tocó una textura distinta. Notó la madera y palpó en busca de algún recoveco por el que colarse. Cuando rozó el metal, se percató de que se trataba de una pesada puerta y, por lo tanto, tendría una cerradura. Pero lo que encontró fue un tirador en forma de anilla. Guardó el cuaderno, que aún sujetaba, en su bolso y tiró del metal, sirviéndose del pie sobre la pared como impulso. Por un instante se planteó dejarse atrapar. Quizá solo le caería una soberana bronca, o tal vez una multa si estaba allanando una propiedad privada, pero pronto se preguntó si aquel hombre no tendría unas intenciones aún más oscuras que el propio pasadizo. Después de todo, nadie sabía que se encontraba allí, y bien podría ser la guarida de un malhechor. La sola idea le hizo empujar con más ímpetu y tirar con tanta fuerza que el portón se abrió.

Se introdujo por la abertura y cerró con suavidad al otro lado, suplicando a un dios invisible no hacer demasiado ruido. No veía absolutamente nada, pero siguió caminando. Sus manos temblorosas tantearon otra vez las paredes con la esperanza de encontrar una salida. Al cabo de un rato que le resultó una eternidad, se topó con un mecanismo más familiar: una cerradura metálica de traba. La deslizó con prisa y salió a un pasillo blanco de iluminación natural muy tenue. Al otro lado, un cartel plastificado rezaba PROHIBIDO PASAR. Gara se detuvo un instante a coger aire y enseguida retomó la huida. Alivió hacia donde la fuente de luz se hacía más intensa y, varios metros después, salió a una especie de zaguán decorado con macetas. Una mano en el hombro la sobresaltó.

—¿Qué hace aquí? —dijo una señora que llevaba unas gafas colgadas del cuello sobre un jersey marrón—. No se puede pasar a esta parte del edificio. Es solo para el personal del centro.

Gara optó por la excusa más sencilla:

—Me he perdido buscando el baño. Me caí y me di un golpe en la muñeca.

—Déjeme ver. —Se colocó las gafas—. Seguro que las

de la limpieza han fregado y otra vez se han olvidado de poner el cartel. Como si lo viera... Venga conmigo.

La mujer le echó el brazo por la espalda con una mezcla de indignación y consuelo y la dirigió hacia una apertura en forma de arco que había medio escondida en una esquina. Gara volvió la cabeza un segundo, clavó la mirada en aquella puerta de metal y suspiró. Se sujetó el asa del bolso para que no se le cayera del hombro al darse la vuelta y entonces notó el peso de algo que había olvidado. Desde ese instante, lo único que deseó fue llegar a la residencia y examinar aquel misterioso cuaderno.

Círculo III
Gula

Sesión decimosexta
2 de enero de 2023

Acudí a la llamada, a pesar de la desagradable sensación pegajosa que me dejaba arrastrarse de aquella manera. Era consciente de que me había convertido en un juguete al que acudía un niño caprichoso cuando su favorito no se encontraba disponible. Sin embargo, me costaba un mundo decirle que no y eliminar así una ínfima posibilidad de reconciliación, si es que esa era la palabra adecuada para nuestra situación.

Aún quedaba tiempo para la sesión. Por eso Segundo me estaba esperando solo. Nunca había pensado que llamarlo así constituía una barrera bastante útil, como una línea de separación entre la cabeza y el corazón. Todos sabíamos por qué él representaba a su círculo y a mí me habían asignado el Tercero. Era una advertencia directa, velada, por quien se había erigido en líder del club, de que controlara mi apetito por lo que no me pertenecía o, como le sucedía a Ciacco en la propia creación de Dante, sufriría la lluvia de granizo y la repugnancia como castigo.

—¿Qué te...? —pregunté al abrir la puerta de la estancia, pero un beso urgente me impidió finalizar.

Tiró de mi camiseta hacia el interior y sus manos se colaron por debajo de la tela. Apelé a mi fuerza de voluntad, si me quedaba alguna, y me aparté.

—¿Ni siquiera vamos a hablar? —le dije, recomponiéndome.

—¿Hablar? ¿De qué? En un rato vendrán todos.

—Ya, y no queremos eso, ¿verdad? Que nos cacen. Mejor dicho, que te pillen a ti. Conmigo. Ella se molestaría de que juegue con lo que es suyo...

Segundo resopló y se limpió los labios con la punta de los dedos. La frente también le sudaba un poco.

—Ya estamos otra vez. No puedes conformarte con nada.

—¿Como te conformas tú con que ella ni siquiera admita que le gustas? Y, aun así, ahí sigues. ¿No te das cuenta? No la quieres, solo es un capricho. Si te hiciera caso, le pasaría como a mí. Te cansas de todo cuando deja de ser una presa.

—¿Y por qué vuelves? ¿Por qué sigues viniendo cuando te llamo?

—Por lo mismo que tú acudes cuando lo hace ella. Por la esperanza, ¿no te das cuenta? —Una pausa de epifanía—. Soy imbécil.

Segundo se frotó los ojos y se dejó caer en el sucio suelo pedregoso. Hubo silencio unos segundos. Entonces abandoné el lugar por un momento. Sé que lo dejé desconcertado. Estaba harto de verme obligado a explicar lo obvio, de darme golpes contra un seductor muro que solo me causaba heridas. Un tintineo resonó en el hueco de la escalera. Al poco regresé con una botella de vodka abierta a la que le faltaban un par de dedos. Quizá esperaba que un trago me diera el impulso que necesitaba, pero lo que me proporcionó fue aún más cinismo.

—¿Qué estás haciendo? No podemos tocar nada de lo que hay aquí, ya lo sabes.

—Brindemos.

—No tenemos nada que celebrar.

—Brindemos por ti y por ella, y por todas las veces que vendrás a buscarme para saciar lo que no te da.

Le di un trago largo que me obligó a toser y a limpiarme las gotas que resbalaron por mi barbilla.

—¿De verdad piensas eso de mí? ¿Que te estoy utilizando? —Segundo sonaba bastante dolido, para mi sorpresa—. Soy un niño pijo que no tiene sentimientos, ¿verdad?

Por un instante casi me da más pena de la que me daba yo mismo.

—Lo que eres es un cobarde. Vaya, este suero de la

verdad empieza a surtir efecto. —Hice una pausa—. Eres algo más, aunque no lo admitas.

—¿Qué soy, a ver?

—Un mentiroso, para empezar. La engañas a ella, aunque es posible que ya sospeche algo. No es tan tonta. Me mientes a mí… que, en parte, me dejo, no te vayas a llevar todo el mérito.

El reproche pareció haber rozado un nervio sensible, a juzgar por el gesto de Segundo. No me achanté. Ya sentía la calidez de la embriaguez, lo que servía como anestesia a mi conciencia. ¿Mis palabras le dolían? Perfecto. Así le daría a probar de su propia crueldad. Si no hubiera solicitado la ayuda del vodka, no habría sido capaz de verbalizar la mitad de lo que había soltado. Y aún me quedaba. Pero también había lugar para el miedo. ¿Qué poseía esa emoción que ni el elixir más fuerte lo inhibía? El temor a perder lo poco que poseía de Segundo vibraba en mi interior, al calor del alcohol.

—Hablemos de Romeo y Julieta —dije con la mirada adormilada.

—Aún no ha empezado la sesión.

—¿Y qué? Te prometo que nos regirán las mismas reglas. Di lo que quieras. Sin juicios, ni nada de ese rollo que nos suelta siempre Cuarto al empezar. De hecho, puedes llamarme Tercero a partir de ahora. Voy yo primero, no pasa nada. —Otro trago a la botella—. Shakespeare nos arruinó la vida a todos. Sí, porque él sabía que nos quedaríamos con toda esa patraña del amor romántico y nos olvidaríamos de lo que pasa al final.

—No todos los amores tienen que acabar así.

—Entonces no es el final. Si una relación dura lo suficiente, se acaba, ¿no?

—Pero ellos no dejaron de quererse. Quizá continúan con su amor en el Más Allá.

—Qué romántico —me burlé—. ¿Ves? Se aprovechó de nuestra debilidad. Queremos creer que el amor es así de fuerte. Que alguien moriría por nosotros si no pudiera tenernos. Es un poco tóxico, como diría Séptimo.

—Puedes decir su verdadero nombre. No estamos en una reunión.

—No, hagamos algo bien por una vez.

Me acerqué a mi acompañante, que permanecía sentado, y le ofrecí un sorbo. Lo declinó con un gesto de la cabeza. Entonces decidí sentarme a su lado.

—¿Alguna vez has estado enamorado?

En cuanto formulé la pregunta, me di cuenta de que no era lo que verdaderamente necesitaba saber. Inspiré una larga bocanada de aire y apuré la botella en un intento de buscar en su cálido abrazo el valor que no encontraba en mi alma.

Por fin lo solté:

—¿Estás enamorado de ella?

El interrogante quedó en el aire. Quinto empujó la puerta, despreocupado. Le seguía Séptimo.

—Oye, ¿qué pasa? ¿Habéis empezado la fiesta sin nosotros? —se quejó este último.

Enseguida apareció el resto. Cuarto se detuvo, repasó la escena como una máquina escanea en busca de parámetros, y cerró de un portazo.

—Por favor, uníos a la conversación. Ya habíamos empezado. Perdonad que no os hayamos esperado.

—¿Estás borracho? —No había duda en Primero sobre mi estado, sino más bien acerca del motivo.

—Estoy perfectamente. Venga, ¿qué es para vosotros el amor? ¿Quién de aquí se suicidaría por otra persona?

—Déjalo. Tal vez deberías irte a casa —me dijo Segundo.

Los observé a todos, uno a uno. La confusión de Primero; la preocupación de Segundo, probablemente porque me fuera de la lengua allí mismo; la superioridad con atisbos de pena de Cuarto. Séptimo se divertía con la función, mientras que la vergüenza de Quinto era palpable. La contención de las emociones era un reto cada vez más difícil de superar entre tanta parafernalia ceremonial. Por un momento se me pasó por la cabeza provocar un incendio, desatar el caos más absoluto con una confesión. No me importaba el posible castigo que Cuarto me impusiera por profanar el círculo. La quemaría a ella también, me la llevaría por delante con la inquina que me nacía en la boca del estómago, como a los personajes traicionados de Shakespeare.

Pero Cuarto no era quien me traicionaba, no. Quien lo hacía estaba clavado aún más profundo.

Me detuve, no sé si fue el amor o el alcohol. Eran inconfundibles en aquel momento.

Octavo puso los ojos en blanco como si tratara con un mocoso malcriado, y quizá me estuviera comportando como uno, pero ya era demasiado tarde para retroceder.

—El amor es pura química —habló Cuarto para su sorpresa—. Muchos creen que esa sensación en el estómago, la falta de sueño y de apetito… que todo eso es algo mágico, pero no son más que procesos químicos que se dan en el cerebro. Hay muchas personas que nos pueden provocar lo mismo. No tiene tanto de especial.

Segundo soltó una leve carcajada sarcástica en la que percibí un dolor agudo.

—Vaya.

—¿Qué?

—Me parece triste que pienses así.

—No fastidies que ahora tú eres un romántico. —Quinto rio—. Pero si te he visto liarte con dos personas distintas en la misma noche, con unas pocas horas de diferencia.

Cuarto lo dejó pasar. En el fondo quería saber hasta dónde llegaría.

—Segundo habla del amor, no de la lujuria —apuntó Primero—. Aunque es posible que Romeo y Julieta tuvieran un… ¿Cómo se dice?… Un puñetazo de hormonas.

—Un chute, sí —corrigió Octavo—. Si nos fijamos en

el contexto, eran dos adolescentes y solo se conocían de unos días.

—Hablamos de su historia como si hubiera sido real...

El comentario de Séptimo había sido una aseveración en voz alta, más que una opinión que quisiera compartir.

—Existen detalles que apuntan a que pudo haberlo sido. —La aclaración de Octavo provocó el silencio del resto—. Por lo pronto, hay que tener en cuenta que Shakespeare probablemente ni siquiera inventó la historia, si es que aceptamos que es ficción. El tipo debió haberla copiado, o como dirían otros, «se inspiró» en un poema de Arthur Brooke, que también venía de una obra de Matteo Bandello con un título y una historia de amor muy similares. Ni para eso fue muy inteligente. Pero lo fascinante no es eso. Dante ya nombra a los Capuleto y a los Montesco en su Purgatorio, aunque de esas familias poco se sabe, salvo que existía cierta rivalidad. ¿Podrían haber sido reales? Bueno, nunca lo sabremos.

Octavo lo había logrado otra vez. Acaparó la sesión con otro de sus datos curiosos que siempre engatusaban a la audiencia. Yo sabía que no reconduciría la conversación hacia donde deseaba. De hecho, probablemente ya habían olvidado que seguía presente, aunque con las neuronas adormecidas. El sopor que me solía nublar el sentido cuando bebía empezó a invadirme el torrente sanguíneo, los músculos, la cabeza. Me dividía entre desprenderme de lo que me arañaba por dentro y montar una escena en la que rompiera la baraja, o callar y rendirme ante la ebriedad.

Me dejé caer sobre el muro de fría piedra y los observé charlar. Ocurría a cámara lenta, borroso y con el sonido amortiguado por mis embriagados pensamientos.

Solo había un miembro que estaba pendiente de otra cosa.

Un escalofrío me hizo temblar. Qué sensación de inquietud lograba provocarme Cuarto con esos penetrantes ojos fijos en los míos.

7

No prestó atención a la señora que le insistía en acompañarla a urgencias, ni tampoco al hombre de corbata y afeitado apurado que le advirtió entre dientes de que podía denunciarlos si se había lastimado en las instalaciones del centro. La mente de Gara estaba más ocupada en repasar lo que había sucedido, tanto que no se percató del mensaje de Uri hasta que sacó el móvil del bolso y lo dejó encima de su escritorio.

Respondió a su disculpa con otra y le aseguró que se encontraba bien. Resumió la hazaña con un:

> Conseguí salir sana y salva.

Le prometió que mejor se lo explicaría en persona en otro momento. Necesitaba respirar y estabilizarse. Su habitación la cobijaba del mundo, serena e inmutable. Se medio tumbó al filo de la cama, con los pies aún posados en el suelo para no dejarse llevar demasiado por la comodidad. Cerró los ojos y rememoró el pasadizo, los fríos muros pedregosos, el olor a abandono, el tacto de las cubiertas magulladas por el tiempo. Y la adrenalina cabalgando por su torrente sanguíneo ante la posibilidad de que los pillaran. Divagó sobre la razón para esa preocupación. Sí, se habían colado en una propiedad privada, aunque parte del Gran Capitán tuviera un uso público, pero Uri se había mostrado particularmente alarmado cuando apareció aquel hombre. Primero se preguntó qué albergaría la galería subterránea para permanecer todavía en secreto y, seguidamente, lo que le produjo verdadera curiosidad era saber con qué se había topado Uri allí abajo para temer ser descubierto.

Ese último pensamiento la llevó inevitablemente al pequeño objeto que había sustraído sin pretenderlo. Se incorporó de un movimiento brusco, apenas meditado por su conciencia, y lo sacó del bolso. Aunque no había subido la persiana del todo y las cortinas continuaban echadas, la transparencia de la tela blanca permitía el paso de luz lo suficiente como para observar el cuaderno con más detalle. Las cubiertas eran de tela recia de color pardo, cosidas al papel con hilos que dibujaban cruces y se alargaban hasta rodearlo en su eje vertical. Un nudo con lazo lo mantenía cerrado. Gara lo deshizo y lo abrió. El filo de las hojas era irregular, con algunas rotas y otras dobladas y sucias. Le faltaban páginas que habían sido arrancadas, incluidas las primeras, en las que probablemente habría firmado el autor. En su interior se intercalaban textos en diferentes posiciones e incluso rodeando garabatos que parecían dibujos explicativos de unas instrucciones. Había bocetos de flores, ramas y objetos particulares como una especie de bolsita atada y un frasco. Otros era complicado distinguirlos, pues la tinta se había corrido y el responsable no parecía ser muy ducho en el campo artístico.

Gara hojeó algunos párrafos de distintas páginas por encima y agradeció que estuviera escrito en español. Los escritos eran inconexos, pero logró localizar un par de fechas que situaban el objeto en la primera mitad del siglo XIX. Hablaban de una mujer llamada Emilia y de una larga enfermedad. En ocasiones había páginas enteras llenas con las mismas palabras:

Por qué. Por qué. Por qué.
Dónde estás. Dónde estás. Emilia.

Relataba situaciones cotidianas sin trascendencia alguna, para luego centrarse en fragmentos donde la desesperación rezumaba por las fibras del papel hasta el punto de pegársele en los dedos. No había enunciados, ni títulos ni fechas que pudieran clasificarlo como un diario o acaso un epistolario. Era un perfecto caos de letras, números y divagaciones discontinuas, nunca en línea recta.

Avanzó hacia la mitad del manuscrito y, entre pasajes

sobre preferencias alimentarias y listas de quehaceres, encontró unas anotaciones que le llamaron la atención:

Recepción de mensajes.
Primer intento: fallido.
Segundo intento: la llama se ha movido. ¿Estás ahí, Emilia?
Tercer intento: oigo susurros en mis sueños.

Y más abajo, una frase subrayada tres veces:

La comunicación mejora con un objeto de la fallecida.

Gara pasó algunas páginas más y se detuvo en otra lista, una en la que aparecía una enumeración de elementos (peine, lazo, guante), todos tachados salvo uno, rodeado con un círculo:

Diente.

A partir de esa página, la narración se volvía turbia y neurótica. Las palabras estaban envueltas en un llanto apesadumbrado, e incluso los trazos, demasiado inclinados y puntiagudos, denotaban rabia. De lo leído, Gara dedujo que el autor era un varón que había perdido a alguien muy querido. Su esposa. Una hija, quizá. Probablemente el dolor le había arrebatado la cordura y el resultado eran aquellas oraciones en las que suplicaba un último encuentro y rezaba por la supervivencia de su espíritu.

Entonces unió los puntos de aquella constelación de sinsentidos. Había un tipo de escritura que grandes artistas habían utilizado para hurgar en el subconsciente, unos en busca de inspiración y originalidad y otros con la esperanza de conectar con un poder sobrenatural inalcanzable para la racionalidad humana. Aquel compendio era, sin duda, una colección de prácticas de escritura automática en la que el autor pretendía encontrar un camino, una senda que lo condujera hacia lo perdido.

Hasta Emilia.

La tarde otoñal avisaba de su muerte con tonos grisáceos que obligaron a Gara a encender la lámpara de la mesita de noche. Una suerte de sombras dibujadas sobre el cabecero de la cama la acechaban por la espalda. Repasó la lista de objetos tachados, las llamadas cuyas rúbricas se asemejaban a gritos afligidos, y aquella frase:

La comunicación mejora con un objeto de la fallecida.

Fue otro nombre el que le taladró los oídos. Gritos ahogados de una palabra que se resistía a tachar, aunque brotara sangre con cada trazo de su grafía:

Elena. Elena. Elena.
Por qué. Dónde estás.

Uri se equivocaba. Su miedo no provenía de la posibilidad del fracaso, sino de todo lo contrario.

Elia llevaba días insistiendo en verla, pero Gara necesitaba centrarse. De vez en cuando le enviaba mensajes de ánimo y alguna noche hablaban durante horas. Se ponían al día con las novedades o simplemente divagaban sobre sus vidas. Siempre había temido que su naturaleza introvertida y la imperiosa necesidad de apartarse cada cierto tiempo para alimentarse de su soledad la descartaran de cualquier grupo. Sin embargo, Elia no lo tomaba como algo personal. Lo aceptaba y buscaba la manera de estar presente sin resultar un estorbo o una fuente de ansiedad. Sus mensajes y videollamadas constituían un aviso de que no se había olvidado de ella, y esa sensación de respaldo era reconfortante.

Mientras que con Elia las charlas le suponían una distracción de las obligaciones y una necesaria vía de escape, a su padre solo le había recordado un par de veces que continuaba con vida. No había decidido si se trataba de la más pura cobardía o de la instauración de unos límites en defensa de su salud mental. Ese tema también estaba aparcado por el momento.

Había logrado avanzar en el estado del arte del artículo y había devorado gran cantidad de bibliografía sobre Dante y algunos de los expertos que lo habían estudiado.

No disponía de tiempo suficiente para releer al completo ninguna de las tres partes de la *Divina Comedia*, así que solo repasó algunos pasajes a los que la llevaban sus investigaciones. *Infierno* era, sin duda, la más popular y la que más repercusión había tenido, un descenso al Inframundo en el que el protagonista era guiado por Virgilio y atacado por los sietes pecados capitales y sus variantes. Esos mismos pecados se redimían uno a uno en el paso por el Purgatorio, que conducía inevitablemente hacia el Paraíso. Y entre todas esas páginas, una constante: la búsqueda de su amada Beatriz. Todo constituía un suceso de referencias a otras mitologías, como la griega, tan enorme que la probabilidad de toparse con nuevos significados e interpretaciones era alta. Pensar que alguien hubiera escrito semejante compendio de sabiduría con tal maestría con apenas treinta y nueve años se le antojaba toda una hazaña. Dante tuvo que ser una de esas gotas especiales que se habían colado en el océano que configuraba la humanidad. El interés por indagar cada vez más profundo en el tema se intensificaba con cada nuevo detalle.

Aunque la rutina le proporcionaba cierto sentido de la estabilidad, el innombrable elefante rosa en el que no debía pensar permanecía pegado a ella. La seguía como un enjambre de abejas enojadas. Esforzarse por ignorar lo que llevaba latiéndole en las sienes desde el incidente en el Gran Capitán tan solo conseguía resaltarlo aún más. El género de autoayuda no era su favorito, pero admitía haberlo consumido en alguna ocasión, y en alguno de esos libros había leído que los miedos y las ansiedades pronunciadas en voz alta perdían su intensidad y su fuerza. La meditación también abogaba por observar los pensamientos perturbadores en lugar de ignorarlos.

Con esos argumentos, se sintió menos estúpida cuando entró en la tienda esotérica que había de camino a la residencia desde la universidad. La había visto de pasada antes, con ese escaparate repleto de amuletos, piedras mágicas que prometían aportar calma, amor e incluso dinero, las enormes figuras budistas y libros centrados en filosofías afines y hechicería moderna. Al principio la intención se limitaba a tantear algún manual sobre ocultismo o que tratara el campo espiritual. Encontró unos cuantos, pero en el fondo lo que realmente deseaba era una confirmación.

—¿Puedo ayudarte? —La oferta de la dependienta llegó en el momento preciso.

—Quizá… —Titubeó—. ¿Funciona?

La vergüenza con la que indagaba sobre el tema, como si fuera una campesina de la Edad Media tachando la medicina de brujería, resultó evidente. La dependienta sonrió con la seguridad de quien ya se ha enfrentado a los incrédulos.

—Eso depende. ¿Crees que funciona? La magia y el contacto con el Otro Mundo no son para cualquiera.

—¿Quiere decir que solo tendrá efecto si me lo creo? Eso es un poco conveniente.

Gara dejó el libro en la estantería donde lo había encontrado.

—Bueno, si yo fuera un espíritu, no aparecería ante alguien que no cree en mí.

—Eso sería lo primero que haría yo.

La mujer rio ante el comentario y se apartó la melena rubia hacia un lado. El tatuaje de una espiral le adornaba el hombro y una ingente cantidad de colgantes cubrían el escote de su blusa azul.

—Te voy a hacer un favor —le dijo mientras se giraba hacia el mostrador de madera. Gara la siguió—. Hay toda una lista de rituales para comunicarse con el Otro Mundo, pero todo se resume en esto. —Le dio una vela blanca y unas cerillas—. Si estás en la frecuencia correcta, funcionará.

Gara tomó los objetos con evidente confusión.

—¿Y ya está?

—Es simple, lo que no significa que sea sencillo. —Mientras hablaba, rellenó una bolsita de tela con un puñado de hierba que Gara no supo identificar y la cerró con un nudo—. Hace siglos había ciertas prácticas, como la astronomía y la predicción de los eclipses, que la convertían a una en bruja. Me gusta pensar que la magia es una parte de la ciencia que aún no ha sido demostrada. Mi momento favorito es cuando algo hace clic en la cabeza de un escéptico. Cuando sabes que algo es verdad, no hay vuelta atrás.

La seguridad con la que hablaba era hasta cierto punto apabullante. Tanto, que Gara ni siquiera intentó rebatirle. Tampoco había desechado la posibilidad de que existieran fenómenos inexplicables. Caminaba de puntillas sobre la fina línea entre el deseo de comprobarlo y el pudor de caer en la trampa de una gran mentira. Sacó el monedero, pero la dependienta negó con la cabeza.

—A esta sesión invita la casa. —Le guiñó uno de sus ojos negros—. Prométeme que vendrás a contarme qué te han dicho.

—Gracias.

Mientras Gara guardaba la cartera en el bolso observó un tablero ouija expuesto en la pared detrás del mostrador.

—Tú no necesitas eso —se adelantó la dependienta, que a continuación se acercó para hablarle en voz más baja—: Es solo un cliché para fans de las películas de terror. Usa la vela y confía. Quien deba responderte lo hará.

Debajo del agua, las flechas no podían alcanzarla. En el fondo de la piscina, Gara estaba protegida por un manto líquido que amortiguaba cualquier voz, salvo la de su maldita conciencia. No le llegaban los e-mails, las notificaciones del móvil ni las obligaciones, y creyó que tampoco los elefantes sabrían bucear. Pero si abría los ojos, el cloro no era lo único que se los irritaba. Lo intuía allí, flotando como en un postre de gelatina, adquiriendo la forma del fluido y adaptándose a cualquier medio.

Fue para mitigarlo. Por eso aceptó la invitación a la noche de pizzas y juegos en el piso de Elia. Además, debía admitir que le había hecho ilusión que fueran insistentes desde diversos frentes; en especial, Uri. No habían vuelto a verse desde el incidente en el Gran Capitán y, aunque no estaba preparada para admitirlo, había barajado con picardía una lista de posibles excusas para provocar un reencuentro. Por el momento todo era más simple si se veían en grupo. Uri era otra obra de la que necesitaba más detalles, aunque lo que había leído hasta el momento le provocaba el intenso deseo de continuar pasando páginas. Tras una hora de natación, las endorfinas le aportaron un subidón de energía y le despejaron la mente. El agua siempre la llevaba a su isla, la arrastraba con su corriente hacia esa parte indivisible de su esencia, el otro lado de la familia. Definitivamente, se podía ser de varios lugares a la vez y amarlos con la misma intensidad.

Ese día también echó de menos la comida, tal vez porque ese elemento estaba inevitablemente unido a su madre. La novedad se esfumaba y comenzaba a dar paso a la nostalgia, y los recuerdos se activaban mejor con aromas y sabores. Solía añorar en voz alta los productos que no lograba encontrar en la Península. Entonces su padre se las apañaba para hacérselos llegar de alguna manera, lo que solía implicar una llamada a su cuñado y un paquete sorpresa. Si cerraba los ojos, escuchaba a su madre quejarse sobre la diferencia de sabor de los plátanos y el queso tierno, o la ausencia de chocolatinas Tirma, un antojo recurrente cuando se encontraba embarazada de Elena.

Le pareció curioso que todos esos detalles tan cotidianos hicieran que una persona perteneciera a un lugar y no a otro. La manera de usar un lenguaje, la predilección por ciertos ingredientes en la cocina, la actitud ante la vida. Pasó por un supermercado con la esperanza de calmar su morriña, pero tuvo que optar por comprar un brownie. Se había convertido en la proveedora oficial de azúcar del grupo.

Cuando llegó a la casa de Elia, todos estaban allí.

—El Paraíso, por fin —le dijo Genio nada más abrirle la puerta. Empezaba a cogerle cariño a aquel apodo.

La recibió un clamor general, un abrazo de Leda y un vaso de té helado por parte de Elia. Bruno sujetaba el folleto de la pizzería.

—Barbacoa y carbonara a la una... a las dos...

—Siempre pedimos lo mismo —se quejó Miguel.

—¿Por qué cambiar lo que funciona? Que levanten la mano los carnívoros.

—Estoy con tu hermano en esto, Bruno —apuntó Leda—. ¿Algo de verdura?

—¿Qué te apetece a ti, Gara? —preguntó Elia.

Sin darse cuenta, miró de soslayo a Uri, sentado en el sillón orejero, antes de hablar.

—Una vegetal me parece bien —respondió, y observó a Bruno poner los ojos en blanco y a Miguel esbozar una sonrisa de medio lado—. He traído el postre. —Levantó el envase de plástico a modo de presentación.

—Elia, de nuevo, gracias por traerla a nuestras vidas.

La broma de Genio dio pie a otras conversaciones paralelas mientras Bruno, que estaba al teléfono con el restaurante, hacía gestos para que bajaran la voz. Leda se ocupó de meter el brownie en la nevera. El ambiente era distinto, más relajado que la última vez en el Bohemia, aunque la tirantez entre los mellizos no se había disipado. A veces Gara dudaba si Miguel estaba enfadado con el mundo o simplemente era un papel creado para enfrentarse a él, una máscara que llevaba desde hacía tanto tiempo que ya no sabía cómo quitársela.

En lo que tardó en llegar la comida, picotearon de una bolsa de patatas que Elia había dejado en la mesa. Los intercambios versaron sobre el estado de la tesis de Gara, los argumentos a favor y en contra de la música que escuchaban los jóvenes y si Bruno se había echado otra novia efímera en la última fiesta de los estudiantes de Erasmus.

—Pero siempre te preferiré a ti, Leda —le dijo con un levantamiento de ceja.

—«Siempre» es mucho tiempo. Será una prueba de tu amor —ironizó ella, y le dio un bocado a una porción de pizza.

—No le des alas, tía, que luego tengo que aguantarlo yo.

—Tranquilo, Genio. La paciencia es una virtud de la que Bruno carece —añadió Uri con su habitual serenidad.

El joven fingió ofenderse y el ataque despertó una exclamación general de desafío, que se quedó en el aire rápidamente.

—En realidad, tiene razón. —Rio.

Y de nuevo se enzarzaron en conversaciones mezcladas, la mayoría banales, hasta que las dos cajas de pizza se quedaron vacías. Elia colocó encima de la mesa una torre de juegos y el escogido fue *La isla*. El encargado de explicar las reglas fue Genio.

—¿Veis esta isla del centro? Pues todos somos náufragos que tenemos que construir nuestra balsa para volver a casa. Básicamente, esto va de salvarse puteando a otros por el camino.

—No es necesario. También se puede colaborar.

—Ah, Leda. Serías la primera en morir en un apocalipsis zombi —replicó Bruno—. Esperad un momento, vamos a hacer esto más divertido.

Colocó en la mesa siete vasos de distintos tamaños y tipos de cristal, como si fueran una familia de huérfanos obligados a compartir existencia. A continuación, hizo aparecer de la nada una botella de vodka.

—Esto es para los quejicas —aclaró—. Por cada «ay, no me hundas mi balsa» o «vais todos a por mí», un trago.

Gara y el alcohol nunca habían hecho buenas migas;

no solo no le resultaba tentador, sino que más bien le provocaba rechazo. No tenía intención de protestar, aunque vacilarse entre amigos era una parte intrínseca de cualquier juego. Pero, llegado el momento, tenía clarísimo que no cumpliría esa norma.

Observó las reacciones a su alrededor en busca de un cómplice. Uri movió la cabeza como si tuviera delante a un montón de mocosos malcriados, mientras que Leda optó simplemente por sonreír.

—Pues ya sabemos quién va a acabar como una cuba —bromeó Genio, dándole una palmadita en la espalda a Miguel.

—Ahí tenemos un sofá... —dijo Elia.

Miguel hizo ademán de añadir algo, pero se arrepintió, y Gara sintió la necesidad de sacarlo de aquella encrucijada.

—Venga, vamos a repartir las fichas. Se aprende mejor jugando —dijo.

La velada continuó con predecibles alianzas entre Bruno y Genio, quienes de vez en cuando simulaban una queja sobreactuada para beber. Eran un dúo cómico de una verbena cutre de pueblo, pero lo disfrutaban sin complejos. Leda era la inocencia personificada y se dejaba aconsejar por Elia, que hacía de capitana de demasiadas balsas. Miguel se había convertido en el blanco inevitable de su hermano y su compinche en una cruzada para hacer cumplir su profecía alcohólica, mientras que Uri era una sombra sibilina: había conseguido construir su balsa sin apenas discutir. Gara, sin embargo, disfrutaba más examinando las dinámicas entre ellos que tejiendo su propia estrategia. Aun así, se había llevado alguna ovación por un par de acertados movimientos y hasta llegó a encontrarse en la posición más aventajada.

—Oye, cuidado con el Paraíso, que, a lo tonto, mira por dónde va. —Elia le guiñó un ojo de complicidad que Gara acogió como la anhelada aprobación de una maestra hacia su protegida.

Por muchos años que le llevara cualquiera, Elia se deslizaba a una posición de mamá pato sin siquiera forzarlo. No era su capacidad para tomar la batuta y lanzar un discurso motivador lo que a Gara le llamaba la atención, ni tampoco las precisas ocasiones en las que regañaba a quien se salía de la línea trazada. Lo que la cautivaba era su manera de hacerse impermeable a la crítica, a la posibilidad de caer mal por expresar una opinión o una necesidad, y simplemente soltarla con el peso de una verdad absoluta. Un «lo tomas o lo dejas».

Se acercaba la medianoche cuando el juego llegó a su fin. La sonrisa satisfecha de Leda, al haber quedado detrás de Uri, el justo ganador, contrastaba con la felicidad ficticia de Bruno y Genio, completamente embriagados. Miguel había sucumbido a su carácter protestón en contadas ocasiones, por lo que también tenía el estómago caliente.

—Creo que me voy a ir ya —dijo Gara.

—¿Tan pronto? Son solo las... —Bruno hizo un esfuerzo por leer el reloj de su muñeca—. Ayúdame, tío.

—Quita la mano, que no veo —repuso Genio.

—¿Eso es una queja? —Bruno le llenó un vaso de chupito con dificultad para verter el líquido dentro—. Cumple las normas.

—Necesitáis ayuda, pero para otra cosa. —Uri sacudió la cabeza y resopló, lo que atrajo sin remedio la mirada de Gara. Ahí estaba su cómplice.

—Un último juego, venga. No me seáis siesos.

—Genio, tú no tienes clase mañana, ¿verdad? Porque yo sí —protestó Miguel.

—¿Eso es otra queja?

El dúo cómico se echó a reír de forma balbuceante, y solo Leda se unió a ellos, aunque tímidamente.

—A ver, preguntémosle a la anfitro... anfitri... a la dueña de la casa —logró al fin decir Bruno.

Rostros expectantes enfocados a Elia, que miró a Gara como si estuviera sopesando no forzarla demasiado.

—Un juego más. —Varios aplaudieron—. Pero corto y rápido, que algunos tenemos que estudiar.

—¡Lo tengo! —exclamó Genio—. Esta va por ti, Paraíso. Juguemos a *Opinión impopular*.

Silencio sepulcral. Quizá fuera producto de cierta pereza, pero solo duró unos segundos.

—Me parece bien —dijo al fin Elia, despreocupada—.

Si os apetece quedar en evidencia, no seré yo quien os detenga.

—Paraíso, ¿te quedas? —le preguntó Genio.

Gara presentía su mal humor acechando en las sienes. Le pasaba en dos circunstancias: si tenía hambre o si necesitaba retirarse y la forzaban a lo contrario.

—¿De qué va el juego? No quiero irme mucho más tarde.

—Una y se acabó. Yo también estoy cansado —apuntó Uri—. Te llevo a casa después, Gara. No te preocupes.

Aunque puso cara de acceder a algo que no le apetecía, en el fondo su ofrecimiento constituía una motivación. Lo reconociera en voz alta o no, deseaba pasar un poco de tiempo a solas con Uri. Un viaje en coche era una buena ocasión para indagar más; prefería los caminos que se recorrían pasito a pasito.

—Bien, el tema va de la siguiente manera —comenzó a explicar Genio—: todo el mundo coge papel y lápiz. Por favor, azafata.

—Estoy en ello —dijo Bruno mientras repartía trozos rotos de alguna hoja que había encontrado y dejaba una lata llena de bolígrafos en el centro de la mesa.

—Cada uno tiene que escribir una opinión sobre cualquier tema que crea que es políticamente incorrecto o que sería rechazado por la sociedad, algo que no hayáis dicho nunca en alto por lo que sea. Del tipo «la piña en la pizza está rica».

—Vaya, hablemos de cosas profundas, claro que sí —bromeó con ironía Elia.

—Era solo un ejemplo, relájese, su majestad —replicó Genio, algo molesto con que interrumpieran su explicación—. La movida es que digáis la verdad.

—¿Y después qué? —preguntó Gara con cierta preocupación—. ¿Qué hacemos con eso?

—Después lo vamos a doblar tres veces.

—¿Por qué tres?

—Porque es un número bonito, Leda. Tres son los sabores de helado por excelencia. Y tres, los mosqueteros. Después lo dobláis y lo ponemos en un cuenco. ¡Azafata! Eso es, gracias. Y una mano inocente sacará un papelito, lo leeremos en voz alta y tendremos que adivinar quién lo ha escrito.

—¿No es una especie de juicio? —dijo Gara.

No estaba nada convencida de exponerse de esa manera ante un grupo que aún estaba tanteando. Por otro lado, sentía bastante curiosidad descubrir los secretos de aquellos recién estrenados amigos. Era una doble cara que le producía cierta vergüenza por lo mundano de la intención. Recibir el premio suponía correr el riesgo.

—Es posible, pero en todo caso el juicio lo hace cada uno solo en su casa. El objetivo es adivinarlo —aclaró Genio—. Si lo conseguimos, hay que ponerle una especie de castigo al perdedor.

—Así nos conocemos todos un poco mejor...

Bruno miró a Leda con lascivia.

—Además de sofá, también tengo ducha, por si quieres darte una de agua fría. —La joven griega agradeció el rescate de Elia—. No seáis capullos. Se trata de evitar que lo adivinen, así que cuanto más personal, más difícil será. Además, si nadie acierta, se queda en el aire. Nos pasaremos la vida preguntándonos quién lo escribió.

—Y un día, en el lecho de muerte, justo antes de exhalar el último aliento, podremos decir: «¿Te acuerdas de que había uno entre nosotros a quien le gustaba la pizza con piña? Era yo», y espicharla —soltó Bruno, riéndose de su propia broma.

Al estilo de un ritual pagano, cada uno de los participantes tomó su trozo de papel y un bolígrafo, que Miguel insistió en que fuera del mismo color para no dar pistas. Gara solo deseaba marcharse, tumbarse en la cama y olvidarse de que existía al menos durante ocho horas. Su naturaleza honesta la empujaba a escribir una afirmación real, que verdaderamente apoyara, como le pasaba siempre en los exámenes orales de inglés y francés. Ofrecerles un trozo de su psique más profunda sería lo mismo que quitarse un pedazo de su máscara. Los demás podían reaccionar, o bien con vítores, o bien con una patada hacia la jaula de los leones.

Por otra parte, era un juego estúpido en el que existía la opción de mentir.

Cuando Gara terminó de redactar lo suyo, el resto ya

había terminado. Todos los papelitos se colocaron, dobla-dos, en el cuenco.

—Venga, la mano inocente —dijo Genio.

Silencio y miradas.

—Lo haré yo.

Leda revolvió los trocitos varias veces, hizo una pausa dramática y escogió uno con un gesto solemne. Cualquie-ra habría dicho que estaban en medio del mismo sorteo de «La lotería» de Shirley Jackson, al que Gara se retrotrajo por ser uno de sus relatos favoritos. ¿A quién le tocaría el apedreamiento?

—«Te puede gustar alguien, aunque no lo admitas» —leyó la griega.

Ojos en blanco. Risas, sobre todo de Genio. Un sono-ro resoplido de hastío de un cansado Uri.

—Bruno, tío, eres más sutil... —le dijo el historiador.

—¿Y tú por qué sabes que soy yo, a ver? A lo mejor lo has escrito tú... o Gara, que he visto cómo te mira.

Un millón de respuestas se agolparon caóticas en su garganta, pero fue incapaz de soltar ninguna. En ese mo-mento comprendió a Miguel y la inquina latente que sen-tía por su hermano. Maldito niño malcriado. Echó mano a su bolso, más como una forma de protección que para montar una escena saliendo del piso, pero Elia se percató.

—Os dije que no fuerais unos capullos. Has perdido.

Bruno agachó la cabeza, resignado y con fastidio, aun-que había cierto atisbo de travesura en su mueca. El silencio se llenó de exclamaciones de «¡castigo, castigo, castigo!». Leda dudaba, como si le fuera imposible imponer una pena, mientras continuaban los cánticos.

—No sé...

—Voto de silencio. —Gara consiguió la atención de todos—. Tres días en los que no podrás hablar nada. Si lo haces, se te sumará un día más.

—Eso... es cruel. No me parece justo. Es mucho tiempo.

—A mí me parece bien que te calles un rato —añadió Uri—. El riesgo de jugar es que existe la posibilidad de perder.

—Vale, pero esto ha sido demasiado fácil —dijo Genio—. Vamos a sacar uno de verdad.

—Nos vamos a dormir ya.

—Va, Elia, no seas aguafiestas.

—Os echo de mi casa.

Pretendía sonar a broma, aunque de esas que escondían una verdad evidente. Elia cogió el cuenco para retirarlo de la mesa, pero Genio metió la mano, agarró un papelito y se apartó hacia el lado opuesto entre las risas de un mudo Bruno, protestas de los contrarios a seguir y la indiferencia de los que ya estaban tan cansados que ni siquiera se quejaban.

Genio desplegó el papel, visiblemente divertido, y leyó para sí mismo. Su sonrisa se relajó poco a poco mientras asimilaba cada letra. Bajó las cejas y tragó saliva.

—¿Qué te pasa? ¿Has visto a un muerto?

—¡Cállate de una vez! —le recordó Miguel a su hermano.

El que se había quedado mudo ahora era Genio.

—¿Lo vas a leer?

El joven miró a Elia y luego de nuevo el trocito de papel.

—«La muerte no es nada, solo he pasado a la habitación de al lado».

Respiraciones nerviosas. Miradas esquivas. Alguna cabeza gacha.

—Dame eso —dijo Uri, arrebatándole el papel—. Se acabó el juego. Todo el mundo a dormir.

—No. De eso nada. Todos sabemos quién lo ha escrito.

—Déjalo, amigo.

—No me da la gana. —Bruno entornaba los ojos entre frases, aunque su dicción parecía más perturbada que su raciocinio—. Os habéis echado todos encima cuando me ha tocado a mí, pero cuando es el turno de mi hermano, entonces... «pobrecito Miguel».

—¿Tú no tenías que estar calladito? Pues haznos el favor a todos —saltó su hermano mellizo.

—«Santos Santos Santos». Así todo el santo día... Ups.

—No le haces gracia a nadie. —Miguel se puso en pie para encararse con su hermano—. La gente no se ríe contigo, sino de ti. Eres un payaso.

Bruno apretó los dientes y los puños. El grupo los observaba expectantes, sin saber muy bien si actuar ya o dejar que se desahogaran. Genio tiró del brazo de Bruno, pero se deshizo de él con una rápida sacudida del hombro. Respiró y habló despacio, marcando sus intenciones con cada sílaba:

—Yo seré un pesado con Leda, pero al menos ella está viva. Santos hizo lo que quiso hacer, a pesar de ti. No fuiste suficiente. Supéralo.

Miguel se abalanzó sobre su hermano. El ceño fruncido. Los ojos rojos de cólera. Lágrimas a punto de derramarse. Fueron solo unos segundos hasta que Uri tiró de ellos para separarlos, con la ayuda de Genio al otro lado, pero la cara de Bruno ya había quedado decorada con un arañazo y un pómulo colorado.

—Es mío —titubeó Gara en mitad de la vorágine.

Respiraciones agitadas de ambos hermanos. Miradas clavadas como puñales del uno en el otro. Miguel se limpió la baba que le caía de rabia con el dorso de la mano.

—¿Lo escribiste tú? —preguntó Elia con un atisbo de sorpresa.

Gara no había planeado el siguiente movimiento. ¿Por qué sentía la necesidad de acudir al rescate de Miguel? Callarse y dejar que el pueblo juzgara o hablar y mostrar parte de su herida.

Percibió los ojos de Elia sobre ella, expectantes, y una ráfaga de rencor hacia Bruno le recorrió la espina dorsal.

Demasiado desproporcionada para lo que conocía del chico. Demasiado intensa en su intuición como para ignorarla.

Asintió.

A pesar de la insistencia de Uri en llevarla, tuvo que rechazar la propuesta. La pelea le había provocado ganas de caminar sola con sus pensamientos. Agradeció el aire frío que le despejaba las ideas y la obligación de prestar atención a la realidad tangible, como el color de los semáforos antes de cruzar. Incapaz de sacarse el nombre del desconocido Santos de la cabeza, no lograba entender qué se había apoderado de ella. ¿Fue la crueldad con la que Bruno había hurgado en una evidente herida, o tal vez el despiadado golpe final de aquel «supéralo»? Miguel era una bomba a punto de estallar; podía escuchar el leve tictac cada vez más acelerado. ¿Y la suya? ¿Cuándo estallaría?

Su memoria actuaba de forma selectiva: a menudo olvidaba las teorías aprendidas como un papagayo en cuanto firmaba un examen; sin embargo, recordaba extractos de novelas y poemas que se le habían incrustado en la piel, igual que una melodía activaba imágenes olvidadas. Conocía bien aquella cita. Pertenecía a san Agustín de Hipona, no sabía nada más. Se la había oído cantar a Alberto, al ritmo de los acordes de su melancólica guitarra, en las cálidas noches de verano en la playa, cuando se ponían filosóficos, desinhibidos por el exceso de alcohol y, como ella no bebía, solía ser la única que lo recordaba todo.

En aquel momento se arrepintió de no haber elegido adormilar sus neuronas, igual que todos los demás.

Llegó a su habitación impulsada por una fuerza invisible que dictaba sus acciones. Abrió el portátil y tecleó la frase que no dejaba de parpadearle en las sienes, en la punta de los dedos, en la boca del estómago: «La muerte no es nada, solo he pasado a la habitación de al lado». El buscador la ubicó en décimas de segundo. Al principio se la atribuía al poeta Charles Péguy, pero ella sabía que no era cierto. Elena se burlaba a menudo de las mezclas que Alberto hacía entre religión y filosofía cuando le convenía, y de ahí había surgido el reto de demostrar que no eran incompatibles. También solía mencionar a santa Teresa, lo que le había dado una nota alta en la asignatura de Antropología de la religión. El poema se había atribuido por error a Péguy, aunque tirando del hilo llegó hasta Henry Scott, que había escuchado un sermón de san Agustín.

Abrió en otra pestaña el texto al completo y respiró hondo antes de leerlo en la penumbra de su habitación.

Que mi nombre sea pronunciado como
siempre lo ha sido, sin énfasis de ninguna
clase, sin señal de sombra.
La vida es lo que siempre ha sido. El hilo no
se ha cortado.

¿Por qué estaría yo fuera de vuestra mente?
¿Simplemente porque estoy fuera de vuestra
vista?
Os espero; no estoy lejos, solo al otro lado
del camino.
¿Veis? Todo está bien.

A continuación, leyó el pie de página: «Cuarta carta en la que escribe a su hermano, que, a pesar de estar muerto, sigue ahí». El corazón le dio un vuelco en el pecho y las lágrimas brotaron de un manantial que había permanecido seco a la fuerza. Por supuesto que no la había olvidado. Su nombre le ocupaba la mente en las horas de sueño y de vigilia. ¿Y si todo aquello eran señales de que, en efecto, había otro mundo donde esperaban las almas? ¿Y si había una forma de contactar con Elena?

Embriagada de esperanza y desesperación a partes iguales, localizó la vela blanca que le había regalado la dependienta de la tienda esotérica. Despejó el escritorio, en el que apenas había un par de cuadernos y notas adhesivas con recordatorios, y la colocó en el centro. Se apresuró a encenderla, pero recordó las anotaciones del misterioso libro encontrado en las tripas del Gran Capitán.

La comunicación mejora con un objeto de la fallecida.

Cogió el cuaderno de tapas azules y lo dejó con suavidad junto a la vela. Se sentó frente al improvisado altar sin tener muy claro el siguiente paso. Contempló la llama vibrar levemente, apenas perceptible. Cerró los ojos en un intento de seguir los preceptos de cualquier meditación: respiraciones profundas, relajación de los músculos, aislamiento de lo externo.

Se concentró en una imagen de Elena y recorrió sus detalles con cada bocanada de aire, como si buscara recrearla en tres dimensiones.

Inspiración.

Su cortísimo cabello castaño y excesivamente lacio, la frente a medias tapada por un lado del flequillo, sus redondos ojos miel.

Espiración.

Observó el corte cuadrado de su mandíbula y los pómulos marcados, aunque su delgadez no se correspondía con la cantidad de calorías ingeridas.

Inspiración.

Llevaba su eterna chaqueta roja de borreguillo y el anillo que compartían colgado de una fina cadena de plata.

Enseguida vio a su madre. Era el día que ambas habían recibido la joya como regalo. Su piel ya lucía demacrada y apenas le quedaba energía, devorada por el cáncer. Gara se aferró a su muslo un instante, pero rápidamente relajó los dedos. Si había una frecuencia correcta para encontrarla, era esa, sin duda. Sus ondas de energía, o como las llamaran los entendidos, debían vibrar lo más fuerte posible para que su hermana las detectara. ¿No era así como se hacía? ¿No era eso lo que los atraía?

—¿Elena? —pronunció con voz trémula—. ¿Estás ahí, Elena?

Silencio. Quietud. El leve calor de la llama en su rostro.

—Soy yo. Por favor, responde. Haz algo, lo que sea.

Esperó con la poca paciencia de la que pudo hacer acopio. La respiración se aceleró progresivamente, pero Gara hizo esfuerzos por controlarla.

—Elena, si estás ahí, envíame una señal.

«Esto es ridículo. Esto es ridículo. Esto es ridículo».

—Por favor. —Lloró y abrió los ojos, que apenas enfocaban—. Elena… necesito saber qué pasó. ¡Háblame!

Dio un puñetazo en la mesa. Bajó la vista y localizó el cuaderno en el suelo. ¿Lo había tirado ella? Se agachó a recogerlo con la mano temblorosa.

Estaba bocabajo, abierto.

Una página en blanco.

Apagó la vela con un soplido de rabiosa decepción y se limpió las lágrimas que le habían dibujado surcos en la cara. Era carne de cañón para cualquier secta o curandero que le prometiese el elixir contra la pena. Cuántos timadores se habían aprovechado de los pobres crédulos que solo buscaban un poco de consuelo. Pobre Emilia y aquel familiar que la añoraba tanto como para creer en la supervivencia de las almas.

Mentiras. Todo una sarta de mentiras.

Se desnudó y se metió en la cama con una camiseta de manga corta varias tallas más grande. Había escogido un libro de los que se había traído en la maleta, ni siquiera miró el título. Solo deseaba olvidarse del tiempo y el espacio, de ella misma. Ser otro, vivir otra vida.

En las páginas de una traducción antigua de *La señora Dalloway* encontró el ansiolítico que necesitaba. Durante un rato… o un instante, no habría sabido calcularlo con exactitud. Pero cuando abrió los ojos de nuevo, con el libro descansando a su lado, la noche continuaba oscura y fría, y la habitación, solitaria.

Salvo por la vela encendida en el centro de su escritorio.

8

Lo primero que marcaba un estudiante en su calendario era, principalmente, los periodos de exámenes y los puentes de festivos. El Doce de Octubre tuvo el detalle de caer en jueves, así que la propuesta de marcharse cuatro días a la sierra fue aceptaba por unanimidad con rapidez. En esas ocasiones Gara solía situarse a medias entre la opción de un bienvenido cambio de aires y la preocupación de no hallar espacios para la soledad en tales eventos. Sabía que sería de las primeras en irse a dormir o que desaparecería en algún momento, sin mediar palabra, para absorber la energía de la soledad, y aquello provocaba cuchicheos y miradas esquivas. No obstante, presentía que sus rasgos introvertidos no habían sido tan respetados antes como lo eran en aquel singular grupo. Por eso intentó calmarse frente al espejo de su habitación y convencerse de que debía disfrutar, por una vez, de la experiencia sin anticipar todo lo que pudiera salir mal, regalarles a los hados el control de su destino durante las siguientes noventa y seis horas.

Eran demasiados para un solo vehículo, así que se repartieron en dos grupos. Genio y Bruno iban por su cuenta; el resto, en el viejo Ford Focus negro de Uri. Gara habría jurado que el trayecto sería amenizado por una recopilación de música instrumental clásica o alguna ópera. No imaginaba a un vampiro victoriano moviéndose al ritmo de cualquier otra cosa. Sin embargo, la música escogida fue un festival de éxitos del rock de los setenta y ochenta intercalados con canciones actuales de bandas indie nacionales. Incluso ella se animó a tararear las que conocía y, con el vaivén serpenteante de La Alpujarra granadina, se dejó cobijar por las montañas, las melodías y las conversaciones triviales.

Pampaneira los recibió tranquila y solitaria, con sus empinadas calles empedradas vestidas de blanco y coloridos telares colgando en las fachadas. Aún era temprano —habían salido sobre las siete de la mañana para aprovechar el largo fin de semana—, por lo que probablemente el pueblo no había despertado. El lugar era, sin duda, un testigo del pasado nazarí de la zona.

Su refugio se ubicaba a las afueras, colgado del barranco. Habían alquilado una casa-cueva que por fuera solo parecía un agujero abierto en la montaña, pero, una vez dentro, se desplegaba como un palacio andalusí.

—Guau. Se han trabajado mucho el rollo árabe —comentó Genio.

—Es una preciosidad —añadió Gara, como si el nuevo escenario le proporcionara un chute de energía—. Buena elección, Uri.

Cortinas y tapicerías azules, naranjas y doradas destacaban sobre la irregular piedra blanca de las paredes. Las puertas a las estancias se abrían en arcos apuntados y las lámparas y faroles de estilo marroquí se mecían desde el centro del techo. Aquello era la guarida de alguna leyenda árabe. Se separaron enseguida para elegir habitaciones. Puesto que Miguel había optado por no unirse al plan, Genio y Bruno ocuparon un dormitorio, Elia y Leda el que estaba al fondo y Uri le había ofrecido a Gara quedarse con el que daba al salón para ella sola. Él dormiría en el sofá de la esquina, frente a los ventanales de la terraza por los que vería la noche estrellada.

El detalle la alivió y la ilusionó por igual. Una conexión telepática como aquella era inusual.

—¡Hay un jacuzzi! —exclamó Bruno desde uno de los baños.

Gara se percató primero de que había calefacción. Tenía pinta de que la iban a necesitar en cuanto se pusiera el sol.

—Venga, dejamos las maletas y vamos a explorar.

Elia estaba ya de pie en la entrada, lista para la aventura.

—¿Ya nos vas a hacer trabajar? ¡Que es puente!

—No hemos venido para estar encerrados sin hacer nada, Bruno.

—¿Ah, no? Comer, beber y dormir. Ese era mi plan... Y ahora también bañarme en el jacuzzi.

Hubo que insistirle un poco, pero Bruno acabó accediendo a la propuesta de senderismo. Subieron por el barranco de Poqueira desde la plaza principal y admiraron las casas escalonadas de terrazo gris, los cultivos y las moreras. El frío serrano de mediados de octubre se disipó a medida que avanzaban y sus cuerpos entraban en el calor del movimiento. El paisaje los obligaba a menudo a detenerse para llenar de fotografías sus teléfonos y, de paso, para que Bruno preguntara cuánto faltaba para volver.

—Te pareces a tu hermano —bromeó Genio—. ¿No será que lo echas de menos?

—¿Yo? ¿A ese quejica? Ni de coña.

Gara lo miró. Quizá lograra engañarlos a todos con sus aires de tipo duro, pero no a ella. A pesar de sus diferencias, quedaba un resquicio de aprecio entre los mellizos. Cierto era que la sangre no obligaba a nadie a congeniar (había todo un compendio de fábulas y cuentos sobre hermanos que se traicionaban), pero la humanidad tenía predisposición a la fraternidad. Eran otros intereses los que solían estropear las conexiones cultivadas en la infancia. «Una pena», pensó Gara, incapaz de concebir una realidad en la que Elena y ella hubieran llegado a odiarse, a no soportar sus respectivas presencias, a convertirse en rivales.

La ruta duró aproximadamente tres horas y, hacia el final, el bando de Bruno había ganado adeptos. Con los estómagos rugiendo furiosos, devoraron los bocadillos que habían preparado para el primer avituallamiento. El resto del fin de semana sería un festín de carne asada, recetas vegetarianas para Leda y dulces y aperitivos poco saludables que compartirían en manada.

La digestión lanzó un hechizo de sopor sobre la casa-cueva y, uno a uno, todos desaparecieron en sus habitaciones, salvo Uri. De hecho, Gara se percató porque salió del baño y era el único que quedaba en la cocina. Esperaba que el agua de la tetera hirviera con un libro en la mano.

—¿Quieres una infusión?

—Pensé que también te ibas a dormir un rato...

—Me gusta el silencio que hay en una casa cuando todo el mundo duerme. Es el momento perfecto para una bebida caliente y un buen libro o una película.

—¿*Dr. Jekyll*? —Gara sacó otra taza.

—¿Lo has leído? Por supuesto que sí. Has leído a Elisabeth Mulder. Stevenson es un clásico.

El silbido de la tetera lo obligó a hacer una pausa. Uri puso una bolsita de té verde en cada recipiente y vertió el agua. No había miel y no le gustaba con azúcar, así que Gara decidió tomarlo amargo. Con la taza en la mano, se sentaron en el sofá del salón bajo la tenue luz de la sobremesa otoñal.

—Lo he leído un par de veces, hace mucho tiempo.

—Hay libros que hay que leer varias veces a lo largo de la vida. Yo dejaría un mínimo de cinco años entre lecturas. Así es como se sabe qué historias esconden capas que no hemos visto antes.

—En realidad, lo que sucede es que no los interpretamos de la misma forma.

—Precisamente. —El joven dio un sorbo al líquido caliente y posó la taza en la mesita del centro para poder colocarse bien las gafas—. Es como cuando miras un cuadro desde distintos ángulos. Los elementos, los colores, la disposición... todo es lo mismo, el que ha cambiado eres tú. Los libros te cuentan en qué eres distinto.

Gara fantaseó un instante con la idea de guardar su cuaderno de tapas azules en una caja fuerte y olvidarse hasta dentro de cinco años, pero un atisbo de tristeza amenazó con estropear la tarde y rehuyó el pensamiento.

—¿Es tu primera vez? —La traviesa risita de Uri la puso nerviosa—. Quiero decir...

—No —la cortó—. Lo leí hace muchos años, cuando estaba en el instituto.

—¿Y en qué eres distinto ahora?

Uri fingió sopesar algo unos segundos.

—Ahora comprendo mucho mejor a Mr. Hyde —bromeó, pero reculó cuando vio la expresión de Gara—. En realidad, creo que conforme uno pasa por las experiencias que le tocan, es más sencillo entender que todo el mundo guarda una cara oculta, la parte malvada y egoísta.

—Es cierto que todos somos el villano en la historia de alguien, pero eso no significa que ser egoísta sea negativo en sí mismo, ¿no? Todo depende de la finalidad.

—¿Quieres decir que, si el objetivo es legítimo o moralmente aceptable, lo demás no importa? —Uri dejó escapar un sonido de interés—. Me daba la impresión de que eras mucho más cuadriculada.

—¿A qué te refieres?

Gara agarró la taza con ambas manos y se giró hacia él. No sabía si debía ofenderse o no.

—Digamos que, si ahora mismo alguien saliera de su habitación gritando que le han desaparecido veinte euros, jamás te contaría entre los sospechosos. Ahora bien, si uno de nosotros hubiera mencionado que esa cantidad es la que le falta para que no lo echen de su piso, la cosa cambiaría. Si la finalidad importa, estarías en mi lista.

—Eso depende de si robarle dinero a un amigo fuera la única opción disponible. Tengo cierta ética, ¿sabes?

Los dos dejaron escapar una leve carcajada.

—Lo que plantea Stevenson es, en mi opinión, si podemos desligarnos de esa parte malvada o si, por el contrario, cuando la matamos, acabamos muriendo nosotros también.

—Imagino que habría que plantearse su utilidad

—dijo Gara—. ¿Existe el mal por el mal? Además, la novela es de finales del siglo diecinueve. Lo que en esa época se consideraba moralmente discutible ha cambiado bastante hoy en día. ¿Cuál es el código que usamos para decidir qué es reprobable? Supongo que hay temas que no tienen discusión, como el asesinato.

—¿Y si fuera en defensa propia?

—*Touchée.*

—Es una pena que Leda sea tan mediterránea. Disfrutaría bastante de esta conversación. Quizá deberíamos leerlo todos y reunirnos para ver qué interpreta cada uno.

—Uf, me imagino el desastre entre el *carpe diem* de Genio y la intensidad dramática de Miguel.

—Qué bien los has calado. —Rio—. Deberías unirte a un club de lectura. Más de uno se beneficiaría de tus análisis.

—Me lo apuntaré para cuando tenga vida… que será dentro de unos tres años, cuando logre terminar el doctorado.

Uri asintió y se instaló en un silencio que incomodó a Gara. Deseaba seguir charlando, Uri era un tipo interesante y profundo a quien no le importaba usar un vocabulario pedante o soltar datos académicos demasiado complejos para algunos. Huía de las charlas de ascensor sobre el tiempo atmosférico y la sintonía entre ambos era palpable.

Sin embargo, intuyó que la pausa era una indirecta.

—Bueno, creo que mejor te dejo con tu lectura. Preveo

que Bruno querrá que la fiesta dure hasta la madrugada, así que debería descansar yo también.

—¿No estarás intentando usarme como coartada para desaparecer la primera esta noche?

La pregunta se quedó en el aire. Gara esbozó una media sonrisa antes de retirarse a su habitación.

El sueño la sorprendió por la espalda, con premeditación y alevosía, y por primera vez en semanas experimentó un poco de descanso. Quizá era la naturaleza la que le proporcionaba un paréntesis. Por la razón que fuera, no pensaba resistirse.

Por la tarde, Elia sugirió visitar el minúsculo pueblo. Había leído que Pampaneira había sido un lugar próspero y de gran popularidad en la época nazarí por el comercio de seda, y aún quedaban algunos vestigios de arquitectura mudéjar. Además, corrían rumores de que algunas de sus fuentes curaban males como la soltería, lo que hizo mucha gracia a Leda. A Uri todas esas leyendas locales le fascinaban, así que el grupo de expedición se formó enseguida.

Genio y Bruno prefirieron instalar la PlayStation que se habían llevado y esperarlos para cenar mientras sus avatares conquistaban otras tierras mucho más lejanas. Gara tenía muy clara la alternativa a escoger. Un paseo al aire libre le vendría bien para espabilarse, y la compañía de Uri sumaba puntos a casi cualquier propuesta, aunque aún no lo había descifrado tanto como para admitir nada más que un alto interés en saber más. Por otro lado, los pueblos centenarios y recónditos siempre guardaban secretos y la curiosidad era su talón de Aquiles o su mejor cualidad, según el momento.

Disfrutaron de una caminata tranquila por los callejones, tomaron algunas fotos y Elia preguntó a algún lugareño sobre los orígenes del pueblo y la historia detrás de la fuente de San Antonio. Uri permaneció más callado que de costumbre, observando y archivando la información que le resultaba interesante. El progresivo acortamiento de los días trajo el atardecer pronto. La falta de luz y el hambre, a pesar de haber probado alguna delicia local, les sirvieron de toque de queda.

—Venga, que la barbacoa no se enciende sola —dijo Bruno al verlos llegar, apretando los botones del mando de la consola sin apartar la vista roja y cansada de la pantalla.

—Que esto no es tu colegio mayor. —Elia apagó el televisor—. Si quieres comer, tienes que colaborar.

—¿Quién pensabas que iba a preparar las bebidas?

—Vaya, echar líquido en un vaso. Cuidado no te vayas a lesionar —bromeó Uri con su habitual serenidad.

—Desde luego que… ¿quién necesita a mi hermano cuando estáis vosotros?

—¿Qué estará haciendo? —se preguntó Gara en voz alta.

—A saber… Amargarse encerrado en su habitación, probablemente.

—Bueno, hay tres tareas que hacer —dijo Elia—: encender las brasas, preparar la comida y poner la mesa. Elegid vuestra aventura, vamos.

—Yo prefiero cocinar para que no haya contaminación de los carnívoros —habló Leda en tono juguetón.

Gara hizo tándem con ella, mientras Bruno, empeñado en preparar cócteles, se decantó por ocuparse de la mesa y arrastró a Genio con él.

—La barbacoa para nosotros, Uri —concluyó Elia.

—Así tienes una excusa para dar la brasa de verdad.

El comentario del mellizo fue recibido con un resoplido de hastío por la aludida. Se pusieron manos a la obra enseguida. Uri y Elia salieron a la terraza con un poco de carbón y un par de pastillas de parafina. Había una pila de leña junto a la barbacoa de piedra y, puesto que no había llovido la noche anterior, la humedad no iba a resultar un problema para que prendiera bien.

En la cocina, la encimera estaba repleta de hamburguesas, tacos de pollo para las brochetas, chuletas de cerdo y panceta. Leda sacó un recipiente con un relleno que había preparado de antemano.

—¿Has probado los *yemistá*? —Gara negó con la cabeza—. Son tomates rellenos al horno. Mi madre los preparaba los domingos. Tardan un rato en estar listos, pero están buenísimos. Mucha gente los hace con carne, pero eso es opcional.

—Creo que hemos traído comida como si nos fuéramos a la guerra.

—No te preocupes, que todo eso cabe aquí. —Genio se dio un golpe en la barriga—. ¿Dónde están los vasos?

Bruno salió un momento de la casa con las llaves del coche de su amigo y regresó con dos bolsas que tintineaban. El botín consistía en una botella de ron, dos de vodka, licor de granadina, zumo de lima, tequila, soda y un poco de hierbabuena. Sacó la mercancía y la puso encima de la mesa de la terraza.

—Yo me ocupo de que no os quedéis secos.

Conectó su teléfono móvil por bluetooth a un pequeño altavoz portátil que había llevado Genio y buscó una lista de reproducción que había preparado especialmente para aquel fin de semana. Las canciones eran una mezcla de nostalgia, festividad y cutrez que animaron el ambiente. Genio repartió los refrescos. Entre bailes y risas, Bruno se decidió a preparar el primer cóctel: un mojito cubano. Había comprado una coctelera y un librito con recetas por internet.

—No, no, pero así es muy aburrido —dijo Genio—. Tienes que hacerlo como Tom Cruise en la película esa de los ochenta. Míralo en YouTube.

Bruno observó los malabares y las cabriolas con las botellas entre comentarios vacilones de Elia y el escepticismo de Uri, lo que solo hizo que se envalentonara aún más. Leda y Gara salieron de la cocina para ver el espectáculo. Primero cogió la coctelera y se la lanzó por encima del hombro para agarrarla con la otra mano, pero tuvo que agacharse para que no se cayera. Luego se pasó una de las botellas de vodka de una mano a otra, provocando la ovación exagerada de Genio. La lanzó despacio hacia arriba y consiguió asirla en la primera vuelta. Con la emoción, realizó otro intento con más altura y la botella acabó estrellándose contra el suelo. Bruno dio un traspié para evitar el accidente, con tan mala suerte que pisó uno de los trozos de cristal. Genio le ayudó a levantarse.

—Joder, tío, estás sangrando.

—Voy a ver si hay un botiquín en el baño —se ofreció Gara.

—¡Estoy bien! —mintió Bruno, pálido como la nieve que ya se atisbaba en las cumbres de Sierra Nevada.

Gara fue corriendo a uno de los baños y abrió el armario que había debajo del lavabo, pero solo encontró papel higiénico, un estropajo para limpiar y un ambientador. En la estantería de madera solamente había toallas y botecitos de gel para el jacuzzi. Entretanto, escuchaba el parloteo en el exterior, la aprensión de Leda por la cantidad de sangre que manaba de la herida y las bromas de Genio sobre cómo repartirse las posesiones de Bruno si fallecía. Entonces recordó que hacía unos días que se había quitado la venda de la muñeca. Aún se resentía de vez en cuando, pero ya no le molestaba tanto. De camino a su dormitorio, pasó por el de Elia. Fue un instante, tenía prisa, pero resultó lo suficiente para percatarse del libro que reposaba en la esquina de la cómoda: *El extraño caso del doctor Jekyll y el señor Hyde*, de Robert Louis Stevenson. Una coincidencia que provocó un ligero burbujeo de celos en la tripa y el resurgir de la duda de si Uri y ella mantenían un romance secreto.

Salió a la terraza con el rollo de venda en la mano.

—En el baño no hay nada para curarle, o al menos no he podido encontrarlo —explicó—, pero tengo esto.

—Déjame ver la herida, anda —dijo Uri. Bruno levantó el pie. El calcetín había pasado de blanco a un intenso rojo. Se lo quitó—. No creo que tengan que darte puntos. Lávate la herida con agua y ponte la venda para que corte la hemorragia.

—Si quieres, te llevo a urgencias.

Genio se había puesto serio de repente.

—¿Y perderme la fiesta? Te lo agradezco, tío, pero estoy bien.

Hizo un amago de ponerse en pie, pero se mareó y Uri y Genio tuvieron que sujetarlo.

—Menudo Tom Cruise estás hecho.

Lo llevaron en volandas hasta la ducha.

—¡No te preocupes, Bruno! —exclamó Elia—. Si se te infecta, te amputamos el pie y listo.

El incidente quedó en un susto, y Bruno se aprovechó de su lesión para sentarse con el pie en alto y no dar un palo al agua. Las horas pasaron con olor a carne demasiado hecha y a carbón. Se calentaron del frío serrano con tragos de tequila y mantas de colores, y la euforia dio paso a la serenidad de la noche y la embriaguez. El único sorbo que había probado Gara amenazaba con provocarle acidez.

—Así es como habría que pasar todos los fines de semana —dijo Genio con una lata de cerveza en la mano, tumbado en el suelo sobre un jarapa.

—¿Dónde estaremos dentro de un par de años? —preguntó Leda al aire con melancolía—. ¿Nos volveremos a ver?

—No me des un disgusto y te vayas a Atenas.

—Seguro que tú sigues estudiando, Bruno —apuntó Elia.

—De eso nada. Tenéis muy poca fe en mí, pero algún día seré el CEO de una multinacional y ya me pediréis trabajo…

—Yo no planeo irme de Granada —dijo Uri—. Me gusta vivir aquí. Lo que no sé es si aún tendré ganas de aguantaros.

Carcajadas para disimular la angustia de dejar atrás la etapa universitaria.

—No puedes vivir sin nosotros. —Genio se incorporó para quedarse sentado—. Los verdaderos amigos se hacen en la universidad, esos son para toda la vida. ¿Y tú, Gara? ¿Nos abandonarás cuando seas una doctora?

No había bebido tanto como para mentir ni exaltar los lazos que los empezaban a unir. Las promesas de eternidad eran para los enamorados y los creyentes.

—¿Qué fue de vivir el momento? No sabría predecir un futuro tan lejano.

—Acabas de romperme el corazón, Paraíso.

Genio se colocó la mano en el pecho e hizo una mueca de dolor sobreactuada.

—¿Y si pudiera predecirse? El futuro, digo —repuso Leda, cambiando de tema—. No sé si quiero saber lo que me va a suceder…

—A mí no me parece mal saberlo. Siempre que sea bueno, claro.

—Clásico Bruno. —Uri sacudió la cabeza.

—Podemos llamar a una de esas líneas de charlatanes, a ver lo que nos cuentan.

Genio vació la lata de cerveza en su garganta. De fondo, la sinfonía nocturna de la montaña. El sueño ya se confundía con la embriaguez.

—Pues antes todo el mundo tenía su pitonisa personal. —Elia fijó la mirada en las estrellas. El alcohol también se notaba en las pausas entre palabras—. Los reyes solían consultarles el futuro de un hijo o de una batalla. Qué hipócritas. Para luego ahorcarlas al final en la plaza del pueblo.

—La Inquisición española no ejecutó a tanta gente como nos hicieron creer los ingleses.

Uri aún tenía lucidez para aportar un dato histórico más.

—¿Y si os contaran algo horrible? —soltó de repente

Gara—. ¿Intentaríais evitarlo? Quiero decir que, si existieran personas capaces de ver el futuro, lo lógico sería impedir que ocurrieran desgracias.

—El destino es inevitable. Es una herejía querer controlar lo que le corresponde a Dios. No lo digo yo, no estoy tan borracha. —Leda bebió otro chupito de vodka—. Todavía no.

—Si no somos dueños de nuestro destino, ¿qué más da todo?

—Estoy con Gara en eso. —Genio se puso en pie—. ¿Para qué estamos aquí, entonces, si no podemos decidir, si, hagamos lo que hagamos, ya está todo escrito?

—Esa respuesta la tengo yo —saltó Bruno—. Y la voy a explicar recitando a mi bruja favorita, ya que hablamos de herejes, y haciendo honor a una pócima. Una que ha pasado de mano en mano por los siglos de los siglos.

Bruno se levantó y, medio cojeando, entró en la cocina. Hizo un poco de ruido, pero no tardó demasiado en aparecer con otra botella. Esta vez el cristal era opaco y oscuro. La alzó solemne y ordenó:

—Levantad vuestras copas para probar mi poción mágica. —El grupo rio. Genio fue el primero en obedecer. A continuación, procedió a llenar los vasos mientras recitaba—: «Después que me fui haciendo vieja, no sé mejor oficio a la mesa que escanciar, porque quien la miel trata siempre se le pega de ella. Pues de noche, en invierno, no hay tal escalentador de cama. Que con dos jarrillos de estos que beba, cuando me quiero acostar, no siento frío en toda la noche».

El parlamento de Bruno espabiló a Gara, que reconoció el extracto de *La Celestina* al instante. La sorpresa de que lo supiera de memoria la desconcertó hasta tal punto que, después de Leda, fue ella quien levantó su copa, para extrañeza de todos, y se unió al recital:

—«Esto quita la tristeza del corazón más que el oro ni el coral; esto da esfuerzo al mozo y al viejo fuerza; pone color al descolorido; coraje al cobarde; al flojo diligencia; conforta los celebros; saca el frío del estómago».

Uri fue el siguiente y, por último, Elia. Todos se juntaron en una invocación al vino, como un improvisado aquelarre para el dios Baco. Al unísono, sin reparar en el volumen alto de sus voces, y dejando que el barranco las llevara hacia la montaña igual que el eco de un hechizo.

—«Pero todavía con mi fatiga busco lo mejor para eso poco que bebo, una sola docena de veces a cada comida. No me harán pasar de allí salvo si no soy convidada como ahora».

Un brindis al cielo y un largo trago unánime dejó los vasos secos. Se limpiaron los hilos de líquido rojo que se les habían derramado por la barbilla y en el aire quedaron los restos del conjuro, una especie de pacto tácito con el que cerraron la noche.

¿Por qué pesaba tan poco? Gara abrió los ojos deprisa. No sabía si por la sensación de baja densidad de sus músculos o por el aire que escaseaba en sus pulmones.

Agua por todas partes.

Miró a ambos lados, confusa, hasta que asimiló que se encontraba en el interior de un vehículo. En el asiento trasero, amarrada con el cinturón de seguridad. Lo zarandeó para desabrocharlo, pero estaba atascado. Luchó contra su angustia con el objetivo de no perder más oxígeno. Se encontraba en el fondo de un lago o un río. Todo era de un negro azulado y apenas llegaban halos de luz de la superficie.

Observó al frente, en el asiento del conductor. Alguien se hallaba caído sobre el volante, inconsciente. Entonces supo dónde estaba y la angustia se transformó en desesperación.

«Otra vez no».

Tiró del cinturón y se escapó por debajo. Golpeó los cristales de las ventanillas y, cuando su muñeca se resintió, temió que lo que estaba sucediendo fuera realidad. Ninguna puerta trasera se abría. Se tragó un grito de impotencia que habría liberado el poco aire que le quedaba y, en su lugar, gimió con los labios cerrados.

No quería cruzar a la parte delantera. Lloró, y sus lágrimas se perdieron en la masa de agua. Una sensación de quemazón emergió en su pecho y su instinto de supervivencia la empujó hacia el otro lado. El cuerpo de Elena permaneció inmóvil, su cabello tan corto que apenas se mecía. Accionó la manija de la puerta varias veces. Cerrada. Se giró hacia la de la derecha y la visión de su madre inerte la sobresaltó. Fue incapaz de aguantar el grito que, amortiguado por el líquido, se disipó en un instante. Aporreó la puerta con ambas manos mientras movía la manija.

Tosió. El agua ya le recorría las vías respiratorias y sus intentos primitivos de inhalar oxígeno solo le hacían tragar aún más.

Una imperiosa necesidad de llanto la invadió.

Tristeza. Angustia. Asfixia.

Y, de repente, calma. La dulce tranquilidad de una inminente muerte.

Gara despertó y absorbió una bocanada de aire tras otra. Se incorporó en la cama y respiró tan agitadamente que tuvo que contenerse aposta para no marearse. Se tocó la frente y los brazos helados. Una sensación de ardor le quemaba en la boca del estómago, amenazando con provocarle una arcada, así que se levantó. Pero cuando abrió la puerta escuchó voces que murmuraban y reculó.

—Vas demasiado despacio —se quejó Elia.

—No seas impaciente —replicó Uri, deteniéndose en cada sílaba—. Deja que haga las cosas a mi manera por una vez.

Una presión en las sienes y de nuevo las náuseas. Gara maldijo el pacto del vino.

—La perderemos. ¿Es que no te gusta lo suficiente?

Habría deseado permanecer oculta y terminar de descifrar aquella conversación, pero se apresuró hacia el baño, ni siquiera se preocupó del ruido del portazo. Por la boca se esfumaron el caldo rojizo, la angustia de casi haber muerto en una pesadilla y las ganas de volver a probar el alcohol.

—¿Estás bien?

Gara estaba bastante segura de que la imagen de ella sentada en el suelo, delante del inodoro, resultaba una respuesta perfecta a la pregunta de Elia. Un litro de agua y un analgésico le calmaron la jaqueca incipiente y todos regresaron a la cama.

Al día siguiente apenas quedaban restos de malestar, por suerte, aunque otros paseaban su resaca como una condecoración de guerra. Gara llegó a la conclusión de que no lo comprendería jamás. Sin la más mínima intención de repetir, guardó las botellas de vidrio vacías en una bolsa de basura y las apartó en la terraza, que era la postal de una hecatombe. Entre bromas de Bruno acerca de quién no sabía beber y el poco aguante para la edad que tenían, recogieron un poco el desastre de la cena.

El resto de la estancia en Pampaneira transcurrió entre juegos de mesa, películas antiguas y charlas sobre lo complicada que se había vuelto la vida para los jóvenes de hoy en día.

Regresaron a Granada sobre las ocho del domingo. Uri reservó la residencia de Gara como última parada, después de llevar a Elia y a Leda a su casa. Rellenaron el trayecto de canciones de The Cranberries y un deseo por volver a verse pronto disfrazado de compromiso social. Pero el cosquilleo en las mejillas que Gara se esforzaba por ignorar lo ponía en evidencia.

Se tumbó en la cama confusa por la mezcla de cansancio físico y un renovado espacio en el cerebro. La vela blanca, a medio derretir, continuaba en el centro de su escritorio. Delante, aquel libro perdido en el tiempo lleno de súplicas al fantasma de una tal Emilia. Con un ansia de historias que hacía tiempo que no experimentaba, fue a por él, lo abrió por la primera página y leyó.

Absorbió la tinta hecha de palabras borrosas y párrafos desparramados como las piedras en un río, y lo convirtió en costumbre. Noche tras noche, página tras página, leyó entre las sábanas cada vez más frías. Se imaginó en ese siglo de transformaciones profundas, de aniquilación de lo feudal para sustituirlo por la sociedad de clases, de industrialización y turbulencia política. Los textos pintaban a Emilia como una burguesa en una familia con tierras. Se la imaginó como una joven delicada, quizá la única descendencia de una pareja que veía peligrar su legado.

Había decidido que la autoría del «Cuaderno de confesiones de un autómata» —el título definitivo que le había otorgado—recaería sobre el padre. Sí, el hombre era el dueño y señor de algún tipo de imperio agrícola que pasaba demasiado tiempo obcecado en los negocios y no podía encargarse de una hija enfermiza. A pesar de sus plegarias y del devoto cumplimiento de los mandamientos, Dios se había llevado a su querida niña y había dejado un vacío tan inmenso que ni siquiera la amenaza de herejía le impedía buscar la entrada en el Otro Mundo.

Gara era un ratito Emilia y otro su padre, y los silencios y agujeros de la historia se los dejó a la imaginación para que los completara. Siendo otros, no tenía que cumplir con ser ella misma. Podrían haber pasado dos días o veinte, no estaba segura, pero si el deterioro había sido paulatino, no se había dado cuenta. Un momento estaba bien y al otro tenía que ausentarse de un seminario del que no recordaba siquiera la temática.

El cuerpo flojo, la energía baja, la frente caliente.

Despertó dando vueltas en la cama, sin saber cómo había llegado hasta allí. El sudor le recorría la frente y la nuca, y los escalofríos le tensaban los músculos de la espalda. Se palpó la frente ardiendo con el dorso de la mano y se miró los dedos a ver si, de tanto meterse en la piel de lo que leía, se había hundido en el libro como Alicia en la madriguera del conejo blanco. ¿Seguía siendo Gara o se había transformado en la enferma Emilia?

Divisó el anillo de su dedo corazón y suspiró aliviada.

—No estoy muerta.

—¿Qué? Pues claro que no.

La voz salía del baño y, a los pocos segundos, hizo lo propio la figura espigada a quien pertenecía.

—¿Cómo has entrado en mi habitación?

—Me enviaste un mensaje, ¿te acuerdas?

—¿Elia? ¿En qué siglo estamos?

La joven rio y la tapó con el edredón.

—Lamentablemente, en el veintiuno. Aunque ya sabes que preferiría la Inglaterra victoriana. He dejado tu ropa en el baño. No te preocupes: estás flipando un poco porque tienes la fiebre muy alta. Tiene pinta de que has pillado una buena gripe. No te enfades por la mascarilla, pero no me apetece compartir el virus.

Gara asimilaba la información a trozos. Tenía la cabeza embotada y demasiado calor para pensar.

—¿La gripe? No, es ese libro. Él me ha hecho enfermar.

—¿Cuál?

Elia miró a su alrededor, pero se quedó sin respuesta. Gara se dio media vuelta y apoyó la cabeza en la almohada.

—Duérmete, anda. Me ha dicho la mujer de la recepción que a mediodía te subiría una sopa. De todas formas, me pasaré esta tarde a ver cómo sigues, por si hay que llevarte al médico. ¿Quieres que avise a alguien?

La voz de Elia era un eco en la lejanía de su subconsciente. Se abandonó a la fiebre con el temor de repetir en bucle su maldito sueño recurrente, aquel en el que se ahogaba junto a su hermana.

Pero durmió. Habría jurado que Elia cumplió su promesa y hasta Leda se pasó por allí para arroparla y dejarle algo de comer. Los recuerdos estaban borrosos y, aunque la fiebre remitió en un par de días, había un malestar en el pecho que no se marchaba.

Al tercer día despertó sintiéndose mucho más ligera. Había tenido gripe antes y en su listado faltaban síntomas. No, se conocía lo suficiente para saber que aquello había sido un escudo de su cuerpo, una huida hacia delante, o tal vez se había vuelto loca de verdad y los virus traspasaban los siglos y las páginas de los libros.

Pero cuando miró su agenda para comprobar las tareas pendientes de hacer, localizó la bacteria culpable de todo. Allí estaba, parpadeando en el calendario a tan solo ocho días de distancia.

El cumpleaños de Elena.

Gara y Elia compartían una destacada habilidad por deshacer los libros en capas y leer entre líneas. Pero eso no era lo único. Las evasivas, las excusas, las respuestas afirmativas donde el rostro no acompañaba, las pausas en las que se alejaba de la realidad terrestre, los cambios de tema… Elia también sabía leer todo aquello.

—Algo te preocupa —le dijo—. Me lo puedes contar o

no, pero a mí no me engañas. Ya nos vamos conociendo, Paraíso.

Había algo de su corazonada que no era correcto. Lo que sentía no era preocupación, sino más bien la inminente amenaza de un dolor profundo y punzante en el que acababa deseando quedarse a vivir. En el fondo temía que dejar de sufrir por Elena significara olvidarse de ella, que no echarla de menos era reducirla a unas cenizas que se dispersarían con cualquier viento disuasorio y con el tiempo ni siquiera acudieran a ella los recuerdos. Si mantenía la herida abierta, la sangre y el dolor la evocarían para siempre.

A pesar de la advertencia de Elia, Gara no sospechó nada. Cuando su amiga le pidió que le hiciera el favor de recogerle un par de libros de la biblioteca de la facultad y se los llevara a casa, lo hizo en piloto automático. Subió al piso y entró sin llamar. La puerta estaba abierta. Dentro, la recibió un salón desierto salpicado de velas de diferentes tamaños cuyas llamas bailaban al son de una espesa oscuridad.

—¿Elia?

Las candelas formaban el contorno de la mesa circular, una línea recta en el suelo hacia el pasillo, tríos separados encima de las estanterías que, en contraste con el viejo mobiliario y la decoración aleatoria, le daba un siniestro toque de ritual atávico.

Elia apareció secándose el pelo con una toalla.

—¿Qué pasa? ¿Se ha ido la luz en el edificio o vamos a sacrificar una cabra al Diablo?

—Ninguna de las opciones es correcta, pero la segunda no me parece una mala propuesta. —La joven sonrió de medio lado—. Siéntate.

—Ten. —Gara le extendió los dos libros, tamaño cuartilla y muy finos—. No creo que me quede mucho rato.

—De eso nada. —Leda surgió de la nada y, como la sombra de una serpiente, se deslizó hacia la puerta principal, la cerró y echó el pestillo—. Estás oficialmente secuestrada.

Gara permanecía con la boca entreabierta, confusa.

—Tu teléfono. Dámelo.

—¿Qué estáis haciendo?

—Dame tu móvil.

—¿Para qué? Venga, Elia, tengo que irme.

—Me temo que eso no va a ser posible, Paraíso.

Gara no pudo evitar la asociación de ideas y su mente la guio en un viaje relámpago hacia aquella conversación susurrada entre Elia y Uri. Tragó saliva y se giró hacia la puerta, que seguía protegida por Leda.

—Déjame salir —insistió.

—Lo siento, no puedo hacer eso. Eres nuestra.

—¿Y sabes qué pensamos hacer contigo?

Gara se dio la vuelta para quedarse frente a Elia, que se había movido hacia la barra de la cocina americana. Un nudo le subió hasta la garganta. Escaneó la estancia con disimulo y barajó la posibilidad de tirar todas las velas de un manotazo. El fuego le daría tiempo para huir.

Entonces Leda la agarró por detrás en un abrazo y le habló al oído con su marcado acento griego:

—Beber vino y cotillear hasta las tantas.

—¡Noche de chicas y aquelarre! —exclamó Elia mientras alzaba dos botellas.

Gara respiró aliviada entre las risas de sus amigas.

—Deberías haberte visto la cara, Paraíso. Ahora sí, dame el móvil. Nada de interrupciones ni información del exterior.

Gara obedeció, aún desconfiada, pero con un atisbo de sonrisa en los labios.

—Bienvenida a nuestra guarida —dijo Leda, acercándose mientras Elia servía un poquito de vino en tres copas—. Puedes reír, llorar, maldecir. Lo que pasa en la guarida se queda en la guarida.

Ambas levantaron su copa hacia Gara, que dudó un instante. No deseaba volver a sentirse mareada ni el ardor en la boca del estómago.

—Sabemos que estás triste por algo, pero podemos estar tristes juntas.

Cerró los ojos para sujetar el nudo con las paredes de su garganta y la copa con una mano temblorosa. La alzó hacia el centro. Si había que elegir entre dolor de estómago o de corazón, prefería el primero.

—Aquelarre.

Sentadas en una tríada a un lado y otro de la barra, se dejaron llevar por el brebaje mágico y su habilidad por soltarles la lengua. Los temas triviales sirvieron para calentar motores y pasar a contarse algunas verdades que se omitían entre los miembros del grupo. Hacia la mitad de la primera botella, Elia sacó a la luz una cuestión que todos se habían planteado, y fue Leda quien tuvo que responder al interrogatorio en esta ocasión.

—Vamos, di la verdad. A ti te gusta Bruno.

—Os aseguro que no.

—Pues entonces ¿por qué le das cancha a veces? —Gara empezaba a notarse los labios agrietados.

—Precisamente por eso. Porque es divertido. Se lo toma tan en serio...

—¿Tomárselo en serio? —Elia se carcajeó con ironía—. Bruno no sabe lo que es eso. Yo creo que en el fondo te gusta toda esa broma que se ha creado en torno a vosotros dos.

—Lo echaré de menos cuando me vaya, pero no se lo digáis.

Gara empezó a ponerse nerviosa. Temía que el siguiente blanco de las preguntas fuera ella y su relación con Uri, que no era otra cosa que una amistad. Sí, esa habría sido su respuesta si la conversación no hubiera virado hacia otro camino.

—No lo sé, Elia. No me lo he planteado, lo juro.

—Venga, Leda. Lo que se cuenta en la guarida...

—A mí me pasa una cosa, que no sé si es una debilidad o todo lo contrario, pero odio arrepentirme de no haber hecho algo. ¿No pensáis lo mismo? —Leda dejó la copa en la barra con más fuerza de la necesaria y derramó unas gotas de vino—. Creo que las consecuencias de cualquier acción son mucho menos dolorosas que la incertidumbre de no saber qué habría pasado si...

—No estoy tan de acuerdo —dijo Gara—. Hay acciones que ya sabemos que van a traer muchos problemas. Más que no hacer nada.

—¿No vas a venirme ahora con lo de matar a alguien?

—Pero es una posibilidad —añadió Elia.

—Sí, claro. Y amputarte un brazo también, pero hablo de situaciones en las que no podemos anticipar qué pasaría si lo hiciéramos. Al menos no con total seguridad. Por ejemplo, si me liara con Bruno, ¿qué pasaría? Asumimos que me dejará tirada en cuanto haya tachado estar conmigo de su lista, pero no hay forma de confirmarlo salvo llevándolo a cabo, ¿cierto?

Unos segundos de pausa. Un estallido de risas.

—Estás buscando una excusa para hacerlo sin que pensemos que al final has caído —dijo Elia.

—Seguro que vosotras os arrepentís de no haber hecho algo.

Gara suspiró con más vehemencia de la que pretendía, como si con el aire espirado se quisiera escapar también una confesión que le quemaba por dentro. Las dos jóvenes la observaron un instante, con los ojos vidriosos y las copas vacías, al igual que la primera botella.

—Suéltalo, Gara —la instó Elia.

—No es nada. —Negó con la cabeza y la mirada perdida en el anillo de su dedo corazón.

—Mientes fatal.

—No saldrá de aquí —prometió Leda—. Si abrimos la otra botella, no creo que lo recuerde.

Gara se mordió el labio inferior y levantó la cabeza. Jugueteaba aún con el anillo de círculos unidos.

—No estuve todo lo presente que debía para alguien que me necesitaba. —Calló un segundo—. Ahora ya es tarde.

Elia la estudió brevemente y chascó la lengua antes de hablar:

—Creo que me toca a mí la siguiente confesión. —Enseguida recibió la atención de sus amigas—. No pienso que esta vida sea la única oportunidad.

—¿Te refieres a la reencarnación? —preguntó Leda con genuino interés.

—Me refiero a que somos algo más que materia y debemos acabar en algún lugar cuando el cuerpo deja de funcionar.

—¿El Más Allá? —Gara sacudió la cabeza y se echó a un lado su larga melena.

—¿Por qué no? El Otro Mundo, lo que hay después del velo, el multiverso… Llámalo como quieras. Pero me niego a pensar que esto es todo lo que hay. Que no se haya probado no significa que no exista.

—Es el principal argumento de los creyentes en Dios —dijo Leda—. Algunas personas insisten en que lo han visto, tras un coma, un trance profundo... ¿Cómo se le puede negar a alguien su propia experiencia?

—¿Y si es la mente jugándoles una mala pasada? —planteó Gara.

—Eso podría ser la propia realidad en sí misma. ¿Cómo saber lo que es real, entonces? Si nos vamos a poner metafísicas, mejor abramos la otra botella.

Elia siguió sus propias instrucciones y llenó las copas. Gara no se detuvo a pensar su siguiente movimiento, simplemente agarró la suya y se la bebió de un solo trago.

—He estado intentando contactar con mi hermana.

Escupió las palabras como si mantenerlas dentro de su boca le cortara las encías. Se puso la mano en los labios, quizá para intentar cerrarlos y evitar que brotaran más verdades de aquella fuente. Temblaba. Temió risas, dedos que la señalaran, una etiqueta en la frente con un diagnóstico de psiquiátrico.

—¿Qué hiciste exactamente?

No había ni rastro de juicio en la pregunta de Elia. Quería saber. Simplemente.

Gara decidió que por el momento se guardaría un trocito de verdad.

—Probé con la escritura automática. —Se le escapó la

risa, que la obligó a cubrirse los ojos con las manos—. ¿Qué estoy diciendo? No bebo nunca, no sé por qué...

—Hagámoslo juntas.

Gara se frotó la frente, se levantó y caminó un par de pasos, ansiosa, hasta detenerse de espaldas a las otras dos.

—No lo entendéis —dijo.

—¿Qué hay que entender, Gara? Probemos una sesión las tres juntas. Es un experimento, nadie tiene por qué saberlo. Sea lo que sea lo que escribamos, lo quemaremos después. Muchos psicólogos aconsejan la escritura automática para desahogarse. Será como una sesión de terapia de grupo. ¿Leda?

—Yo me apunto a lo que propongáis, pero si escribo sobre Bruno, me voy al psicólogo de verdad.

Elia se apresuró a por tres trozos de papel y un bolígrafo para cada una. Gara quería resistirse y empapar toda la experiencia con tanta racionalidad como le fuera posible reunir, pero la intoxicación etílica le aligeraba los músculos. Rodeadas de la tenue iluminación de las velas, algunas ya del todo consumidas, siguió las instrucciones de Elia. Cerraron los ojos y el sonido de su voz se transformó en una nana siseante que, como el vaivén de una cobra, la hipnotizó.

Su mano empezó a moverse y habría jurado que distinguía el trazo de las demás haciendo lo mismo.

Primero, arriba y abajo, rápido, sin ninguna intención perceptible.

Y, al rato, en círculos.

Uno. Dos. Tres.

Círculos que crecían como las ondas de una piedra lanzada a un río.

Círculo IV
Avaricia

Sesión decimoctava
16 de enero de 2023

Había un sitio vacío, pero inicié la sesión con la ceremonia habitual. La vida no se detenía por petición externa ni tampoco iba a permitir que la incipiente ansiedad por lo ocurrido me dominara. No. Si Segundo había decidido castigarme con su ausencia, tendría que afrontar las posibles consecuencias. No había nadie imprescindible para la existencia. El resto era una adicción al rechazo, un asunto que quizá tratar en terapia, caprichos de un ego competitivo. En mi caso, el desprecio tendría un portazo como respuesta.

Faltaba quien deseaba presente y apareció quien había hecho estallar todo por los aires. Tercero no esquivó una mirada hiriente a través de la que yo canalizaba anhelos de malos augurios. Sabía que la energía era poderosa y la que se otorgaba a las palabras tenía capacidad para dar fruto.

No. No les iba a dar motivos para sospechar que me afectaba lo más mínimo. En el círculo, las emociones quedaban blindadas precisamente por eso, para que no interfirieran con las enseñanzas que se pusieran en mi camino. Sabía que en algún momento llegaría a una pizca de conocimiento que me cambiaría la vida. La inmortalidad consistía en eso, no en brebajes mágicos.

Les concedí tiempo para que ocuparan sus lugares y aguardé con una media sonrisa artificial. Los capitanes no permitían que cundiera el pánico, menos aun cuando no había una clara razón para el hundimiento. Solo había sido un contratiempo. Lo arreglaría con mis artimañas, herramientas a mi servicio para un bien común. En eso me parecía un poco a la bruja del cuento que nos había reunido.

—Vamos a empezar.

—Falta Segundo, otra vez —señaló Primero.

—Ese es su problema. Ya hemos dado unos minutos de cortesía y ni siquiera ha avisado.

—Lo llamé —añadió Tercero—. Tampoco vendrá hoy.

Una puñalada más en la herida de celos y pérdida de control que apaciguaba con ungüentos de una futura represalia. Apreté los labios para no dejar escapar ni un atisbo de furia más.

Octavo tomó la palabra primero, para variar; era su

intento de sujetar una posible reacción exagerada por parte de quien lideraba el círculo. Me conocía desde hacía más tiempo que el resto; sabía mis puntos débiles y compartía el respeto y la seriedad que el club merecía. Además, me había dicho infinidad de veces que, cuando algo se tuerce, había que dar un paso atrás, analizar y no tomar decisiones en caliente. Llegué a admitir que de la observación en silencio se aprendía infinitamente más que de una acalorada discusión.

Pero a veces sujetar mis impulsos era un ejercicio que exigía una gran fuerza mental. Menos mal que el sudor que humedecía mi espalda no traspasó la ropa.

—Voy a intentar no ponerme en plan pedante —dijo—, pero *La Celestina* es de mi siglo favorito de la historia de España. Es fascinante cómo se adelanta a su tiempo, dejando atrás el pensamiento medieval para ir hacia el Renacimiento.

—A mí me parece que Calisto tiene un problema gordo de autoestima —añadió Quinto—. Chaval, pero ¿no ves que no te quiere? Será por tías… Algunos se meten en unos jaleos por empeñarse en gustarles a quienes los rechazan. No lo entiendo.

Me exasperaba aquel lenguaje descuidado y la facilidad con la que Quinto, en especial, se rebajaba a un registro vulgar para hablar dentro del círculo. Pero respiré hondo. Si volvía a pasarse de la raya, tenía pensado el siguiente castigo, aún más ejemplar.

—Es difícil aceptar un no de alguien a quien amas, supongo.

—A quien crees amar —la corrigió de nuevo Quinto—. Precisamente tú, Primero, que estudias estas cosas. Otra vez un tío que confunde el amor con un calentón.

Primero no tuvo otra opción que dejar escapar una carcajada sincera y asintió en aprobación del argumento.

—Bueno, obviemos el tiempo en que Calisto cae enamorado de Melibea —dije, forzando un tono más serio—. ¿Qué tiene de malo seguir intentándolo, aunque te hayan rechazado? Lo hacemos en el trabajo. ¿Por qué no en el amor?

—Bueno, se me ocurren unas cuantas razones. Para empezar, porque han dicho que no. En un empleo no estás traspasando la voluntad personal de alguien...

—Entiendo lo que dices, Séptimo, pero a veces la gente tiene miedo de dar un paso. No es que realmente sientan ese «no».

—Huy, Cuarto. Te estás metiendo en terreno peligroso. —Octavo se rascó la cabeza—. Los límites están en el modo en que se insiste, ¿no te parece?

—A Cuarto le da igual. Mientras consiga lo que quiere...

No se equivocaba. Por eso no me molestó representar el círculo de los avaros. Conseguir lo que me propongo, cueste lo que cueste, es una cualidad de la que me enorgullezco.

—En eso no somos muy distintos.

El dardo de Tercero fue interceptado y devuelto con la misma dosis de veneno. Seguro que había sido él quien le había comido la cabeza a Segundo para que no respondiera a mis llamadas. Su atención había pasado de ser constante a inexistente y me sentía como una drogadicta a quien le suprimían la dosis sin aviso previo.

Odiaba esa sensación de pérdida de control.

La última vez que habíamos hablado, un par de días después de la sesión de principios de enero, lo que pretendía ser una noche más de aquellas juguetonas y vacías de responsabilidades se había convertido en el apocalipsis. Alguien había sembrado en él la duda y me echó en cara que se sentía utilizado. Ni hablar. El acuerdo había sido claro y no había habido quejas. De repente, una de las partes quería más, subir la apuesta, y yo prefería no pagar ese precio todavía.

Libertinaje y libertad. Dos conceptos que en mi mente bailaban abrazados por la cintura.

Sabía que lo que se traía entre manos con Tercero no era más que una patética llamada de atención, un pobre intento de ponerme celosa para que reaccionara.

Un momento. ¿Estaba funcionando?

Respiré profundamente y regresé a la discusión que, por suerte, dirigía Octavo. Soltaba un montón de datos referentes al contexto social y cultural de la obra que siempre los dejaba fascinados, pero se alejaba a menudo del tema en cuestión. Yo quería hablar de lo importante.

—La moraleja está bien, pero es un poco exagerada —apuntó—. No se puede meter miedo por tener ambición. En eso es bastante moralista.

—Por supuesto, ¿qué esperabas? —Séptimo se sorprendió—. Es la época de la Inquisición y todo eso. La hechicera debía morir por meterse donde no la llaman.

—Básicamente estás de acuerdo en que, si el amor no es correspondido desde el principio, ¿no hay nada que hacer? Pues tú te viniste aquí detrás de una chica.

—Cállate...

—Corrígeme si me equivoco, pero ¿no sigue dándote calabazas?

—Quinto tiene razón. Algunos se dan por vencidos y otros no. ¿Quién no usaría un amarre de esos si supiera que funciona?

Fue Tercero quien recogió la pregunta de Primero:

—Jamás haría algo así. Qué triste tener que obligar a alguien con un conjuro para que te quiera. Manipular para ser amado siempre me ha parecido patético.

Reconocí las balas silbando sobre mi cabeza, aunque eran invisibles.

—Me pregunto qué diría Segundo a eso...

Nadie vio venir aquel comentario de Quinto. Era curioso porque, a simple vista, parecía que todo había pasado desapercibido para los no involucrados. Pero cuando se observaba con atención, los hilos que entrelazaban las acciones de unos y otros y sus conexiones formaban una madeja tan enredada que apartarse del drama resultaba imposible. Al menos, no sin causar algún tirón o cortar de raíz alguna de las uniones.

De momento, yo aguardaría agazapada, tejiendo mi siguiente movimiento sin levantar demasiadas sospechas. No deseaba arrancar el hilo equivocado, en principio, pero si me veía acorralada, no tendría miramientos en cercenar el que se interpusiera en mi camino.

Al fin y al cabo, era la capitana del barco.

9

—Vaya cara tienes.

—No duermo muy bien últimamente.

Gara se dejó caer sobre el grueso tronco de uno de los árboles que bordeaba el camino por detrás de la facultad de Filosofía. Posó el móvil sobre sus piernas, a modo de trípode, para continuar con la videollamada sin hacer esfuerzo.

—¿Sigues un poco pachucha? Hoy es sábado. ¿Qué haces en la universidad, tía? —Elia estaba despeinada, probablemente acababa de despertarse—. Ayer no acabamos tan tarde, pero no sé, es fin de semana. ¡Descansa!

Un suspiro de impotencia.

—Me estoy volviendo loca, Elia. No sé qué me pasa. Cierro los ojos, sí, pero lo que hago no se puede llamar «dormir».

—Quizá te exiges demasiado.

—Apenas le he prestado atención al doctorado estos últimos días...

—No me refiero a eso. —Elia carraspeó y escogió sus palabras antes de hablar—: Si no me cuentas lo que te pasa, no puedo ayudarte.

—A lo mejor mi padre tenía razón y todos deberíamos ir a terapia. Hablar con alguien de todo esto...

—Prueba conmigo.

Gara bajó la pantalla del móvil para darse un respiro. Inspiró todo el aire que le cabía en los pulmones y lo soltó con una mirada al cielo gris que se cernía sobre el campus. Luego levantó el aparato y volvió a aparecer en el cuadro.

—Encontré un libro —comenzó a explicar—. Uri me llevó al sótano del Gran Capitán, a unas galerías subterráneas. —Elia se mantuvo inexpresiva, por lo que Gara supuso que el lugar le era conocido—. Y me topé con un manuscrito con unos textos extraños.

—¿A qué te refieres con «extraños»?

—No tienen sentido y, al mismo tiempo, sí lo tienen. Es difícil de explicar. —Otra bocanada de aire y de nuevo la mirada al suelo para ver si así resultaba más fácil—. Desde que Elena murió, me he estado preguntando si habrá algo más... ya sabes, después de todo esto. Hay tantas cosas que no pude decirle. Supongo que me resisto a pensar que se ha ido para siempre.

—Es una reacción natural. No te castigues por eso.

—Ese libro… Creo que es una recopilación, algo así como un diario, de los intentos de un padre por contactar con su hija fallecida. Otro loco como yo. No dejo de pensar en lo que me dijiste. *Los libros nos encuentran.* Desde que lo leí, mis sueños se han vuelto raros. —Hizo una pausa y levantó las cejas con los ojos cerrados en un gesto de incredulidad—. Pensarás que he perdido el juicio por completo, y seguramente tengas razón.

—Escucha, Gara. —El rostro de Elia mostraba una expresión grave, aunque serena—. A veces hay que salirse de los márgenes para encontrar otra manera de hacer las cosas. Temes demasiado dar un paso más allá de lo conocido, pero en el fondo sabes que lo necesitas.

—¿Me estás diciendo que debería invocar el fantasma de mi hermana? Suena tan ridículo que…

—Lo que digo es que no se puede avanzar si cedemos ante el miedo. ¿Y si Galileo se hubiera asustado? ¿O Darwin? Hay tanto que no sabemos, que no quieren que sepamos…

—Esto no es una teoría científica. No hay ninguna prueba de que funcione. Está todo en mi maldita cabeza.

Esta vez el suspiro de exasperación salió de la boca de Elia.

—No eres la única, Gara. —Aquello llamó su atención enseguida y fijó sus ojos en la pantalla—. A todos nos han encontrado. El libro adecuado, en el momento preciso. Si crees que es una coincidencia, pierdes la oportunidad de leer entre líneas y buscan a otro, alguien que los comprenda y sea más valiente. Yo tuve mi oportunidad y me agarré a ella, créeme. Pero tú no estás preparada. Quizá tu padre esté en lo cierto. Busca a un terapeuta, olvida a tu hermana y sigue con tu vida.

—¡No quiero hacer eso!

Gara cerró el puño de la mano libre y se golpeó el muslo. No había lágrimas en su rostro, eran sus palabras las que rezumaban un pesar húmedo.

—Entonces debes averiguar lo que quieres. Necesitas saber si deseas abrir esa puerta, si puedes asumir el fracaso, si estás lista para descubrir algún secreto que haga que el mundo se tambalee. Algunas personas no son capaces de soportar las consecuencias de caminar por senderos inexplorados o el propio rechazo de los que se aferran a la normalidad.

Elia hablaba con seguridad mientras Gara permanecía en silencio, probablemente dando a entender que todo aquello le quedaba demasiado grande. Pero su amiga se equivocaba. Si había algo que se le daba bien era leer entre líneas, así que tiró del hilo.

—¿Alguna vez lo has intentado? Salirte de los márgenes.

—No estás preparada para esa conversación. Quizá nunca lo estés.

Detestaba la condescendencia, y la última frase había tocado justo en un nervio. Ya no era una niña, la eterna hija pequeña por la que había que velar, a quien había que guiar y tomar de la mano para absolutamente todo. La sombra inseparable de Elena.

El ataque provocó un mordisco.

—¿Fue eso lo que pasó con Santos? Por eso nunca habláis de él. ¿Tampoco estaba preparado?

—Ese es un asunto feo. —Elia ensombreció su expresión y bajó la cabeza ligeramente—. Mira, sé que es difícil cuando pierdes a alguien, así que no me lo tomaré como algo personal. Genio y Leda vendrán esta tarde. Vamos a hacer un maratón de alguna serie. Uri trabaja y Bruno y Miguel siguen con sus tonterías de críos. Eres bienvenida si quieres pasarte. Adiós, Gara.

Elia cortó la videollamada como quien da un portazo, y Gara ni siquiera se molestó en impedirlo. No rogó ni le pidió que rebajaran la tensión, que había escalado igual que el agua se abría paso por los poros de una cueva caliza. Al principio, el fastidio lo envolvía todo en una nube cegadora. Gara estaba molesta hasta que se percató de que la mandíbula le dolía de apretar los dientes y se preguntó por qué. ¿Qué había sucedido en esa conversación para crear tal resquemor?

Su mente formó una película acelerada de las últimas semanas, incluido un prólogo de lo que había ocurrido en la isla. Por supuesto que tenía derecho a estar harta, a patalear y a gritarle a la luna con la exigencia de una loba solitaria. Pero si escarbaba un poquito más profundo, sus garras chocarían con los bordes afilados de la palabra que había activado su enojo.

Miedo.

¿Y qué si estaba asustada? ¿Acaso era Elia un ente superior que no temía absolutamente a nada ni a nadie? No, lo que le había dolido era enfrentarse a una puerta abierta y una mano tendida en lugar de escuchar que estaba loca y que debía dejar esas tonterías. Elia solo le había mostrado el único obstáculo real para no dar un paso adelante: su propio temor… ¿a fracasar? Porque si los racionalistas se equivocaban y el alma permanecía en algún lugar al que era posible acceder a través de ciertas prácticas y seres sensibles, si conseguía sintonizar la frecuencia correcta y recibir una respuesta etérea de Elena, ¿qué demonios iba a decirle? Cada vez que lo pensaba, se imaginaba con una lengua de ceniza que se deshacía en cuanto pretendía producir algún sonido coherente. La garganta se secaba como un viejo desierto y ni siquiera le salían lágrimas que su hermana pudiera interpretar. Era una estatua de sal que descomponía el viento.

Muda. Torpe. Cobarde.

La mañana prosiguió improductiva. Incapaz de concentrarse y fatigada, optó por almorzar en la cafetería de la facultad. La siguiente parte del plan era regresar a la residencia, preparar su bolsa de deporte y bajar a la piscina para nadar un rato. Si agotaba su cuerpo, quizá también se rendiría su mente y podría detenerla un momento, recuperar algo de energía, olvidarse de su existencia durante unas horas. No identificaba si estaba enfadada, dolida, harta o todo a la vez. Pidió un té verde para alargar la sobremesa un rato más y agarró su móvil. La nostalgia la empujó a pasearse por fotografías ancladas en un pasado irrepetible, la mayoría robadas en algún despiste, fragmentos de vida congelados en el tiempo para siempre.

Entró en el perfil de Elia. Las semanas habían sido tan intensas que no se había detenido a pensar lo poco que se conocían. La realidad se podía distorsionar tan fácilmente con acciones bienintencionadas... Se deslizó por sus publicaciones, una mezcla de instantáneas compartidas en grupo, selfis con textos reflexivos y detalles de lo cotidiano con citas literarias.

Se fijó en su mirada, casi siempre penetrante y perfilada de negro, con una firmeza en su presencia que traspasaba la pantalla. Sin embargo, había algo que la hacía plantearse si la pose era resultado de un esfuerzo sobrehumano o de una confianza natural en sí misma. Gara envidió ambas posibilidades.

Bajó un poco más, hasta una imagen en la que reconoció a Uri elegantemente vestido y sujetando una máscara veneciana. Bruno y Genio estaban en el centro, espalda contra espalda y las barbillas en alto, luciendo sendos gorros de arlequín. Elia, a la derecha, se apoyaba en Leda. Vestía un palabra de honor de color negro con encaje caído sobre los hombros, de corte gótico, que se abría en forma de campana desde la cintura. Su amiga griega llevaba uno de corte renacentista en color burdeos con manga francesa y bastante más ostentoso, y en la mano, una máscara azul con detalles en dorado. Miguel estaba irreconocible con aquella camisa de largas mangas de raso blanco, la chaqueta de terciopelo estampado y botones dorados, los guantes y la capa negros, pero sobre todo por su sonrisa mientras abrazaba por encima del hombro al chico que tenía a su lado, también ataviado como un caballero del Renacimiento.

Gara leyó la fecha, 4 de febrero, y la descripción:

Musa, la máscara apresta,
ensaya un aire jovial
y goza y ríe en la fiesta
del Carnaval.

«Canción de Carnaval», Rubén Darío

Y en las etiquetas reconoció todos los nombres, incluido el de Santos. Sin pensarlo demasiado, clicó el enlace. Le picaba la curiosidad por ese nombre maldito que ensombrecía el rostro de todos cuando se pronunciaba y que funcionaba como un botón que activaba un resorte en Miguel. Llegó hasta su perfil. Su fotografía, en la que posaba con el torso desnudo frente al mar, era demasiado pequeña para apreciar los detalles. Entonces se percató del texto de la biografía, junto a su nombre: «Recordando a Santos Vázquez». Las mismas palabras que se leían en el de su hermana. Una ráfaga de pena la recorrió unos segundos, pero rápidamente se transformó en conjeturas. Quería averiguar lo que había sucedido, aunque no le extrañaba que se mostraran esquivos ante la muerte de su amigo. No importaba la causa. Por muy esperada que hubiera sido, la pérdida siempre dejaba un regusto amargo.

Como si un instinto maternal la guiara, buscó el número de Miguel y llamó. Sonó tantas veces que estaba a punto de colgar cuando por fin respondió. Al principio solo se escuchaba el ruido del viento y lo que intuyó era que alguien estaba manipulando el aparato.

—¿Miguel? ¿Me oyes? —Una respiración agitada. Lo notó desorientado—. ¿Miguel?

—Sí...

—¿Estabas durmiendo? —Escuchó sonidos del exterior—. No estás en casa, ¿verdad?

—Estoy... intentando no pensar. Me he tomado un descanso. De todo. —Sonaba igual que un paciente anestesiado—. ¿Quién eres?

—Soy Gara.

—Yo no te he llamado.

—¿Estás bien? Te he llamado yo, quería ... —Se detuvo un instante para decidir qué versión ofrecerle—. Hace tiempo que no te apuntas a los planes del grupo y quería saber qué tal estabas.

—Ahora me... encuentro mejor. Hay píldoras para... el dolor, ¿sabes? Necesitaba que parara un rato. El zumbido.

Miguel hablaba somnoliento, regodeándose en las palabras e introduciendo las pausas donde no correspondían. Era una máquina con la batería baja, o quizá algún cable no realizaba bien la conexión. Gara tuvo la tentación de colgar y alejarse del evidente remolino de confusión y drama, pero aquello trajo el nombre de Elena a sus labios. Si era una llamada de atención o una petición oculta de ayuda, no podía dejarla desatendida.

—Miguel, dime dónde estás.

—Donde siempre. —Rio. Una risa cínica y débil—. Odio este maldito sitio y no dejo de venir...

—¿Cómo se llama el sitio?

—Hace frío. No tanto como la última vez.

Le resultó extraño y preocupante al mismo tiempo. Miguel parecía estar en dos mundos a la vez e iba saltando de uno a otro como si cada una de las mitades de su cerebro funcionara a distintas velocidades. De repente, Gara pensó en el único lugar en el que los había visto ir a todos juntos, sin contar el piso de Elia.

—¿Es el Bohemia? ¿Estás allí?

—Ya no. Necesitaba aire... No hay nadie en la plaza.

—Oye, quédate ahí, ¿vale? Espérame y no te muevas.

La plaza de los Lobos, o eso supuso. Estaba a unos veinte minutos andando, pero el día era fresco y la brisa le despejaba las neuronas, así que no le importó. Caminó con el piloto automático, amortiguando el ajetreo externo de la cotidianidad con una chaqueta y la velocidad de sus pisadas. La voz de Miguel se había quedado resonando como un eco en su oído, tan llena de tristeza y hastío que se preguntaba si así era como sonaba también la suya.

Daban las cuatro de la tarde cuando giró en la calle que conducía a la plaza en cuestión. Estaba vacía, tal y como se la había descrito Miguel. Lo localizó tumbado bocarriba en un banco, con el brazo sobre la cara, y corrió hasta él.

Respiraba.

Se agachó a su altura, le puso la mano en el hombro y lo sacudió con suavidad.

—Miguel, soy Gara. Oye, despierta.

—Creo que me he pasado —dijo sin cambiar de posición—. No me siento muy bien.

—¿Qué has tomado?

—Había tanto ruido ahí dentro… Quería que parara un poco.

Gara ignoraba si se refería a la cafetería o a su propia cabeza.

—Vamos, siéntate conmigo. —Le obligó a incorporarse—. ¿Quieres un poco de agua?

—¿Qué estás haciendo aquí?

Un titubeo.

—No hemos sabido nada de ti estos días. Tuve una corazonada. Algo no está bien, ¿verdad?

—Quizá tú seas la bruja. —Una sonrisa exhalada—. Debería pedirte que te vayas. Vete, Gara. Pero no quiero. Soy un egoísta, ¿a que sí? Como todos. Tú también lo eres.

Miguel hablaba lento, decía cosas inconexas y sin sentido, pero decidió dejar que continuara. A lo mejor eso era justo lo que necesitaba, desahogarse un poco sin que nadie le juzgara.

—¿Por qué es todo tan ruidoso? No puedo volver a casa. No te preocupes, solo tomé una. No me hacía efecto… Esa última cerveza… Soy un impaciente. Mi hermano tiene razón en eso, pero no pienso admitirlo. No hago esto, de verdad que no. No a menudo… Es solo que…

—¿Estabas triste por algo? —Gara no necesitaba la respuesta.

—Echo de menos discutir con él. Eso es lo que se añora de la gente que te importa, ¿sabes? Lo que tiene el poder de sacarte de quicio. Siempre quería tener la última palabra. Ahora mataría porque me pusiera de los nervios otra vez.

Gara respiró profundamente y lo observó, apoyado en el banco con la cabeza hacia atrás en una postura de completa rendición. Sabía que si pronunciaba la palabra mágica, algo sucedería, pero temía que se desatara una hecatombe imparable. No quería ser responsable de aumentar su dolor ni de provocar una reacción en cadena. No. Si le hablaba de Santos, terminaría de romperse.

—Podemos estar en silencio un rato —le dijo—. Olvídate del mundo. Ya no eres Miguel, ¿vale?

—Y entonces ¿qué soy?

—Pues... —Gara imitó la posición del joven y fijó la vista en el cielo gris—. Somos un montón de moléculas flotando. Nadie nos ve. Existimos, sin más. Nadie espera nada de nosotros. Eso es bastante liberador, ¿verdad?

Calló y permitió que el silencio lo tranquilizara. Entonces sacó el móvil y envió una petición de ayuda y su ubicación a Bruno.

> Sé amable.

Quiso añadir que, de lo contrario, se arrepentiría. Pero no a modo de amenaza, sino de predicción de futuro.

Aguardó junto a Miguel, pendiente de que se calmara sin caer en los brazos del sueño. No estaba segura de lo que había ingerido, pero apostó por algún ansiolítico y demasiado alcohol.

Cuando vio el taxi de Bruno detenerse en la esquina de enfrente, se acercó a su oído y le susurró:

—Tengo que irme, pero te llevan a casa, ¿vale?

Una mano aferrada a su chaqueta le impidió alejarse.

—Perdóname, Gara.

Habría querido asegurarle que estaría bien, que no tenía ninguna duda, pero la voz se le quebró antes de hacerlo. No podía prometerle algo que ni siquiera sabía para sí misma. En eso sí que había que tener fe.

Le regaló un leve gesto de consuelo como despedida y se marchó mientras observaba a Bruno acercarse al banco. Deseó, por el bien de Miguel, haber hecho lo correcto. Era obvio que entre ellos dos quedaban cuentas que saldar. Se detuvo un momento antes de la parada del autobús. Tenía un regusto amargo en la lengua, el que dejaba el malestar de haber cruzado una línea sensible con Elia. Sí, quizá ella se había pasado también, pero su ataque no la eximía de la crueldad de su comentario sobre Santos. No necesitaba otro fleco suelto en su mente; su estúpido cerebro le daría vueltas toda la noche.

Divisó el autobús a pocos metros de la parada. Cuando se detuvo, un proceso mental se desató en su interior sin que tuviera demasiado control sobre él. Optó por dejarlo marchar y caminar acompañada por el atardecer hasta el piso de Elia.

Subió las escaleras para concederse tiempo de elaborar cada frase y una posible respuesta de la otra parte en una discusión ensayada con la proyección de sus particulares avatares. ¿Por qué le costaba tanto pedir disculpas y seguir con su vida?

Cuando llegó al rellano, se tomó unos segundos frente a la puerta. Chascó la lengua en un gesto de hastío hacia sí misma y su manera de afrontar los conflictos, y entonces llamó al timbre. El chillido resonó en un espacio vacío. Esperó unos segundos de rigor. Nada. Golpeó varias veces con los nudillos, pero recibió la misma respuesta: silencio. Frunció el ceño. Elia le había asegurado que habían quedado allí. ¿Se había asomado, la había visto y había decidido no abrirle? Había pasado poco más de una semana de la agradable estancia en la sierra y, de repente, todo se había estropeado.

—Elia, soy yo. No quiero discutir.

El silencio en el apartamento era evidente, era imposible que no la oyera. Suspiró, apoyando la cabeza en la puerta cerrada, y se dio por vencida. Optó por bajar en el ascensor, ya no había nada más que pensar. Pulsó el botón para llamarlo. Alguien en el piso de abajo se le había adelantado, así que esperó. No quería dejarse llevar por las elucubraciones de un cerebro programado para encontrar la peor de las posibilidades, pero esa máquina supuestamente perfecta era demasiado terca. Vagó por varias eventualidades, pero se impuso una en la que Elia había contado una versión en la que Gara quedaba como una villana de cómic y el grupo hubiera decidido expulsarla.

El ascensor tardaba demasiado, así que decidió bajar por las escaleras. Cuando ya casi había alcanzado el descansillo hacia la siguiente planta, las puertas del ascensor se abrieron.

—Teníamos que habernos quedado con ella.

Gara reconoció la voz de Genio al instante y bajó los

peldaños que le quedaban para aprovechar la oscuridad del siguiente tramo de escalones.

—La han sedado y no somos familia —respondió Elia—. No nos dejarían pasar la noche allí.

—No sé... Me sabe mal. Al final se ofreció a hacerlo porque nadie más lo ha hecho. ¿Y si pierde su beca?

Los dos se detuvieron delante del piso de Elia y unas llaves tintinearon.

—No va a perder nada. Es mayor de edad —aclaró Elia—. Si Leda no quiere, no pueden avisar a sus padres. Lo hemos hecho bien. Eh, escucha. Solo ha sido un pequeño susto. Esto no tiene nada que ver con lo que pasó la primera vez, ¿de acuerdo?

—De acuerdo. Yo no sabía que Leda...

—Ni siquiera ella lo sabía —le interrumpió—. El médico se ha tragado que la fiesta se nos había ido de las manos. Somos jóvenes, estábamos bebiendo, tomamos alguna cosa... Ya está. El protocolo es simple: lavado de estómago, reposo y a casa. La recogeremos por la mañana. Vete a casa.

Gara se apresuró a bajar las demás plantas hasta la salida con sumo cuidado. Pisaba como si flotara, para no hacer ningún ruido. Tenía que abandonar el edificio antes que Genio. Y lo hizo, mientras un cúmulo de ideas se agolpaba en su interior intentando descifrar las lagunas de información. Primero Miguel y ahora Leda. ¿Qué diablos le había ocurrido a la joven griega que merecía tanto secretismo? ¿A qué se refería Elia con «la primera vez»? No, eran demasiados interrogantes bailándole en las sienes. Si les permitía instalarse allí, le explotaría la cabeza y todo saltaría por los aires con ella.

Cuando sus impulsos se daban la mano con su curiosidad, no había nada más que hacer. Cualquier intento de racionalizar algo, perdería irremediablemente. Gara entró en la recepción de urgencias del Hospital Universitario Virgen de las Nieves y enseguida le confirmaron que Leda estaba ingresada para vigilar que no entrara en coma tras el lavado gástrico; también le dijeron en qué planta y en qué habitación se encontraba, y la avisaron de que la hora de visitas ya había terminado. Aun así, había pasado demasiadas jornadas acompañando a su madre para saber que en ningún hospital controlaban el acceso si te movías por él con la suficiente seguridad.

La planta estaba sospechosamente tranquila para un sábado por la tarde, así que se escabulló con determinación hacia la habitación que le habían indicado, la tercera desde el final del pasillo. Se asomó despacio. Leda descansaba bocarriba con una vía en el brazo mientras su pecho se mecía arriba y abajo con serenidad. Entonces consideró si sería apropiado despertarla tan solo para calmar su ansiedad de los últimos acontecimientos, y desechó la idea.

Hizo ademán de marcharse cuando la narcotizada voz de Leda la interrumpió:

—*Den dúlepse.*

Gara tragó saliva y se acercó a la cama.

—¿Qué ha pasado? ¿Qué has hecho, Leda?

—Yo también... quería ver... todas esas cosas... de las que hablan.

La muchacha tenía los ojos abiertos, pero no parecía despierta en aquella realidad sino todavía entre ambos mundos. Quizá nada de lo que le contara tendría sentido alguno.

—¿Quién habla? ¿Esto es también por Santos?

Leda se esforzó por esbozar una leve sonrisa. No había un ápice de miedo en su rostro.

—Los libros.

Gara conocía vagamente la afición de Genio a ciertas sustancias que, según él, despertaban a las musas. Una creencia tan arraigada con respecto al trabajo de cualquier artista que le molestaba sobremanera. Como si aquellos genios que solo se valían de su intelecto, su creatividad y el trabajo duro fueran menos dignos de su arte. Todo poseía cierto sabor a *Alicia en el País de las Maravillas.* ¿A qué habían estado jugando aquella tarde? ¿Acaso estaban usando drogas para experimentar las historias que leían?

—Es peligroso, Leda —le dijo, mirándola directamente a sus ojos perdidos—. Podrías haber muerto, ¿lo sabes? ¿Te han forzado Elia o Genio a hacer esto?

Su pregunta abandonó sus labios antes de tragársela para siempre. Tal vez Leda no estuviera en condiciones de responder con claridad, o todo lo contrario, y aquel Limbo la liberara de una racionalidad que la mantendría callada.

—Si pudieras… formar parte… de algo grandioso… ¿no lo harías?

—¿A qué te refieres con eso?

En un gesto de impaciencia, Gara la sujetó de los hombros para evitar que los sedantes la enviaran de nuevo al mundo de los sueños. Necesitaba alguna certeza. Una explicación.

—Leda, por favor.

—Estoy cansada. *Den dúlepse.*

Gara resopló, deseando haberse esforzado algo más en sus clases de latín y griego antiguo, aunque no fuese exactamente igual que el moderno. Leda cerró los ojos en un intervalo demasiado largo, así que decidió no insistir más y posponer una charla más profunda para cuando recuperara el conocimiento. Dudaba si había conseguido descifrar algo o había enredado aún más la madeja de hilo.

Tomó un autobús hacia la residencia. El plan de ahogar sus preocupaciones en el agua se había esfumado, ahuyentado por el cansancio y la intensidad de lo acontecido. El vaivén del traqueteo le produjo un profundo sopor que tuvo que sacudirse cuando llegó a su destino.

Se levantó agotada, a pesar de que eran más de las once de la mañana de un apacible domingo. La noche se había comportado como un mar revuelto en el que Gara era una barquilla a la deriva. Tras reconfortar el estómago con un desayuno caliente, se apresuró a regresar a la habitación, anhelando abrazar un rato más su almohada, pero la recepcionista la detuvo.

—Señorita Alonso, ¿verdad? Habitación nueve.

—Sí, soy yo.

—Han traído esto.

La mujer sacó una caja de cartón, similar a las que utilizaban los servicios de mensajería, del tamaño de una cuartilla. Gara la cogió; era más ligera de lo que esperaba.

—No tiene remitente —observó.

—Ah, ¿está segura? —La mujer se inclinó un poco y miró por encima de unas gafas con una montura demasiado gruesa y anticuada para alguien que probablemente no pasara de los treinta—. Qué raro. Tampoco tiene el envoltorio de ninguna empresa. Quizá lo hayan traído en persona. Ramón, ¿ha venido alguien esta mañana con un paquete?

Gara se giró. No se había percatado del señor que acababa de entrar en la recepción, un hombre escuálido, con poco pelo en la cabeza y demasiado en la cara, que llevaba una ristra de llaves colgada del cinturón.

—Habrá sido cuando estaba en la cafetería. ¿Quién vendría tan temprano un domingo?

Gara se encogió de hombros, agradeció la entrega y se marchó a su habitación, intrigada por el contenido de la caja.

La vibración en su bolso interrumpió el descubrimiento.

—Hola, profesor Villar.

—Disculpa que te moleste en tu día libre. ¿Cómo vas con el artículo? Aquel sobre Dante que te pedí revisar.

—He avanzado. Tuve que revisar mucha información, pero creo que he encontrado algunos datos interesantes.

—Bien, porque hay una revista interesada en publicarlo, pero vamos a tener que enviarlo mucho antes de la fecha que barajábamos para acabarlo. ¿Podrás hacerlo?

Gara se sentó en el filo de la cama. Su primer artículo como doctoranda y la verdad era que no le había dedicado el tiempo que debía en los últimos días.

—¿De qué fecha estamos hablando?

—Lo antes posible. Creo que podemos convencerlos de que nos den un par de semanas para enviar una primera versión y así ganar algo de tiempo para la revisión. ¿Cómo lo ves? Llevamos casi un año con esto.

El profesor Villar sonaba más aburrido que entusiasmado, pero Gara percibió la presión en los matices. Dos semanas era un horizonte temporal muy estrecho. Dudó un instante.

—¿Gara?

—Sí... Me pondré con él enseguida para tenerlo en dos semanas.

—Perfecto. Son un poco tiquismiquis, pero nos dará algunos puntos de prestigio en el departamento y también a tu tesis. Si necesitas algo, ya sabes dónde estoy.

Colgó sin darle opción a réplica. Al peso de todo lo que ya le tensionaba los hombros, se sumó aquella petición envenenada. Dudaba de tantas cosas: de la posibilidad de cumplir los plazos, de la prometida disponibilidad del profesor en caso de emergencia y de su propia capacidad para llevar a cabo la tarea. ¿Y si escribía una soberana estupidez que la dejaba en evidencia?

Apoyó los codos en las rodillas y posó la cara en las manos. Se masajeó las sienes y perdió la mirada en un horizonte borroso durante un instante. Demasiados asuntos peleaban por captar su atención. Como si hubiera regresado de un breve trance, estiró el brazo, agarró el paquete y lo abrió. Dentro encontró un objeto rectangular envuelto en un recio trozo de tela negra. Al desenvolverlo, apareció un libro. O algo similar, porque estaba en unas condiciones deplorables. La cubierta, de piel, había sufrido la corrosión del aire y probablemente del agua. El tomo estaba cosido y los pliegos de papel eran de tonalidades y gramajes distintos; una especie de monstruo de Frankenstein hecho con las partes que les sobraban a otros. No había título en el exterior. Gara temió que se le deshiciera en las manos al abrirlo, así que lo manipuló con extremo cuidado. La caligrafía era descuidada y primitiva, a veces ininteligible por la tinta desvaída y otras por la propia forma de los trazos. Dedujo que pertenecía a alguien con un bajo nivel educativo; probablemente, un aprendiz en sus primeras lecciones de lectoescritura. Las primeras páginas estaban pegadas. Leyó algunos fragmentos que logró descifrar con gran esfuerzo. Recetas de ungüentos con listas de hierbas y pensamientos inconexos. Algunas frases sueltas le llamaron la atención: «Es tan pequeña y tan transparente, un copo de nieve que ha venido de la sierra», «Murmuran y lo que se dice con mala intención es poderoso», «Mi tarea es protegerla. A mí me corresponde». Resopló, en parte molesta por una incógnita más. Otro manuscrito que se cruzaba en su camino para enredar aún más una maraña que le producía mareos.

Entonces distinguió dos letras separadas por un punto: *A.Q*

La grafía era clara, pero se resistía a la posibilidad de que se tratara de lo que sospechaba.

Buscó un patrón en el resto de las páginas.

Las letras se repetían.

Solas, siempre al final de lo que parecían oraciones a un ente invisible.

No se trataba de una palabra, sino de una firma.

Había pasado buena parte de la tarde encerrada en la biblioteca con la única intención de sumergirse en el trabajo del artículo y no recibir noticias del exterior. Pero su cuerpo reclamaba un descanso, aunque solo fuera para asimilar lo que había analizado. Cerró la puerta de su habitación tras ella. Otra vez le bombeaba deprisa el corazón. No había ingerido demasiado té para mantenerse despierta; no lo necesitaba. Un tornado de datos daba vueltas en su mente, golpeando las paredes de su conciencia como las bolas de un péndulo de Newton. Una idea tropezaba con otra y la obligaba a salir a la superficie en busca de atención.

Los libros nos encuentran.

Dónde estás, Emilia.

La comunicación mejora con un objeto de la fallecida.

Santos. Elena. A.Q

Lo sentía aún a través de la madera: el manuscrito, despreciado en el fondo del armario, vibrando en su funda de tela como el corazón delator de Edgar Allan Poe latía en su tumba. Presintió la incipiente jaqueca. Las últimas horas habían pasado igual que fragmentos de recuerdos de una experiencia cercana a la muerte. Borrosas, confusas, diluidas.

Quedarse encerrada había dejado de ser una opción. Había demasiadas voces reclamándola, ninguna con respuestas, así que se marchó a la caza de alguna explicación. Los libros habían pasado de ser un refugio a convertirse en un motivo de desasosiego. La noche oscura debería haberla disuadido, pero anticipaba que dar vueltas en la cama abriría un agujero aún más tenebroso en el que desaparecer. Ya que iba a apresarla de nuevo el insomnio, aprovecharía la vigilia para algo útil.

Le había dado vueltas a todo hasta marearse y, tras un largo rato sentada en la silla frente a su escritorio, agitando la pierna nerviosamente, cayó en la cuenta de quién podría haber sido el misterioso repartidor del paquete anónimo.

No fue difícil convencer a Uri de verse en el Bohemia Jazz Café después de su última ruta. Intentó sonar tan serena como él, más aburrida que preocupada, pero también pretendía que hubiera cierta anticipación por su parte para que no rechazara la cita. Gara tuvo tiempo de sobra de cenar en la residencia y bajar hasta la plaza dando un paseo. Llegó al local cerca de la medianoche, cuando todo estaba en su punto álgido. La música del piano animaba un ambiente ya de por sí festivo, donde el camarero de siempre no daba abasto repartiendo copas y esquivando a clientes en la fase de euforia. Divisó a Uri al fondo, detrás de las escaleras que daban a un pequeño reservado cercado por paredes atestadas de cachivaches antiguos y lámparas estratégicamente colocadas para alumbrar poco. Allí sentado en la esquina, el joven guía se asemejaba a un gángster a punto de cerrar un sangriento trato.

—Me he tomado la libertad de pedirte algo de beber

—le dijo Uri cuando se sentó enfrente—. Es un té helado de limón. Me he dado cuenta de que no te gusta el alcohol.

Gara apreció el detalle y sonrió. Tomaron un sorbo de sus copas a la vez. Uri dejó la suya alejada de su móvil, con cuidado de que no se mojara por la condensación del agua.

—¿Estás cansado? Me sabe un poco mal si preferías irte a casa después del trabajo.

—No, no te preocupes. Siempre me viene bien despejarme antes de dormir. Me encanta lo que hago, pero a veces me siento un loro repitiendo lo mismo constantemente. Me hará bien charlar de otros temas y siempre me apetece pasar un rato contigo. —Clavó sus ojos en Gara, que no resistió el poder de su mirada—. Ya me han contado lo de Miguel...

—Vaya, las noticias vuelan.

—Bruno no es el adalid de la discreción.

—No se me ocurrió a qué otra persona llamar —se excusó ella—. Sé que no sé llevan muy bien, pero son hermanos. Deberían cuidarse entre ellos.

—Miguel es un buen chico, pero tiene una espina clavada. Bueno, quizá sean unas cuantas. Es complicado...

—Lo comprendo. La muerte de su amigo debió ser un palo.

Gara se lanzó a la yugular, sin previo aviso ni miramientos. Quizá el insomnio y la desesperación por un anhelado descanso la habían desprovisto de delicadeza. Si había alguna posibilidad de que Uri le aclarara algo, la encontraría aquella misma noche. Jugaría todas sus cartas para conseguirlo, y conocía unas cuantas.

—¿Te ha hablado de Santos?

Perfecto. La técnica de fingir que sabía más de lo que en realidad sabía siempre le había funcionado con Elena. A partir de una mentira se podían sonsacar unas cuantas verdades. Uri se mostró muy sorprendido, pero no dejó ver ningún tipo de nerviosismo. El truco estaba en sortear las mentiras, la falta de conocimiento, y escoger las palabras adecuadas.

La vibración del móvil de Uri, urgente y furiosa, se expandió a la mesa. Gara lo miró, pero él no hizo amago de comprobar quién le había escrito.

—Siento mucho lo de la noche del juego. No sabía que...

—No te preocupes —la cortó—. No podías saberlo. Fue una casualidad que utilizaras la misma frase que él le recitó en su funeral. La verdad es que no habría apostado a que habías sido tú.

—Creo que lo empeoré todo. Es duro perder a alguien —Gara se detuvo para elaborar su frase—, sobre todo de la manera que lo hizo. Lo sé bien, créeme.

De nuevo, varias vibraciones seguidas. Sin embargo, Uri no se distrajo. La miró desorientado, como si hubiera pronunciado la solución a un acertijo milenario. Entornó los ojos, incrédulo.

—¿Te ha contado lo que le pasó?

—Bueno, más o menos. No entró en detalles. —Desvió la mirada para evitar que descubriera su farol.

—No hay muchos detalles que contar. Se suicidó, sin notas ni avisos. Supongo que por eso le cuesta tanto pasar página.

Uri apuró la copa de un trago, más apresurado al final, cuando el teléfono berreó con más fuerza en la mesa. Esta vez la llamada entrante mostró un nombre en la pantalla que Gara tuvo tiempo de leer.

Elia.

—¿No lo vas a coger? —le preguntó.

Tras esa llamada, hubo otra, aún más insistente.

—Debería… ¿Me disculpas un momento? Aquí hay demasiado ruido para escuchar nada.

Uri se levantó y fue hacia el lavabo. Gara lo observó desde la mesa, aunque la columna que había delante le impedía verlo todo con claridad. Uri apenas habló un par de minutos. Hizo un gesto con la palma de la mano en el aire, algo así como un intento de tranquilizar a alguien con una crisis de ansiedad. Luego se rascó la coronilla y colgó.

—¿Te importa si seguimos la conversación en otro momento? —dijo al volver—. Estoy un poco cansado.

—Claro, sin problema. ¿Todo bien?

—Sí, sí. Elia necesitaba corroborar algo. Ya sabes lo pasional que es. No tiene paciencia para según qué cosas.

Uri hizo un gesto al camarero para que se acercara. Este le dio el recibo de la cuenta en un trozo de papel arrancado de su pequeña libreta.

—No, invito yo —se apresuró a decir cuando Gara abrió su bolso—. La próxima vez te toca a ti.

—Trato hecho.

Apenas le dio un abrazo de despedida y se marchó. Toda esa serenidad que le caracterizaba se notaba forzada, difícil de mantener. Gara sopesó la posibilidad de que mencionar a Santos e insistir en sonsacarle algo sobre el tema hubiera espantado a Uri. Era un tipo reservado con ciertos asuntos y quizá le hubiera incomodado. Se sintió cruel ahondando en las heridas de otros.

Salió del Bohemia abriéndose paso entre la multitud, enfrascada en una nube de pensamientos de mala conciencia. En cuanto pisó la calle, se abrigó con la chaqueta y respiró con ansia el aire fresco. Cruzó la plaza a paso ligero, se metió las manos en los bolsillos y se detuvo justo al girar en la calle de la izquierda. Se palpó los bolsillos traseros de los vaqueros y rebuscó en el interior de su bolso con inquietud. Su móvil había desaparecido.

Dio media vuelta con la intención de regresar al Bohemia, pero se detuvo en la esquina, amparada por la noche, los altos árboles de la plaza y un inesperado suceso. Todo el grupo, salvo Leda y Miguel, se hallaba frente a la puerta del café. La abrieron con evidente prisa y entraron. Gara los encontró particularmente serios.

Dudó un instante, pero notó un ligero resquemor por haberse sentido mal por Uri. ¿Por qué le había mentido? Un torbellino de enojo la empujó hacia la misma puerta, pero al entrar no había ni rastro de ninguno de ellos. Los buscó con la mirada entre el barullo de la fiesta y el ruido, pero sin éxito. No concebía cómo era posible perder de vista a cuatro personas en un instante. Quizá su cabeza era un caos de información y paranoias propias, pero todavía no la había perdido del todo. Los había visto, estaba segura.

Apoyada en la barra, desde la que escudriñaba el local, se dirigió al camarero al que todos hablaban con familiaridad.

—Perdona, ¿has visto a Elia y a los demás?

—¿Elia? —repitió para hacerse oír por encima de la música.

—Sí, los he visto entrar, pero no los encuentro. ¿Sabes dónde se han sentado?

El dueño del local apareció por detrás y se detuvo en la máquina registradora. El camarero se percató y su tono se volvió algo titubeante:

—Solo os he visto a ti y a Uri, pero él ya se marchó. Quizá te hayas confundido.

—Cóbrale a la mesa cuatro —le pidió el jefe con un golpecito en el hombro.

—Enseguida —respondió el muchacho, y luego se giró hacia Gara—: Lo siento. A lo mejor viste a alguien que se les parecía.

Con aquella explicación sin sentido, se dio media vuelta y prosiguió con su trabajo. Gara frunció el ceño, reflexiva, y se giró. Se dirigió a la mesa que había compartido con Uri, escudriñando el suelo en busca de su teléfono. Lo encontró bocabajo en el pequeño sillón de terciopelo rojo donde se había sentado y agradeció que la oscuridad de la esquina lo hubiera mantenido oculto. Se lo guardó en el bolso y abandonó el local. Se quedó parada, de pie, en la esquina derecha donde había pillado a Miguel fumando en aquel primer encuentro. Por supuesto que eran ellos, no estaba alucinando. Empezó a darle vueltas a por qué Uri le había mentido y todos los caminos conducían a una misma conclusión: se habían hartado de ella. Sabía que Elia estaba molesta y, al fin y al cabo, era una recién llegada. La colmena ya tenía un organigrama establecido en el que Gara no era más que una intrusa.

Permaneció allí un rato, aunque ignoraba cuánto, acompañada tan solo por las farolas de una plaza vacía y un cielo estrellado. Entonces vio salir al camarero por la puerta del local: se apartó unos metros y se encendió un pitillo. Gara se acercó.

—Los he visto entrar —le dijo visiblemente molesta—. No sé por qué me engañas, pero no me vas a hacer pasar por loca. ¿Qué pasa? Te han dicho que no me lo cuentes, ¿no?

—No sé de qué me estás hablando.

—Vale, pues se lo voy a preguntar al otro hombre que

había contigo. Por si él los ha visto o me ayuda a buscarlos. A ver si es que se los ha tragado la cafetería...

Gara se giró con determinación.

—No, no, no. ¡Espera! A Román mejor no le digas nada. —Dio una calada profunda y soltó el humo en un suspiro de rendición—. De acuerdo... A veces les dejo el sótano del local y mi jefe no lo sabe, así que lo que tengas que hablar con ellos, hazlo fuera del Bohemia, ¿vale? No me metas en líos, que yo solo le hago un favor a Genio.

Gara arrugó el ceño. Su rostro era una interrogación.

—¿El sótano? ¿Para qué?

—Yo qué sé. Genio me dijo que necesitaban un sitio para juntarse y hablar de libros o algo de eso. La verdad es que lo único que le pedí es que no se metieran nada raro, ya me entiendes.

—¿Vienen todos los sábados?

—Ni de coña. —Rio—. Hoy les he hecho un favor de los gordos. Voy a tener que quedarme a cerrar para que Román no sospeche. Normalmente vienen los lunes, sobre las once de la noche o así, que es cuando cierro yo. Pero hoy no sé qué urgencia habrá. Genio me ha prometido cincuenta euros. Igual le pido un poco más. Por las molestias.

—Ya, claro...

Gara no sabía qué concluir de todo aquello, así que se quedó en silencio un instante y luego hizo ademán de marcharse.

—Oye —la llamó el camarero—. No te vas a ir de la lengua, ¿verdad? Te puedo invitar a un par de copas gratis si me guardas el secreto.

—No hace falta.

Gara tenía en mente un favor mucho más interesante.

Círculo V
Ira y pereza

Sesión decimonovena
23 de enero de 2023

Llevaba una semana con la misma idea en la cabeza. No quería inmiscuirme en los asuntos de Tercero; tenía que aprender solito a defenderse, a sacarse las castañas del fuego de una vez. Pero cuando le faltaban al respeto y lo despreciaban, en cierta forma también me lo hacían a mí, y eso ya no me gustaba tanto.

Me habían metido en el quinto círculo por mi supuesta incontinencia verbal y por perezoso. De acuerdo. Es cierto que a veces la boca me puede. De eso quizá pequé, pero no de quedarme de brazos cruzados. Las apariencias permanecían en las sesiones del club. Fuera, mi vida era mía.

Había urdido un plan. Lo importante era mantenerme sereno, en la medida de lo posible, durante la sesión. Luego lo esperaría, como hacían los matones a la salida del colegio, solo que en esa ocasión el objetivo de la advertencia era por su propio bien. No podía dejarse avasallar así. El grupo disimulaba, pero se había convertido en el chismorreo principal. Callaban cuando él aparecía y se hacían gestos para disimular.

Se acabó. Si mi hermano… Quiero decir, si Tercero no sabía ponerle fin a aquello, lo haría yo. Le concedía una única oportunidad de demostrar que no era un pelele al servicio de Segundo.

—¿Qué dices tú, Quinto? Estás muy callado —me dijo Cuarto.

Tan enfrascado me encontraba en la espiral de elucubraciones que había perdido la noción del tiempo y del espacio.

—Eso. Das mucho miedo cuando estás tan concentrado —bromeó Séptimo.

—No estoy de humor hoy. Tendréis que buscar a otro a quien castigar por gracioso. —Hablé con genuina desgana, tanto que les fue imposible disimular su confusión—. ¿Me haces un resumen, Segundo? Así compensas por no haber venido las últimas semanas.

El aludido levantó la vista, desconcertado, aunque intuía que no era tan ingenuo como para no haber percibido mi malestar.

—Hablábamos sobre si el ser humano es libre para forjar su propio destino o está todo escrito.

—Pues eso depende de lo cobarde que quieras ser —aseveré tajante.

—¿Cobarde? Si está escrito, no hay mucho que puedas hacer para cambiarlo, en teoría.

Séptimo reflexionó en voz alta, sin mirar a nadie.

—Creer que existe un destino no es más que una excusa para no echarle huevos a la vida. Perdón, para amedrentarse ante los desafíos. —Hice hincapié en mi pedantería aposta. ¿Se creían que solo ellos podían dárselas de listillos?—. Todo es culpa de otro, no hay nada que se pueda hacer y todo ese blablablá. Segismundo es un quejica que prefiere no mojarse.

—Calderón de la Barca hacía una crítica de todo eso, precisamente —apuntó Octavo—. Aun así, muchísima gente cree en los horóscopos. De hecho, incluso no se juntan con gente de un signo supuestamente incompatible.

—Pues a mí una fecha de nacimiento aleatoria no me va a marcar el camino.

—Di que sí, Quinto. Apoyo ese argumento porque soy Géminis y todo el mundo nos odia, no sé por qué. —Séptimo se rascó la cabeza.

—¿Y tú, Tercero? ¿Tampoco opinas?

Mi apelación directa llamó poderosamente la atención. No solía dirigirme a Tercero, salvo para hacerle rabiar. Compartir lazos sanguíneos me otorgaba ese privilegio. El resto del tiempo fingía que lo que sucediera no me importaba, y ahora también tendría que aparentar que tomaba la iniciativa para que el drama no me salpicara en lugar de actuar así por una genuina preocupación por él. ¿Qué le iba a hacer? Es una conducta enfermiza, lo sé. Pero la he alimentado durante tanto tiempo que ya no sabía ser otro tipo de hermano.

—No lo sé —dijo—. A veces parece que, por mucho que lo intentes, alguien te ha repartido unas cartas y no hay otras con las que jugar.

—Bueno, al final —interrumpió Primero—, es una historia un poquito religiosa. Quiero decir, desde mi ignorancia, esto no se estudia en mi país, que el tipo era católico, ¿no? Debe creer en el cielo y en Dios. Todo eso conlleva una creencia, también, en el destino.

—En eso tienes razón —señaló Octavo—. La vida es y no es sueño para él. Dormir en esta vida terrenal para poder soñar en la eterna… Yo lo interpreto así.

—Pues ojalá tenga razón. —Tercero habló con un hilo de voz, triste y en cierta forma disperso en sus pensamientos—. Ojalá todo esto no sea más que una fantasía y nos espere algo mejor, porque es a menudo decepcionante.

—Joder, qué alegría da escucharos.

—Bueno, igual para ti no, Séptimo. Pero para mucha gente la vida es una auténtica mierda. ¿Me vas a decir que no es lógico que piensen en una mejor en el Otro Mundo? —añadió Segundo sin necesidad de hacer aspavientos para impregnar el ambiente de una tensión contenida.

—Seguimos en el círculo —recordó Cuarto—. Vigilad vuestras palabras.

—Venga ya. ¿En serio? —No pude refrenarme más. Me levanté deprisa, como si quisiera gritar todas mis frases en letras mayúsculas—. ¿La vida es sueño? ¿Vosotros, que lo tenéis todo, os vais a comparar con gente que pasa por problemas graves de verdad?

—¿Quién eres tú para decidir la gravedad de lo que le ocurre a alguien? El sufrimiento es individual.

—Cállate, Miguel. —Resoplé después de quitarme las manos de la cara en un gesto de hartazgo.

Todas las miradas iban de mí a Cuarto, pero no me importaba. Habíamos iniciado el club en busca de historias de ficción en las que indagar para arrancarles su realidad. Pues iban a tener una propia allí mismo.

—Seguimos en la sesión —avisó Cuarto con los dientes apretados por la ira—. Compórtate o aplicaremos las normas.

—Déjame en paz. Todos sabemos lo que pasa, y si no lo dicen los involucrados, lo haré yo.

—Se acabó. Estoy harta de tus impertinencias y faltas de respeto al club. Como representante del quinto círculo, serás castigado al igual que los allí condenados.

—¿De qué estás hablando?

Cuarto se levantó, abrió su mochila y sacó una bolsa de plástico.

—Los perezosos se hunden en la laguna Estigia

—dijo—, en el fondo, privados de aire, hacen que hierva con sus pensamientos de rabia contenida. Colócate la bolsa en la cabeza y experimenta cómo tu propia ira te roba el oxígeno.

Cuarto extendió el brazo con el que sujetaba la bolsa hacia mí. Lo que más me sorprendió es que nadie movió un músculo para expresar su desacuerdo.

—Te comprometiste a cumplir unas normas. ¿Acaso no tienes palabra?

—Cuarto tiene razón —añadió Segundo—. Todos acordamos seguir unas reglas y sufrir las consecuencias si no las cumplíamos.

—Es solo un club de lectura... —Miré a Séptimo por inercia en busca de apoyo.

—No puedo ayudarte. Esta vez estoy con ellos. —Bajó los hombros y la cabeza—. Si nosotros mismos nos saltamos las normas, esto no tiene sentido.

Suspiré y me relamí los labios con una mezcla de asombro y sabor a traición.

—Esto no es nada en tu contra, Quinto —habló Octavo—. Todos debemos seguir los preceptos que nos hemos dado. Es un honor pertenecer al círculo. Asumir tus errores solo te hará más merecedor de continuar.

Podría haber soltado todo lo que tenía dentro. Mis argumentos, mis reproches, la información confidencial que nadie quería escuchar. Pero alguien apeló a la sangre.

—Por favor —suplicó Tercero. La mirada de ruego era tan genuina que me dejó en silencio—. Por favor.

Lo sopesé un instante. No era un «por favor, deja que te asfixien». Me pedía que le guardara el secreto un rato más, que no lo expusiera todavía.

Me mordí la lengua y sacudí la cabeza.

—Despierta de una vez y hazte responsable de ti mismo —le dije—. La vida podrá ser un sueño, pero también una pesadilla.

Agarré la bolsa y metí dentro la cabeza.

10

Había un charco de sudor en la almohada. Aún con un pie en la pesadilla, Gara dudó un instante de si en realidad era agua, la misma que la había ahogado de nuevo en el coche. Otra vez la rememoración de un acontecimiento que no le pertenecía. El cuerpo inerte de Elena sobre el volante, su madre consumida por la enfermedad en el asiento del copiloto y ella…

Se levantó de un salto cuando asimiló que se encontraba en su habitación y se dirigió al espejo del baño. Exhaló un suspiro de alivio cuando contempló su imagen reflejada. Se palpó el largo cabello cobrizo, las pecas que dibujaban un puente de puntitos de una mejilla a otra, las cejas sobre unas pestañas oscuras, y se inclinó sobre el cristal para perderse en su pupila aguamarina.

Era ella, se reconocía, a diferencia de lo que había sido en su sueño. Porque todo se había repetido como en los últimos meses: el accidente al completo, la asfixia, la desesperación de la pérdida. Pero en aquella ocasión sus manos eran mucho más pequeñas e inocentes, su cabello de un color blanco lunar y sus ojos, transparentes como el agua que la ahogaba. Había leído sobre los sueños lúcidos, los viajes astrales y la posibilidad de colarse en los sueños de otros.

Pero era ella, en otro cuerpo, de otra forma. ¿Qué le estaba ocurriendo? ¿Alucinaba? ¿Las pesadillas podían tomar el control de su subconsciente? Entonces recordó otro detalle. Normalmente se despertaba tosiendo, con la sensación de que tenía encharcados los pulmones. Sin embargo, la garganta le picaba y le sabía a suciedad, como si se hubiera tragado un cenicero lleno de colillas recién aplastadas. ¿Se podían cruzar dos sueños si conectaban en la misma frecuencia?

Sacudió la cabeza y se lavó la cara para despejar todas esas elucubraciones. Mientras se frotaba la piel con el agua fría, notó la tensión en la mandíbula y el dolor que le recorría desde los laterales hasta bajar por el cuello. Nunca había sufrido bruxismo, que ella recordara, pero los síntomas se habían acrecentado en los últimos días.

Regresó a la estancia principal y, desde el marco de la puerta, observó su cuaderno azul reposando en la mesita junto al móvil. Los otros dos libros continuaban en el escritorio. Casi se podía percibir la espera y el anhelo porque alguien los abriera y los leyera. ¿Y si, además de encontrarla, la estuvieran reclamando para que se paseara por sus páginas?

Abrió el que se hallaba en peores condiciones, el misterioso manuscrito enviado de manera anónima y probablemente bastante más antiguo que el otro (Gara habría jurado que era unos siglos más viejo) y pasó las páginas sin ningún filtro en particular. De todos los párrafos que logró descifrar, le llamó la atención uno en particular:

He estado allí. Lo he visto. Pero no deseo volver ni de esta forma ni con mi alma mortal. Es un lugar espantoso y lleno de dolor. Todavía siento la sed en los labios y las almas que me arañaban la piel en busca de auxilio.

Continuó examinando los textos y se detuvo hacia el final. No se había percatado de que quedaban algunas páginas en blanco, vírgenes y deseosas de albergar las palabras de quien quisiera imprimir su huella en ellas.

Leyó en un susurro de oración, despacio, como si fuera perentorio pronunciar bien cada sílaba. Había cierta musicalidad en las frases. Le recordaron a los versos de un poema, a una canción de nana muy triste que la obligaba a perder la mirada y la conciencia entre las letras. Las palabras la envolvieron y se le clavaron en la piel con sus garras. La desesperación y la rabia traspasaban el papel hasta colársele en el corazón.

Allí donde nos envíen, nos encontraremos.

Nuestras almas y las suyas.

Y, de repente, percibió el cilindro de plástico en la mano, la tinta deslizándose por la cuartilla y su muñeca trazando movimientos circulares.

Soltó el bolígrafo y se separó del escritorio, obligando a la silla a escupir un chillido metálico. Despacio, bajó la vista hacia la hoja.

Tres círculos concéntricos arriba.

Abajo, dos más.

Y uno, aún sin cerrar, que los completaba.

Gara se había guardado el comodín del público por si acaso, o al menos así lo catalogó en los archivos de su memoria. Sin embargo, en los enfrentamientos entre la prudencia, la curiosidad y la impaciencia, estas dos últimas solían aliarse y ganar la partida. Aguardó al lunes, un 23 de octubre al que miraba de reojo para sujetar el nudo que se le formaba en la garganta si pensaba en una dolorosa fecha próxima, y llovía con insistencia.

El aroma a tierra mojada y los truenos que retumbaban caprichosos la despertaron, a pesar de haber pasado otra noche más en vela. Y ya sumaba demasiadas. Se quedó en una de las esquinas de la plaza de los Lobos, cobijada por la capucha de su impermeable verde y los balcones de las casas. Ya habían pasado quince minutos de las once, así que consideró seguro entrar en el Bohemia.

Le sorprendió lo lleno que estaba siempre el local, a pesar del día y la hora. Detrás de la estantería atestada de antigüedades que había en la entrada encontró la barra y a su comodín. El joven camarero no logró disimular su disgusto cuando la vio.

—¿Qué estás haciendo aquí?

—Necesito un sitio para leer y la biblioteca ya ha cerrado. —Gara se sorprendió de su propio cinismo. Era el cansancio lo que la hacía actuar así, debía serlo, porque la otra opción era haber alcanzado su límite, y aquello lo encontraba bastante más impredecible.

—Si se enteran de que lo sabes, Genio me echará una buena bronca. Me especificó que lo guardara en secreto.

Un suspiro de hastío.

—¿Vas a hacer que me ponga a dar vueltas por todo el local? Estoy muy cansada. Cuanto antes me digas dónde se reúnen, antes te dejaré tranquilo y me iré a casa. Solo quiero ver que son ellos. No te preocupes, no voy a montar ninguna escena.

El camarero miró a un lado y resopló con resignación.

—Sígueme.

Gara esperó que saliera de detrás de la barra y lo acompañó hasta una puerta cerrada con llave con un letrero de PRIVADO, al fondo del local a la derecha, escondida tras un montón de cachivaches viejos, un contrabajo y una lámpara de pie.

—Están abajo, en el sótano —le susurró—. Si enciendes la luz, sabrán que estás aquí. Echa un vistazo rápido y márchate, por favor. Me vas a meter en un lío.

—No lo haré.

El camarero salió y cerró. Gara sacó su móvil y encendió la linterna. Delante de ella, unas escaleras de madera conducían al piso de abajo. La pesada puerta amortiguaba la algarabía del local mucho más de lo que habría supuesto. Descendió con cuidado, sujetándose a la pared de su izquierda. Tras el último peldaño, giró a la derecha y esquivó un par de cajas con botellines de cerveza vacíos.

Había cierto desorden, pero por lo demás le pareció un almacén común. Allí no había nadie salvo ella y quizá alguna cucaracha distraída. Hizo una panorámica con la linterna y entonces encontró una puerta de metal, abandonada y parcialmente oxidada. Caminó hacia ella y, a medida que acortaba las distancias, los ecos de las voces al otro lado se intensificaron.

Palpó el áspero tacto metálico y acercó la oreja.

—Llevamos un rato con lo mismo. No sé qué decirte.

Al principio no reconoció la voz de quien se quejaba, pero la réplica se la dio alguien bastante familiar.

—Y nos vamos a quedar aquí hasta que lo arreglemos.

Elia sonaba más furiosa que nunca.

—Pensemos un momento. —Aquel era Genio, sin

duda. Su carraspera era inconfundible—. Estaba donde siempre, ¿no? ¿Quién más sabe que lo guardábamos en tu casa?

—No me miréis así —protestó Leda, a quien le sorprendió escuchar allí. Sonaba exhausta—. He salido del hospital esta mañana. Lo sabíamos todos. Yo no se lo he dicho a nadie, Elia. Lo juro.

—No me llames así, Primero. Esta es una reunión oficial.

—A ver, no entremos en pánico —dijo Uri con su serenidad habitual—. Te ayudaremos a buscarlo. Tiene que estar allí.

—¿Y tu hermano? Perdón —se disculpó Leda—. ¿Y Tercero?

—¿Y cómo narices iba a entrar en tu casa? —Bruno sonaba ofendido—. De todas formas, aún hay tiempo. No tenemos que hacer nada en una fecha en particular.

—Creo que no te das cuenta de la gravedad.

—Es solo un…

—No te atrevas —le cortó Elia—. No pienso dejar que se me escape.

Silencio durante unos largos segundos en los que Gara se sintió como si hubiera despertado en medio de una obra de teatro ya empezada. Por más que lo intentaba, no lograba conectar los puntos para conformar algo con sentido.

—A lo mejor es una señal. Para que nos estemos quietos —comentó Leda en tono temeroso—. No sé... Por lo de Santos. Por lo que me pasó a mí... *Den dúlepse.*

—No funcionó porque no eres Gara —sentenció Elia.

Gara retrocedió y su respiración se aceleró sin darse cuenta. ¿Qué tenía que ver ella en aquella conversación? ¿Y Santos? La forma en la que se dirigían unos a otros, el secretismo y la mención del único miembro del grupo que se había suicidado le pusieron el vello de punta. Le habría gustado aferrarse al ápice de valentía o de estupidez que le quedara y plantarse allí dentro a exigir una explicación, pero algo la detuvo. Quizá Elena la había agarrado del brazo desde el Otro Mundo, o había encontrado un poco de sentido común que apaciguara sus ansias de saber.

Reculó y se apresuró hacia la salida, derribando un par de botellas vacías que tintinearon cuando tocaron el suelo. Subió las escaleras de dos en dos y salió a la luz dorada con la melodía del piano de fondo. Ni siquiera miró atrás. Enfiló hacia la puerta principal con paso ligero, evitando cruzarse con la mirada del camarero, que en esos momentos vertía un licor en una copa de balón. Gara percibió sus ojos clavados en su nuca, pero prosiguió hasta que estuvo en el exterior.

Se marchó saturada de cavilaciones y supuestos que fabricaba su mente, buscando un descanso de todo en una bocanada de aire que le resultó insuficiente. Caminó bajo la lluvia, para entonces más ligera, sin importarle llegar a la residencia hecha una sopa. Las siguientes acciones las realizó con el piloto automático puesto. El sentido común la instaba a no pensar ni saber más de lo que rezumaba un hedor turbio.

Puso todo su empeño en recuperar algo de energía y repeler el insomnio, y a la mañana siguiente se marchó a la facultad con el firme objetivo de concentrarse en el artículo sobre Dante. Consiguió su propósito durante un buen rato, aunque la pierna le temblara y de vez en cuando tuviera que reconducir su cerebro. Analizó la estructura literal del Infierno, en primer lugar, que representaba la primera parada de Dante. Le llamó la atención que las penas de los condenados estuvieran conformadas por la ley del contrapaso, una doctrina sobre la que tuvo que documentarse y que consistía en aplicar un castigo contrario al delito.

Cada círculo se hallaba dividido a su vez en tres recintos. La clasificación de los pecados y las personalidades encerradas en ellos se había realizado de forma meticulosa. El Limbo para quienes Dante consideraba hombres virtuosos, no merecedores de un castigo puesto que no conocieron a Cristo; el segundo círculo, donde residían los lujuriosos, atormentados por un viento que los golpeaba contra paredes y suelos; el tercero con los condenados por gula. Del cuarto le interesó la firme crítica al sistema capitalista, algo que anotó para tirar de ese hilo más tarde. Los iracundos se encontraban en el quinto círculo, obligados a hundirse en la laguna Estigia y, a juzgar por algunos de los cantos anotados en el documento, a partir de ahí el camino empeoraba. El sexto círculo, hogar de los herejes, le pareció que requería una lectura al completo. Quizá eso ralentizara el trabajo, pero su evidente connotación religiosa lo hacía imperativo. Cuando llegó al séptimo círculo, del que había algunas referencias a resúmenes y análisis de otros estudiosos, sintió una punzada en el pecho. Según Dante, había tres anillos de violencia: el exterior, para los que la ejercían contra el prójimo y se hundían en un río de sangre hirviendo; el medio, para quienes eran violentos consigo mismos, condenados a convertirse en árboles y ser picoteados por las harpías, y el interior, un desierto en llamas dedicado a los que lo eran contra Dios y la naturaleza. Fue inevitable pensar en Elena.

Todas aquellas crueles imágenes que el autor pintaba en sus versos eran desoladoras. Si existiera un lugar así, jamás querría que su hermana lo habitara hasta el fin de los tiempos. Proseguir su viaje hacia el Purgatorio de la mano de Virgilio suponía una fantasía de redención. Aun así, todo era sumamente despiadado. Recibió varios mensajes de Elia con la intención de hacer las paces, pero los ignoró. Sabía que era una huida hacia delante a la que tarde o temprano debería enfrentarse, aunque no imaginó que esto sucedería aquella misma mañana.

Llevaba pegada una sombra durante un rato; la había notado observándola. Cuando salió de uno de los cubículos del baño femenino, distinguió sus botas en el contiguo y no quiso esperar más.

—¿Por qué me sigues? —preguntó mientras se lavaba las manos—. Elia, sé que eres tú.

—No respondes a mis mensajes —dijo tras abrir la puerta—. Lo del otro día... No estoy enfadada.

—Necesito centrarme en la tesis. Es posible que no esté disponible por un tiempo.

—¿Te hemos hecho algo?

Gara tragó saliva, consciente de que su cara era a menudo tan fácil de leer como un cuento infantil.

—No quiero meterme en vuestros asuntos.

—Bruno nos dijo lo que sucedió con Miguel. Hiciste bien en avisarle. Lleva un tiempo que no está bien y no sabemos cómo ayudarlo. ¿Te contó lo que le pasa?

Una sensación de alarma se le encendió en el pecho.

—Si te refieres a Santos, no sé nada. Había bebido demasiado y me aseguré de que llegara a casa. Eso es todo.

Hizo ademán de marcharse, pero Elia la sujetó del brazo.

—¿Quieres saber lo que le ocurrió a Santos?

—No, de verdad que no.

—Espera, Gara.

—¡En serio! No quiero saber nada más. Ni de Santos, ni de lo que hacéis en el Bohemia ni de esos malditos libros.

Ni el tono ni la información eran los que había pretendido Gara, pero ya lo había soltado.

Elia entornó los ojos, confusa, y en cuestión de un instante elevó las cejas en una mueca de revelación.

—¿Qué libros exactamente? Solo me hablaste de uno. Hay algo que...

—Sí que hay algo. En mi cabeza. Y no me deja dormir.

—Vámonos de aquí.

—¿Ahora? ¿Adónde?

—Enséñame esos libros y quizá pueda aclararte un par de cosas.

—No lo sé, Elia. Te juro que no lo sé.

—Piénsalo. Es importante. ¿Quién te dejó el paquete con el manuscrito?

La insistencia desesperada de Elia le resultó extraña.

—¿Lo habías visto antes? —preguntó Gara, de pie junto al escritorio donde permanecía el libro que había llegado misteriosamente a la residencia en una caja de cartón.

—Si te lo cuento, ya no habrá vuelta atrás.

Una ráfaga de advertencia vibró en su interior. Quería saber lo que ocurría, lo necesitaba, pero ignoraba si se estaba hundiendo en arenas movedizas. En un gesto instintivo, dirigió la mirada hacia su teléfono móvil, que reposaba sobre la cama junto a su bolso. Habían llegado con tanta premura a la habitación que lo había soltado todo allí mismo. Si lo agarraba en ese momento, Elia sospecharía de su alarma, así que se quedó quieta.

—Puedo soportarlo —dijo al fin.

—Eso espero. —El rostro de Elia se ensombreció—. ¿Sabes? El día que entraste en clase lo tomé como una señal de continuar con lo que habíamos empezado. Luego empezaste a hablarme de tu tesis y toda esa teoría de que quizá algunos autores habían pasado por ficción sus realidades para poder sobrevivir, para no ser apartados, señalados.

—No dije que fuera un hecho.

—Pero lo pensaste. No descartaste la posibilidad. Hay secretos que la sociedad nos niega, algunas veces por intereses de los poderosos y otras por pura ignorancia o superstición. Los mitos y las leyendas siempre sobreviven mejor si no se comprueban.

—¿Qué secretos?

Elia miró el libro de soslayo.

—Los libros nos encuentran por alguna razón, ¿recuerdas? No sé quién me ha robado el manuscrito y te lo ha dado a ti, pero es obvio que también percibe lo que te hace especial, igual que al libro. —Gara retrocedió un paso de manera instintiva—. Por favor, no te asustes. Lo último que pretendo es hacerte daño.

—Háblame del manuscrito —exigió Gara, serena pero firme.

—Dos hermanas fueron acusadas de brujería en el siglo quince. El pueblo se tomó la justicia por su mano y las ejecutó, sin juicio ni oportunidad de defenderse. La mayor de las dos había estado escribiendo una especie de diario. Si has leído algo, te habrás dado cuenta de lo que es.

—Un grimorio.

La epifanía le vino como una bofetada y, de repente, se dio cuenta de que la idea había estado flotando en su subconsciente en busca de una atención que su parte racional no quería darle.

—Has leído a Dante —prosiguió Elia—. Eso tampoco ha sido una coincidencia, ¿no lo ves? Toda esa travesía por las tres dimensiones del Más Allá hasta encontrar a su amada Beatriz. Solo un amor tan poderoso se habría atrevido a algo así. Abigail no formuló un hechizo de resurrección, sino uno de justicia.

—Espera.

Había demasiada información que procesar, demasiados puntos que unir hasta formar un camino que parecía escindirse en varias direcciones. Gara se masajeó las sienes.

—¿Estás diciendo que el Infierno es real? —preguntó.

—Lo que digo es que podría serlo y que todas esas historias que nos han llegado podrían ser crónicas de quienes estuvieron allí y vivieron para contarlo. Abigail estuvo allí.

—No sé si puedo creerme eso...

—Algunas cosas no necesitan que creas en ellas para

existir. El cielo está ahí arriba, creas en él o no. Ese libro ha llegado hasta ti por una razón. Sé que eso te inquieta. La dificultad para conciliar el sueño, las pesadillas, la sensación de que hay alguien más... Todo eso no son más que llamadas, y si no las escuchas, no te dejarán en paz. Quizá pierdas la ocasión de encontrar algo más grande de lo que puedas imaginar.

Gara sacudió la cabeza y se mordió los labios en un gesto nervioso. Se dio la vuelta y caminó un par de pasos cerca del escritorio.

—No sé qué me estás pidiendo, Elia.

—Debe existir una conexión especial —contestó ella con pasión. Se aproximó y le posó las manos en los hombros con una siniestra ternura—. ¿No te das cuenta? Santos no pudo conseguirlo, ni Leda tampoco. Pero tú... ¿Y si esta es la oportunidad que buscabas de hablar con tu hermana?

Un nudo le cerró la garganta y el puño a Gara. Aquel dardo había acertado de lleno en una herida que no debía haber revelado. Lo que le pedía era una locura sin fundamento y con un precedente peligroso, a juzgar por lo que involucraba a Santos. Pero aún faltaban piezas del rompecabezas. No, no le permitiría plantar la semilla de una ilusión que la destrozaría.

—Elena está muerta.

Gara se deshizo de la presa y las dos se aguantaron la mirada unos segundos.

—Tengo que llevarme el manuscrito —le pidió Elia.

—No creo que sea una buena idea.

—No te pertenece. Ni crees en nada de esto. Dámelo.

—Es una locura, Elia. ¿No te das cuenta? —Gara rebajó el tono para intentar ganársela. Odiaba las manipulaciones, pero aquella era una situación excepcional—. ¿Qué le pasó a Santos?

—Santos hizo lo que él mismo decidió. Nadie le obligó. Tampoco te estoy forzando a ti. Pero si tú no quieres, alguien lo hará. Ahora, dame el libro.

—No. —Gara no se había negado a algo con tanta rotundidad en su corta vida—. Será mejor que te vayas. Avisaré a recepción si no me dejas alternativa.

Le temblaban las manos y el corazón tardó un rato en desacelerarse después de que Elia se marchara. Había dejado un rastro de fuego y rabia por toda la habitación. Gara se quedó unos minutos apoyada contra la puerta cerrada, trabajando en su respiración para calmarse. Jamás se acostumbraría a enfrentarse a un conflicto.

Reflexionó en silencio sobre lo sucedido. Aún quedaban incógnitas, pero lo que había averiguado era de todo menos tranquilizador y, aun así, la insinuación de que pudiera contactar con Elena había revivido una esperanza latente. Se alegró de no haberle confesado algún secreto más que guardaba. Como su viejo cuaderno azul.

Lo sacó del cajón de la mesita. Llevaba ahí abandonado varios días. Lo hojeó despacio, aunque sabía lo que buscaba. Las páginas finales, repletas de círculos concéntricos unidos de tres en tres, le confirmaron sus sospechas. Sin mediar palabra, se sentó frente a su portátil y tecleó: «Los círculos del Infierno de Dante». La dicotomía se había reforzado. ¿Se trataba de una fascinante obra de ficción del siglo XIV que había servido de inspiración a infinidad de adeptos, o bien era la crónica real de un hombre que había sucumbido al Inframundo?

Gara contó los grupos de círculos que había dispuestos en el papel, seis por cada página, y regresó al sitio web que había abierto. Si Elia tenía razón, si el Más Allá era una dimensión que podía alcanzarse desde la realidad tangible y Dante había sido capaz de descifrar una parte, entonces había dos posibilidades sobre Elena. Una, la del accidente fortuito, que la llevaba a ese Paraíso con el que la comparaban; y otra, la más temida y dolorosa, que unía su experiencia con la de Santos en una palabra que Gara no se atrevía siquiera a pronunciar.

Repasó la lista de círculos y los condenados que albergaba, uno a uno.

Se detuvo en un par en concreto.

El círculo sexto es donde Dante encuentra al militar Farinata degli Uberti, hogar de Epicuro y el papa Anastasio II, reservado a los herejes.

El círculo séptimo, custodiado por el Minotauro, guarda a los que cometieron violencia contra los demás y contra sí mismos.

Y volvió a contar los garabatos producto de sus sesiones de escritura automática.

«Seis círculos».

«Hogar de los herejes».

No era posible.

«¿Eres tú, Abigail?».

Círculo VI
Herejía

Sesión vigesimoprimera
6 de febrero de 2023

—Esta es una sesión oficial de urgencia.

—Corta el rollo, Elia.

—Cuarto —corrigió—. ¿Dónde está tu hermano? Os pedí a todos que vinierais porque hay algo importante que debéis ver.

—Déjalo —la interrumpió Segundo.

—Sí, eso. Déjalo. Haz caso a Segundo —dijo Quinto—. Y venga, contad lo que sea, que he quedado para jugar al fútbol.

Cuarto suspiró con resignación y lanzó una mirada cómplice a Octavo, aún apoyado contra la puerta metálica.

—Como sabéis —dijo con solemnidad—, un libro en

particular nos unió a todos: Dante y su *Divina Comedia*. Aún recuerdo nuestras caras cuando confesamos que lo estábamos leyendo a la vez. Fue casi como la conjunción de los astros o un cometa que pasa cada cien años. Él nos unió. —A Primero y a Séptimo se les iluminó el rostro con un halo de nostalgia—. Una coincidencia, dirían algunos, ¿verdad? Pero yo creo que eso no existe. Os lo dije aquel día, cuando fundamos El décimo círculo, y os lo digo ahora: los libros nos encuentran.

—¿De qué va todo esto? —Quinto continuaba sin estar muy por la labor. Se cruzó de brazos y permaneció de pie.

Cuarto pasó el relevo a Octavo con un gesto.

—Hemos encontrado algo extraordinario.

—O nos ha encontrado a nosotros —reformuló Cuarto—. Analizamos la obra de Dante hasta la saciedad, ¿os acordáis? Cada uno de nosotros se ha erigido en representante de un círculo, pero nos quedan algunos vacíos.

—Sexto y Noveno —aclaró Primero.

—Éramos un puñado de frikis —añadió Séptimo con orgullo.

—No hables en pasado —agregó Quinto.

—Enséñaselo.

Octavo obedeció la orden de Cuarto y sacó un envoltorio de recia tela negra. Lo abrió con cuidado, sujetando lo que contenía en la palma de la mano.

—Un cuaderno...

—No es solo eso, Segundo. —El entusiasmo de Cuarto había tomado el control por completo—. Es un diario del siglo quince.

—Al principio pensamos que no tendría más valor que el de ser un manuscrito de tanta antigüedad, pero estuve estudiándolo.

—¿Y?

Quinto formuló la pregunta, pero todos permanecían expectantes a la espera de aclaraciones.

—Hay listas de hierbas y sus utilidades, garabatos de las fases lunares y una especie de relato de sucesos mezclados con oraciones —explicó Octavo—. Algunas partes son ilegibles y otras, difíciles de descifrar. Han pasado unos cuantos siglos. Pero la mayoría de las entradas están firmadas.

—¿Por quién? —inquirió Primero.

—Dos iniciales: A.Q.

La revelación les dejó sin palabras durante unos segundos. Tan solo se miraron con una dosis de asombro e incredulidad.

—¿Estás insinuando que...?

Segundo negaba con la cabeza mientras buscaba la saliva que le faltaba a su lengua.

Quinto se sumó a su escepticismo.

—No puede ser.

—Quiero verlo.

—Espera. —Cuarto levantó la palma de la mano y

Séptimo se detuvo—. Cuidado. No está en muy buenas condiciones. Se estropearía.

—¿Habéis comprobado si está...? Ya sabéis.

—Es lo último que escribió —contestó Octavo—. El resto de páginas están en blanco. No podemos confirmarlo al cien por cien, pero debe de ser el suyo.

—Por supuesto que lo es —dijo Cuarto—. Abigail Quiroga quería que lo encontraran y lo utilizaran para rescatarlas de la injusticia que se cometió con ellas, como con tantas otras. Nos ha llegado por una razón.

—¿Cómo lo habéis encontrado? —preguntó Primero.

—No puedo decirte eso.

—Octavo...

—No. Si alguien se entera del lugar donde estaba enterrado o de que está en nuestro poder, lo perderemos. ¡Un grimorio del siglo quince! No puedo permitir eso.

De nuevo el silencio invadió la estancia, aunque el murmullo de miles de neuronas trabajando acompasadas en cada una de aquellas cabezas era fácilmente perceptible.

—¿Qué vamos a hacer con él?

Cuarto miró a Séptimo como si llevara esperando esa misma pregunta durante todo el rato que había durado la reunión.

—No hacemos más que hablar de teorías y opiniones, y de cómo quizá una ínfima parte de lo que se cuenta sobre algunos autores podría ser cierto. Pero ¿cuándo se tiene una oportunidad tan clara como esta de comprobarlo?

—A ver, Elia —habló Primero, algo confundida—. Habla un poco más despacio porque creo que no te he entendido. ¿A qué teoría te refieres?

—Vamos, tus antepasados nos describieron el Inframundo. Hay infinidad de textos que mencionan el Infierno, pero ninguno con la precisión y el simbolismo del de Dante. ¿Y si de verdad estuvo ahí? ¿Y si no fue el único que viajó a través del Infierno? Tenemos que hacer el ritual de Abigail. Se lo debemos. El grimorio nos ha encontrado para esa tarea.

—¿Viajar al Infierno? ¿Estáis locos? No contéis conmigo para eso.

—No sé, Bruno —dijo Séptimo—. Si funciona, sería una pasada de descubrimiento. Cambiaría la perspectiva desde la que vivimos. ¿No te gustaría formar parte de eso?

—Solo puede hacerlo uno —aclaró Octavo a Quinto antes de que respondiera—. Uno de nosotros tendría que ser el que se preste a ser el viajero y probar si el ritual funciona. Los demás solo seríamos una especie de soporte energético, o así lo he entendido.

Las cabezas giraron a un lado y a otro, como si estuvieran a punto de ser seleccionados para la guillotina o para el honor más elevado de una sociedad tribal. Había miedo en sus ojos, pero también cierta curiosidad.

—No tenemos que decidirlo ahora —añadió Cuarto

para calmar las aguas—. Por favor, pensadlo. Si funciona, quien lo haga habrá estado allí de donde nadie ha vuelto para contarlo. O casi nadie, si Dante está en lo cierto. Será especial en el mundo, en este círculo... y en mi corazón.

Elia no necesitaba ningún adorno más para su discurso, ni siquiera un gesto que eliminara toda la ambigüedad. Cualquiera de los allí presentes estaba de sobra preparado para leer entre líneas, llevaban veintiuna semanas haciéndolo.

Aquel a quien ya había escogido secretamente, también.

—No os vayáis aún —dijo de nuevo—. Abigail Quiroga perdió su sitio en este mundo. Démosle uno en nuestro círculo como símbolo del ser especial que era, como todos nosotros lo somos. ¡Que reine en el sexto círculo!

El primer asentimiento fue de Octavo. El resto se unió con gestos lentos al principio; luego el entusiasmo de Cuarto se contagió. Se tomaron de las manos y cerraron los ojos en una invocación velada que no se había consensuado en voz alta, pero que parecía natural. Espontánea. Honesta.

Y hablaron por si las almas condenadas escuchaban:

—Abigail Quiroga, representas el sexto círculo del Infierno, y a él te debes. Este círculo es el de los herejes. Nadie más puede ocupar tu lugar. Como en el mundo, en este club, eres especial y única. Todo lo que suceda, acción o palabra, dentro del décimo círculo que conformamos es confidencial y no abandonará estas paredes, bajo pena de expulsión.

Cuarto abrió los ojos antes que nadie y observó el aquelarre, su disposición, la solemnidad en sus rostros. Fijó la mirada en Octavo, que abrió los ojos en ese momento, dirigiendo todo su cuerpo hacia ella, y asintió con seriedad. Elia, en cambio, sonrió.

Al fin.

11

No quiso tentar a la suerte, así que esperó en la puerta del aula en la que el profesor Villar terminaba una clase de Literatura española de la Edad Media. Lo abordó con una urgencia inusual en ella que también le resultó inesperada al profesor, a juzgar por su genuina cara de sorpresa.

—Profesor, ¿tiene un momento?

—¿Pasa algo, Gara?

Ella se percató de su tono serio e hizo un esfuerzo por relajarlo.

—Tengo una pregunta rápida y no sabía si estaría en el despacho.

—Claro, tengo una clase dentro de media hora y pensaba tomarme un café. ¿Me acompañas?

Alargar la consulta no formaba parte de sus planes. Cuando tenía aquellos impulsos movidos por la intuición necesitaba inmediatez. La paciencia no era una de sus virtudes. Aun así, aceptó la invitación. El profesor se pidió un par de tostadas de jamón, tomate y aceite y un café muy cargado, mientras que Gara optó por su habitual té.

—Creía que estabas interesada en el siglo diecinueve —comentó el profesor mientras devoraba el desayuno y se limpiaba el bigote canoso lleno de aceite—. Discúlpame, pero tengo un descanso corto y no me ha dado tiempo de comer nada. Estos horarios acabarán conmigo.

—Bueno, aún estoy configurando el tema. Dante es, sin duda, muy interesante, pero ya ha sido investigado muchas veces en todo el mundo. Quizá usted sepa referirme algún trabajo sobre él… Sobre todo acerca de su simbolismo, qué hay detrás de una obra como la *Divina Comedia*, qué lo inspiró. Algo más interesante que un montón de suposiciones puramente académicas. Es una obra compleja; tiene que haber algo más.

—Es un autor tan misterioso y su obra tiene tantas interpretaciones, que, por supuesto, ha llamado la atención de muchos estudiosos a lo largo de los siglos. No sé si podrías sacarle algo más de jugo. A lo mejor, si encuentras una perspectiva interesante que no se haya tocado todavía… —El profesor levantó su aceitoso dedo índice—. Imagino que conoces el estudio preliminar que hizo Jorge Luis Borges. Podrías empezar por ahí para situarte. Existe alguna tesis que investiga su posible influencia en obras castellanas de los siglos quince y dieciséis.

—¿Y qué hay de la parte esotérica? —La pregunta de Gara se tradujo en una expresión de extrañeza en el rostro del profesor—. Me refiero a que ya se conoce su importancia literaria, pero me gustaría ir más allá. Teorías conspiranoicas, posibles significados ocultos, quizá alguna relación con la masonería.

Gara ignoraba si había dado en el clavo con alguno de los ejemplos, pero necesitaba ser precisa para no pasarse horas leyendo sobre sesudos análisis literarios de una obra diseccionada hasta la saciedad por los eruditos.

—Ten cuidado con elaborar una tesis basada más en suspicacias y supersticiones que en lo académico.

—Lo tendré en cuenta.

—De acuerdo. En ese caso, ¿te suena el nombre de René Guénon? —Ante la falta de respuesta, prosiguió—: Fue un filósofo francés del siglo diecinueve que se empeñó en divulgar las tradiciones espirituales. Un flipado de la metafísica, como decís vosotros ahora. Su obra influyó en muchos autores, entre los que estaba André Breton, el precursor de la escritura automática. —Gara aguantó la inercia de soltar un suspiro de asombro. Los puntos del mapa se iban uniendo y formando un camino—. Escribió bastante sobre religiones, metafísica y sociedades iniciáticas. Seguramente era masón. El caso es que analizó la obra de Dante desde un punto de vista simbólico.

—¿La biblioteca de la universidad tiene algo de Guénon?

—Estoy seguro —respondió mientras masticaba el último bocado—. Echa un vistazo en la de la facultad, y si no, probablemente esté en la municipal. Hay unas cuantas librerías que tienen tomos antiguos. Puede que también te puedan ayudar.

—Probaré en esta, ya que ando por aquí.

Gara se bebió su té de una sentada.

—Ah, dudo que haya una mejor sensación que la satisfacción de haber comido. —Se tocó la panza, lo único abultado en un cuerpo esquelético—. Quizá la de una buena siesta, pero para eso tendré que jubilarme.

—Debo irme. Le agradezco mucho la información. Estaba algo… atascada.

Gara hizo amago de levantarse.

—Espero que tengas el artículo a tiempo. No quiero agobiarte, pero ahora mismo es la prioridad.

—No se preocupe. Estará listo.

El profesor pareció aceptar su compromiso verbal. Gara abandonó la cafetería con premura e hizo las pesquisas pertinentes para localizar alguno de los trabajos del tal René Guénon. Agradeció que todo pudiera consultarse de forma digital para ahorrarse unas horas de búsqueda. La curiosa conexión entre la aparición de aquella obra clásica, su interés previo por el siglo xix y la reciente incursión en el espiritismo conformaron una Santa Trinidad en forma de señal que le resultó difícil de ignorar. El número tres era una cifra sagrada y plagada de simbolismo a lo largo de la historia. El escepticismo y la razón a los que tanto se había aferrado empezaban a tambalearse.

Ninguna de las bibliotecas de la universidad poseía un ejemplar de los libros de Guénon y en la municipal solo encontró los relacionados con la metafísica y la filosofía, así que optó por la última sugerencia del profesor. No fue complicado dar con una librería que lo vendiera. Adquirió el libro y entró en una cafetería algo concurrida. Se sentó a una mesa del fondo, sacó un lápiz y decidió que aquel ejemplar se había ganado el privilegio de ser la edición anotada.

Se trataba de un libro pequeño y corto, pero extremadamente sesudo. Constituía una divagación sobre la conexión dantesca con la masonería, la Orden de los Templarios y algunas de las religiones mayoritarias de Oriente. De hecho, Gara llegó a dudar de su propia capacidad para comprender nada, pues las teorías metafísicas y esotéricas y las referencias a las historias de los masones eran enrevesadas. Aun así, algunos pasajes llamaron su atención. En particular un verso al que hacía referencia:

Oh, hombres que no podéis ver el sentido de esta Canzone, no la rechacéis; prestad atención, más bien.

Guénon estaba convencido de que Dante había dejado un rastro de pistas para aquellos capaces de localizarlas, como él, y que las había ocultado en su *Divina Comedia* para evitar acusaciones de herejía. Pero el tiro le había salido por la culata. Daba muestra de las perfectas similitudes con los Infiernos descritos por algunas obras pertenecientes al islam y al hinduismo, que no habrían podido llegar a manos de Dante por su lejanía en el espacio y el tiempo. Por lo tanto, la conclusión era clara: si diferentes mentes ilustradas habían dado cuenta del Infierno de la misma forma, este era tan real como ellos mismos; y habían dejado un mapa para que los más inteligentes dieran con él.

Una mezcla de entusiasmo y terror luchaba en el fuero interno de Gara. Si la teoría de Elia, y, al parecer, de unos cuantos estudiosos más, era cierta, la confirmación de la existencia del Infierno supondría una revolución en todos los sentidos para la humanidad. Afectaría a todas las parcelas de la vida de maneras impredecibles y, teniendo en cuenta nuestro historial como especie, probablemente las consecuencias fueran catastróficas.

Por otro lado, la ausencia de Elena continuaba formando un río de sangre fresca y, si no detenía la hemorragia, acabaría internada en un psiquiátrico.

Agarró el móvil y pulsó en el contacto elegido sin pensárselo dos veces. Dio tres tonos antes de que descolgaran con sorpresa.

—Hola.

—¿Tienes un momento?

—Claro. —Alberto se excusó con la compañía que tenía cerca—. Dime. ¿Cómo estás?

—Esa es una pregunta difícil de responder. Estoy... que ya es algo. ¿Y tú?

—Hago lo que puedo. Decidí tomarme un descanso del trabajo, pero sigo en la misma ciudad. Por aquí te echamos de menos.

Escuchar la melodía de su acento de eses aspiradas y seseo constante le recordó a su madre. Gara tomó aire y soltó lo que pugnaba por salir hacía tiempo:

—Necesito saber la verdad. ¿Mi hermana... se suicidó?

Cada una de las letras de aquel vocablo eran afiladas cuchillas que le rasgaron el alma. Hubo unos segundos silenciosos y un suspiro ansioso antes de que Alberto respondiera.

—Ojalá pudiera decirte que sí para que dejaras de atormentarte al menos —dijo—. O responderte con un no rotundo, aunque las dos cosas supondrían darle vueltas a cómo haberlo impedido. El caso es que no lo sé, Gara. Elena no dejó ninguna nota y la autopsia no fue concluyente. Había tomado ansiolíticos y aquella carretera no suele ser peligrosa, pero los accidentes ocurren.

—Lo peor es que sé que nunca me lo habría contado —añadió Gara—. Si hubiera estado mal, no me lo habría dicho.

—Para protegerte.

—Para malcriarme. Elena siempre me vio como un bebé indefenso, incapaz.

—Quería evitarte cualquier sufrimiento.

—Y, mira, aquí estamos. —El tono de reproche resultó doloroso.

—Supongo que tendremos que vivir con la incógnita o elegir una versión. —Hizo una pausa—. Gara, sabes que no tienes que pasar por esto sola. Aunque Elena ya no esté, nosotros seguimos contigo. Yo sigo contigo —repitió.

—Lo sé, pero hay asuntos de los que me tengo que ocupar sola. Tengo que dejarte.

—Cuídate, Gara. Espero que vuelvas algún día a la isla.

Un «adiós» fue lo único que logró pronunciar. Haberle respondido tanto con una afirmación como con una negación habría sido una gran mentira. Regresar a Gran Canaria no era una posibilidad en aquel momento. Un sabor agridulce se le quedó en la boca y, aunque la llamada no le había aclarado nada, sí que indicaba cuál debía ser el siguiente paso.

Miguel había rechazado verse en el Bohemia. En su lugar, se encontraron en un bar de la parte baja del Albaicín. Gara tuvo que insistirle un poco para que aceptara la cita, pero la revelación de su incursión en el sótano el lunes pasado funcionó mejor que cualquier chantaje. Cuando llegó, el joven ya estaba sentado en la terraza jugando, nervioso, con la pajita y los hielos de su bebida.

Gara debió de fijarse con demasiado ahínco en la Co-ca-Cola, a juzgar por el comentario de Miguel.

—No te preocupes. Hoy no tendrás que avisar a mi hermano para que me lleve a casa.

Lo más curioso es que no sonó a reproche, sino a un hecho del que se avergonzaba. Ella también se sentó y pidió lo mismo.

—Si fuiste al Bohemia el lunes, ya sabes más de lo que yo te pueda contar.

—Bueno, tengo muchas preguntas; por ejemplo, por qué no estabas allí y, sin embargo, has accedido a hablar conmigo.

Miguel tamborileaba con los dedos sobre la mesa, visiblemente intranquilo.

—El otro día recibí un manuscrito antiguo en la residencia —prosiguió Gara—. Sin remitente ni nada. Y me ha tenido intrigada. Después de darle muchas vueltas, finalmente he concluido que todas las probabilidades apuntaban a alguien en quien no había pensado. Esa persona eres tú, Miguel, y no nos vamos a ir a casa hasta que me expliques por qué le robaste el libro a Elia para enviármelo a mí.

Los golpecitos en la mesa cesaron y se transformaron en un temblor en su pierna derecha. Se recolocó en la silla y carraspeó. Gara percibió algo más que la habitual tristeza de su mirada. Había miedo en sus ojos.

—¿Crees que es posible lo que Elia propone?

Gara disparó a matar. No quería perder más tiempo.

—No lo sé —respondió él casi sin dejarla terminar de formular la pregunta—. Antes me daba igual, lo hacía por Santos. Ahora… solo pienso en que ojalá sea así, ¿sabes? Para poder echarle en cara lo que me hizo.

—¿Qué está pasando, Miguel? ¿De qué va todo esto? —Sonó desesperada y con la voz y la voluntad agotadas—. Dime algo de una vez.

—Quería que lo vieras por ti misma. No me habrías creído si te hubiera dicho lo que habían hecho, lo que pretendían hacer.

—¿Por qué yo?

—Sabes lo que es perder a alguien. —Miguel bajó la mirada vidriosa—. Hagas lo que hagas, lo entenderé. Pero debías decidirlo tú, Gara. Los libros nos encuentran, eso te habrán dicho, pero algunos son peligrosos. Santos se arriesgó, pero no lo hizo por una buena razón. Quizá tú sí.

No sabía cómo tomarse aquello. Por un lado, la estaban empujando a una especie de ritual masónico o ancestral que no ofrecía garantías, una propuesta que rezumaba peligro por todos los costados; por otro, Miguel había sido una de las pocas personas en mucho tiempo que le otorgaba la capacidad de elegir. Sin condescendencia ni actitud sobreprotectora. Y la verdad era que Gara deseaba creer en esa ínfima posibilidad de contacto con el Más Allá. Lo anhelaba tanto como Miguel, aunque él se esforzara más por disimularlo. La rabia y el resentimiento por Santos no alcanzaban a ocultar algo más profundo.

—Nunca te di las gracias —dijo Miguel de repente.

—¿Por qué?

—Por decir que fuiste tú quien había escrito la frase de Agustín de Hipona.

De nuevo, enmudeció un instante.

—¿Por qué no me hablas claro?

Miguel tenía los ojos fijos en la mesa, pero hubo una milésima de segundo en que dudó. Vaciló y observó con un movimiento rápido, casi imperceptible, lo que le rodeaba, y ella lo supo. Había una razón para sus frases enigmáticas, las medias verdades, las adivinanzas.

—No te sientes a salvo... —susurró casi para sí misma, pero él la había escuchado y tomó su silencio por una confirmación.

El encuentro no duró mucho rato. La intuición de Gara la empujaba a ser prudente y no presionar más de lo necesario. La posibilidad de colocar a Miguel en una situación peligrosa, fuera cual fuera, le impedía empujarlo más hacia el precipicio para obligarlo a hablar.

Pero la desconfianza sobre lo que la rodeaba crecía.

Existía la opción de marcharse de nuevo, huir como había hecho al abandonar la isla, dejar que Granada fuera otro nombre más en su lista de fracasos y lugares a los que no volver. La idea le seducía. Romper con todo y esconderse en las profundidades de otro sitio, quizá inventarse una nueva versión de sí misma que no hubiese conocido a Elena, que no hubiera perdido a su madre, que lograra enterrar el equipaje que tanto le pesaba.

Y, de pronto, los pensamientos más lúcidos o estúpidos que jamás había tenido hicieron acto de presencia. Eran nubes que invadían con su tacto gaseoso la totalidad de su raciocinio. No importaba adónde huyera, aquella pesada carga la encontraría. Porque los asuntos sin resolver se aferraban al espíritu como un hongo y crecían alimentados por la falsa sensación de tranquilidad que da ignorar el dolor. Incluso se planteó hablar con su padre y confesar que aquello le sobrepasaba, que necesitaba ayuda para continuar, pero si había dos sentimientos con semejantes dosis de poder, uno era sin duda el orgullo.

El otro, la culpa.

Dejó a Miguel en la terraza y corrió hacia la residencia. Si los que compartían tiempo y lugar con ella no le ofrecían respuestas, las buscaría en otro siglo. Se apresuró con tanta urgencia que, al entrar, la recepcionista le preguntó en un grito si se encontraba bien, pero Gara subió las escaleras más aprisa aún. Cuando abrió la puerta de su habitación, comprendió que no era la única que necesitaba leer aquel grimorio. Todo estaba patas arriba. Los cajones abiertos, el escritorio desordenado y la cama deshecha. Concluyó que haberlo escondido bajo el colchón ni había sido inteligente ni había funcionado. El manuscrito había desaparecido.

Puso el colchón en su sitio y se dejó caer encima. Entonces recordó que había tomado algunas fotos de las páginas del libro, como solía hacer con los que eran tan antiguos que nadie podía predecir cuánto durarían. Sacó el teléfono y amplió algunas imágenes para leer los textos:

Si supieran que escribo esto, que alguien tan inferior como yo sabe juntar letras.

Quien tenga este diario en sus manos tiene el poder de hacer justicia. Por favor...

La preocupación de Abigail por su hermana era profunda y genuina, tanto que emanaba de sus escritos como un humo contagioso que se incrustaba en el corazón. Colocarse en su lugar era inevitable, igual que lo hacía con cualquiera de los personajes de las novelas que devoraba, solo que en aquella ocasión no se trataba de ficción. La crueldad de lo relatado le heló la sangre y un ardor de rabia le nació en la boca del estómago.

Si hubiera un poder al que encomendarse para sanar todos sus errores, para salvar a su hermana de un destino fatal, no cabía duda de que habría sucumbido también. Entonces abrió uno de los esquemas del Infierno de Dante que había encontrado por internet y repasó cada círculo minuciosamente.

Uno a uno.

Los pecados.

Las condenas.

Lo que Elia le estaba pidiendo era la locura más estúpida y peligrosa que se había puesto en su camino hasta la fecha. Aun sin el conocimiento ni los detalles de las pautas del ritual, sabía que no se trataba de algo inocuo. Hasta la hipnosis podía causar un efecto psicológico que alteraría su mente durante el resto de su vida.

Pero había otra cosa que la acompañaría para siempre, aferrada a su piel con sus fuertes garras, sin darle tregua, hasta que el peso de su condena la aplastara y la dejara inservible. La culpa era la carcoma que la pudriría por dentro si no se sacaba su veneno, y no sería capaz de hacerlo sin el perdón de Elena.

Debía descender al Infierno. Solo allí encontraría respuestas.

Pidió un taxi en recepción y aguardó en la puerta hasta que el vehículo blanco se detuvo y el conductor le indicó que subiera. En unos minutos que su conciencia no contabilizó, se vio de pie ante la puerta del piso de Elia.

Lo que pretendía era arriesgado, pero no tanto como pasarse una vida arrepintiéndose de no haberlo intentado. Llamó y la joven le abrió con un rostro de sorpresa.

—Tengo una propuesta —dijo Gara.

Círculo VII
Violencia

Tamborileaba los dedos en mi muslo. No se me ocurría mejor forma de incrementar la ansiedad de la espera que establecer como límite el final de una reunión. Qué salvajemente estresante era lo incontrolable. ¿Cómo podían llevar a cabo una sesión como si nada? Si no hubiera recibido ayuda de lo que me brindaba la naturaleza, no habría pegado ojo la noche anterior.

Qué pena que Dante considerara violento utilizar ciertas sustancias para animar el cuerpo y la mente, o asistir a otros a que también las disfrutasen. De todas formas, el séptimo círculo habría estado plagado de estrellas del rock.

—No lo entiendo —decía Quinto—. Por supuesto

que si haces un pacto con el mismísimo Diablo, acabarás mal. Quien juega con fuego...

—Dudo que Fausto no fuera consciente de eso.

—¿Puedo, Octavo? —se ofreció Primero—. Me encanta esta historia. —Un asentimiento por parte del aludido le dio permiso para explicarse—. Hay una gran cantidad de alusiones filosóficas aquí.

—Madre mía, Leda. Tu español mejora por momentos —interrumpió Quinto.

Cuarto ya lo miraba con hastío, como a un paciente incurable al que había que soportar hasta que exhalara el último aliento.

—Gracias. Estas lecturas me ayudan mucho. El caso es que Fausto busca la experiencia. No se siente satisfecho fácilmente. Participa en un montón de ritos, como la noche de Walpurgis, seduce a quien no debe, mata y todo eso. Es un hombre infeliz. ¿No es así en la mayoría de nosotros?

—El ser humano está eternamente insatisfecho —admitió Octavo—. Por eso algunos se tiran desde un balcón a la piscina del hotel, en busca de nuevas emociones. ¿Planteas que es algo inevitable, que estamos condenados?

—A ser infelices, probablemente. Fíjate, él tiene la sabiduría y el conocimiento, pero no son suficientes. No conoce los placeres de la vida.

—No hemos venido a este mundo a sufrir ni a pasarnos el día estudiando. Llevo diciéndolo desde el principio. Fausto me da la razón —bromeó Quinto.

—También se refiere a lo carnal...

—Y sabíamos que tú te darías cuenta, Segundo.

Hasta el propio susodicho arrugó el ceño con muy poca credibilidad ante mi comentario. Sus pasatiempos eran *vox populi*.

—¿Quién se atrevería? —Cuarto posó su mirada en cada uno de los miembros sentados en círculo—. ¿Quién de vosotros haría un pacto con el Diablo?

—Depende de para qué... —respondí.

—Para lo que tú quieras —aclaró Primero—. Es el Señor de las Tinieblas. Tiene el poder de concederte todo lo que desees.

—Sí, pero por un precio.

Era la primera vez en toda la sesión que Tercero pronunciaba una palabra, y lo que dijo al menos dio que pensar a un par de los presentes, que apoyaron la cabeza en las manos y guardaron un silencio reflexivo.

—Precisamente en eso consisten los pactos —apuntó Cuarto con cierto desdén—. Te cambio la pregunta, si lo prefieres. ¿Qué precio estarías dispuesto a pagar por conseguir aquello que más deseas?

—Hay cosas que no se venden.

—Vamos, Tercero. Todos tenemos un precio —le apreté. No me caía mal, pero estaba un poco cansado de tanta máscara—. No te hagas el digno.

—Eso, Tercero. —Cuarto se deleitó pronunciando su apodo, como si generara un ronroneo siniestro más que una palabra—. Baja a la Tierra, con los humanos. Sé un pecador como todos nosotros.

El cruce de miradas se tornó un lenguaje tácito que, aunque solo ellos fueran capaces de comprender, rezumaba tensión con cada pestañeo. Me divertía su intento disimulado de pelea.

—¿Esa es tu forma de admitir que le venderías tu alma al Diablo, Elia?

—Cuarto —corrigió con evidente fastidio—. Si me concediera lo que más deseo, probablemente. Soy tan corruptible como cualquier humano.

—Pues ahí tenéis a vuestro Fausto. Espero que el premio merezca la pena de una condena eterna.

—Bueno, Fausto también quiere la eterna juventud y la verdad es que yo no sé si querría vivir para siempre —dijo Segundo para rebajar la tensión—. Debe de ser agotador...

Aquella aseveración abrió la veda para una discusión sobre los pros y los contras de la inmortalidad, en la que tanto Octavo como Primero demostraron sus conocimientos filosóficos e históricos, y obligaron al resto a posicionarse en uno u otro bando. En cierto modo, lo encontré entretenido, una agradable forma de empujar hacia el fondo de mi mente lo que me provocaba impaciencia.

Había sido complicado conseguir la sustancia que me había solicitado Cuarto. La belladona no se cultivaba demasiado por estas latitudes, pero de algo me servían mis contactos en los bajos fondos, esos que a veces me proporcionaban otras sustancias con las que regalarle un descanso a un cerebro saboteador.

Mi cabeza era la de un artista. Solo cabían dos opciones para que se detuviera: distraerla con las musas u obligarla por las malas con la química.

Cuando ya llevábamos cuarenta y cinco minutos charlando sobre Goethe, su compleja obra y las posibilidades de un trato con Lucifer, y se habían lanzado suficientes pullas entre Cuarto y Tercero, opté por finalizar mi participación. En una inteligente jugada, las intervenciones decayeron y la sesión se dio por terminada con la conclusión de que también aquella lectura constituía una prueba de que el Infierno era a la vez una amenaza y una tentación. Los humanos poseíamos toda una vida para decidir si sucumbíamos a una categoría o a otra.

Me encantaba esa idea de dar un paso más allá.

—¿Podemos hablar de lo importante, por favor? —pregunté con ímpetu.

—¿Lo tienes, Genio? —dijo Elia.

—La duda ofende.

—¿En serio seguís con la idea del ritual?

—No tienes que participar si no quieres, Miguel —aclaró Elia.

—Eso te encantaría, ¿verdad?

—Vale, las peleas luego, que nos van a echar de aquí en breve. —Saqué una bolsita de tela con unas hierbas—. La dosis tiene que ser baja, si no queremos tener un disgusto.

—¿De verdad que es la misma planta que usó Julieta para hacerse la muerta?

—En teoría, debió serlo —le contestó Uri a Bruno—. Se supone que eso ralentiza el latido del corazón hasta que es imperceptible.

—No quiero saber nada de esto. No contéis conmigo.

Miguel salió con un sonoro portazo sin dar opción a réplica. Leda se quedó paralizada un instante y chascó la lengua.

—¿Y si tiene razón?

—Ni caso. Es un cobarde.

—Está en su derecho —apuntó Bruno a Elia.

—¿Cómo de peligroso es esto?

—No, Santos —se quejó Elia—. No te dejes contagiar por su miedo tú también.

—No estoy asustado. Solo quiero saber los riesgos.

Recibí una mirada de súplica por parte de Elia y actué en consecuencia. Había que seguir adelante a toda costa. Nuestra gesta, si era cierta, nos haría tan inmortales como a los héroes griegos.

—Solo tienes que tomar un poco, lo suficiente para simular tu muerte. No vamos a dejar que te pase nada.

—Me acerqué al oído de Santos—: Elia no lo permitiría.

Círculo VIII
Fraude

Sesión extraordinaria
22 de febrero de 2023

—¿Qué hacemos aquí, Uri? Podríamos haber quedado en la cafetería —dijo Santos.

—Lo que vamos a hablar es confidencial —contesté mientras giraba la llave en la cerradura.

Entré primero. Me resultó extraño estar ahí un miércoles por la noche. El piano no sonaba, como cada lunes, para dejar espacio a las preguntas y las respuestas del concurso de *Trivial* que solían organizar en el Bohemia. Eso los mantendría ocupados y el amigo de Genio no nos daría problemas ni nos apremiaría por demorarnos un rato.

—Supongo que Elia ya te ha ido con el cuento… Siempre envía a otro a luchar sus batallas.

Santos permaneció de pie junto a la puerta con las manos en los bolsillos de sus estrechos vaqueros grises. Era consciente del poder que ejercía mi veteranía y del peso que les proporcionaba a mis argumentos. El lado bueno de ser el mayor de los siete.

—Me ha contado que tienes dudas, eso es cierto. Pero la idea de venir a hablar contigo ha sido mía. Esto no es una sesión, ¿vale? No del todo. Aun así, tengo que asegurarme de que lo que digamos no salga de aquí. ¿Puedo confiar en ti? —Santos asintió despacio—. Escucha, cuando encontré el grimorio no me lo podía creer. He contado esa leyenda tantas veces que para mí es como una oración, uno de los temas que te aprendes para un examen y ya está. Hay tantas versiones de mitos y cuentos rondando por ahí, que posiblemente la mayoría sean tergiversaciones con un mínimo poso de realidad. Pero resulta que el manuscrito existe. No ha sido una coincidencia. Llevo mucho tiempo prestando atención, siguiendo indicios, pateándome esta ciudad y algunos pueblos de la provincia. Y todo este tiempo ha estado escondido bajo nuestros pies.

—¿A qué te refieres?

—Hay unas galerías bajo el Gran Capitán que están llenas de tesoros escritos siglos atrás. Dudo que nadie haya sido capaz de investigar cada uno de esos tomos. Ni siquiera puedo confirmar que sepan de su existencia. Y si lo saben, guardan el secreto como si fuera el Santo Grial.

—Tal vez deberías ser un buen profesional y contar

que lo has encontrado. ¿No quieres que se conserven todos esos libros?

—Fue lo primero que pensé. Todos esos retales de la historia ahí abajo, solitarios y olvidados... Pero ¿te imaginas lo que harían con un manual de brujería del siglo quince? ¿Crees que no nos ocultan otros libros prohibidos? Tomos que, probablemente, cambiarían nuestra perspectiva del mundo.

—No te hacía un adepto de las conspiraciones.

Santos se relajó un poco, bajó los hombros y dio un par de pasos para aproximarse a mí. Yo caminaba de un lado a otro como si diera una de mis charlas. Me fascinaba la oportunidad que teníamos enfrente: la entrada a un parque de atracciones por el que muchos eruditos matarían. No estaba dispuesto a quedarme fuera. De eso nada. Mi labia, tan apreciada en múltiples esferas comerciales y de la vida cotidiana, me sería terriblemente útil, aunque Dante no estuviera orgulloso de mí y me condenara, de seguro, al propio círculo que representaba. Pero hasta el bebé más inocente manipula con su llanto para conseguir lo que desea.

—No lo soy, pero tampoco soy un ingenuo. —Me recoloqué las gafas e hice una pausa—. Recuerda la última sesión.

—Hablamos sobre vampiros. ¿Qué pasa?

—No, hablamos sobre *el* vampiro. Drácula es un maravilloso ejemplo de lo que la superstición y el miedo a lo desconocido, a lo sobrenatural, causan en las personas. De forma individual aún conservamos algo de inteligencia, pero la masa es estúpida.

—*Men in black*. ¿Y qué?

—En realidad, la idea viene de un pensamiento anterior que expresó Albert Einstein, pero con que entiendas el concepto, me vale. Lo que quiero decir es que, a pesar del entusiasmo de Elia, puede que no salga nada de todo esto. Que continúe siendo eso, una leyenda que contar a los turistas. Quizá lo que ocurrió con aquellas hermanas fuera producto de la superstición y la misoginia. Una campesina que sabía leer y escribir y una niña albina. Un cóctel letal para la época.

—Elia está empeñada en que, si descubrimos que el Infierno es real, podremos enmendar tantas injusticias. —Negó con la cabeza con incredulidad—. A veces creo que Miguel tiene razón y se ha vuelto loca. Y otras, me fascina su pasión por ser la abogada de las causas perdidas.

En aquel momento quise sacudirle su ingenuidad, pero me servía que pensara que aquel era el verdadero motivo de Elia.

—Entonces entenderás que no se dará por vencida. Al menos, no hasta que compruebe que es todo un cuento. Solo tienes que fingir durante un rato, serás el vampiro, un no-muerto que lo parece, y después todo habrá acabado, y Elia... tendrá que conformarse con la aburrida realidad, pero tú habrás escalado un peldaño.

Santos suspiró, dubitativo, y me imitó en un corto paseo por una reducida distancia de la sala. Sabía que aún no se había dado por vencido. Tendría que sacar toda mi artillería para contrarrestar la perseverante labor que había hecho Miguel.

—Para Van Helsing, la verdad del ser humano puede encontrarse en sus escritos, igual que para otros estaría en la naturaleza o en las matemáticas. De hecho, cree conocer a Mina solo por haber leído su diario. —Santos alzó la vista para prestarle atención—. Eso es justo lo que le sucede a Elia. Quiere creer que es posible y, mientras no lo intente, la diferencia entre la superstición y lo real se reduce a una opinión personal.

—¿Y tú qué piensas? Miguel cree que me dan miedo esas hierbas que tengo que tomarme, pero no es eso lo que me mantiene inquieto.

—Te escucho.

—¿Qué pasará, Uri? ¿Qué hará Elia si todo es mentira? ¿Se rendirá? Aunque quizá lo que más me aterre sea qué haremos todos si lo que escribió esa niña es cierto, si el Infierno es tangible y todo lo que hemos leído es real. —Resopló con asombro—. Ni siquiera me puedo creer que esté considerando la posibilidad de que todo esto tenga sentido. A lo mejor el loco soy yo...

Percibía a un joven asustado y me sorprendí de ver aquella imagen de Santos, un tipo apuesto y de apariencia dura de quien suponía que había sufrido poco en su corta vida. Entonces comprendí que necesitaba utilizar un arma bastante más poderosa si quería lograr un compromiso por su parte de no arruinar el plan establecido.

Y la usé, con la misma lucha contra mi conciencia que el Drácula al que apelaba se bebía la sangre de sus enemigos.

—Miguel solo intenta proteger tu secreto. —Santos fue incapaz de esconder una expresión de desconcierto que no hacía sino confirmar lo que no se había pronunciado aún—. No te preocupes. No tengo intención de decir nada. Tus preferencias sexuales no son asunto mío. Pero una de esas dos personas acabará traicionada y ambos sabemos que sus reacciones no serán iguales.

Santos tragó saliva y, aunque tomé el gesto como la confirmación de que había comprendido mi velada explicación, no canté victoria todavía.

—Elia no haría eso...

—Solo intento que sopeses las consecuencias de todo. Elia tiene buenas intenciones, pero es impulsiva. No puedo asegurarte que...

—Tenéis que marcharos. —La forma súbita en que el camarero del Bohemia abrió la puerta nos sobresaltó—. Mi jefe llegará en veinte minutos. Y procurad que la gente no se dé cuenta de dónde salís. Coged alguna caja de botellas o algo así.

Sin esperar respuesta, el camarero se dio media vuelta y se fue. El chirrido de la madera al subir corroboraba su urgencia.

Agarré una caja de botellines de cerveza que me quedaba cerca y me dirigí a la salida.

—Espero que tomes la decisión correcta.

Era consciente de que me la jugaba a una carta envuelta en un farol, pero si algo había aprendido de la historia y de mi trabajo como guía era que para conseguir que los hechos, reales o ficticios, calaran solo era necesario manejar bien el lenguaje.

Me deslicé hacia la oscuridad como una esbelta sombra. Santos permanecería en vela toda la noche, hipnotizado con las semillas de los pensamientos que había plantado en su maleable mente.

Una Lucy Westenra más de un astuto vampiro.

12

Una inspiración profunda y lenta.

Retuvo el aire en los pulmones tanto como pudo y luego lo soltó despacio. La teoría decía que durante la meditación debía procurar que los pensamientos pasaran de largo, reconocerlos y no esforzarse por mantener una mente en blanco, a diferencia de la creencia popular. Saludarlos igual que a un transeúnte conocido, sin detenerse a charlar con ellos.

Lo intentaba, pero lo único que resurgía de las entrañas del subconsciente eran retazos de la conversación de la noche anterior con Elia.

—No sé qué estoy haciendo aquí —le dijo en cuanto le abrió la puerta de su piso.

Elia, ya en pijama, la invitó a pasar. La tenue luz de una lamparita en la esquina del salón constituía la única fuente de iluminación. No se había planteado que hubiera alguien más allí o que el reloj diera ya más de las doce.

—Leda se ha ido a dormir hace rato.

Aquella fue la señal de la posibilidad de una conversación para la que no se había preparado. Gara no paraba de dar vueltas de un lado a otro del salón. A veces murmuraba algo para sí misma.

—Todo lo que se me pasa por la cabeza suena a locura —habló al fin, cubriéndose la cara con las manos—. Necesito saber y, a la vez, no sé si quiero. No puedo vivir con la incógnita de si mi hermana... —se detuvo y enseguida desechó la opción de continuar omitiendo la dichosa palabra— se suicidó o solo fue un accidente. La policía no confirma nada. No dejó ninguna nota. ¿Qué otra forma existe de poder averiguarlo?

—Siéntate, por favor. —Elia señaló con suavidad un lado del sofá y ella obedeció. Al dejarse caer, se le escapó un suspiro—. A veces se nos presenta la oportunidad que llevábamos tiempo buscando y eso da mucho miedo. Es una especie de vértigo. Tienes ganas de asomarte a admirar las vistas desde todo lo alto, pero sabes que existe la posibilidad de tropezar y caer. Lo sé, Gara. Pero también sé que estuvimos muy cerca la última vez y que, si lo conseguimos, habremos logrado algo asombroso que puede cambiar la vida de muchas personas. Lo que les pasó a las hermanas Quiroga no fue justo. No merecen vivir una eternidad atrapadas en un lugar así, si es que existe.

Ninguna lo confirmó en voz alta, pero compartían la duda de que así fuera. Quizá por todas esas veces que había soñado con que el mundo de ficción creado por un autor no se tratara de eso, de un fugaz sueño.

—¿Qué sois? ¿De qué va todo esto?

Elia hizo un amago de hablar, pero se arrepintió.

—Cuéntame la verdad o salgo por esa puerta y no vuelves a verme nunca más —insistió Gara, que, a pesar de su todavía reticencia a dejarse llevar por los planteamientos que la rondaban, había rozado el límite de su paciencia en otros asuntos. Ya no podía tantear con delicadeza o rendirse a la pereza ansiosa de un conflicto. Se trataba de pasar un mal rato o de vivirlo el resto de su vida.

—Nos conocimos a intervalos —comenzó a relatar Elia tras un suspiro. Sus ojos se perdían en el baúl de sus recuerdos—. Cuando te topas con un libro que te toca de una forma especial, de forma individual, como si fuera una cita a ciegas en la que todo sale sospechosamente bien... Cuando eso sucede es maravilloso. Pero si ocurre con diferentes personas a la vez, solo puede calificarse de mágico. Y eso fue lo que nos pasó. Dante y su *Divina Comedia* entraron en nuestras vidas casi al mismo tiempo. Aquello no podía ser una casualidad.

—Así que solo se trata de un club de lectura.

—Es solo eso y a la vez mucho más. —La pasión de Elia exudaba de su propio cuerpo—. Queríamos explorar sin límites, decir lo que nos viniera en gana sobre los textos, olvidarnos del corsé de lo puramente académico. Formar parte del propio libro. Por eso formamos El décimo círculo. Al menos, al principio. Luego, cuanto más leíamos y estudiábamos los textos, más posible nos parecía la realidad que ocultaban.

Gara se humedeció los labios y bajó la mirada.

—¿Qué le ocurrió a Santos?

—Miguel no fue el único que sufrió con su muerte. Santos era nuestro amigo. Por supuesto que no queríamos que le sucediera nada. —Se encogió de hombros y negó con la cabeza—. No sabemos qué fue lo que pasó exactamente. Genio midió la dosis con cuidado, pero él insistió en asegurarse de que entraría en trance. —Elia necesitó una pausa, durante la que tragó saliva y cerró los ojos un instante—. La policía lo declaró un suicidio. Estábamos aterrados. Podrían habernos acusado de homicidio...

—¿Y Leda?

Elia enarcó las cejas, sorprendida de que esa información estuviera en posesión de Gara.

—La mezcló con otras sustancias. Nosotros no lo sabíamos —respondió—. De todas formas, no estábamos al completo. Leda se ofreció. Para ella sería una hazaña por encima de lo que cualquier filósofo haya conseguido en la historia de la humanidad, ¿no lo comprendes?

—¿Tengo que tomar eso yo también?

Elia inspiró un poco de aire. Su semblante se volvió serio, casi académico.

—Hemos estudiado el manuscrito con toda la precisión que nos permite su estado y parece ser que, para lograr situarse en la frecuencia adecuada, el espíritu de la persona en cuestión debe estar en sintonía con la dimensión a la que viaja y con quienes se encuentran en ella.

Gara arrugó la frente, confusa.

—Significa que hay que tener una experiencia cercana a la muerte —le aclaró Elia con toda la delicadeza de la que pudo hacer acopio—. La belladona es una planta que puede simular ese estado. Baja las pulsaciones hasta un nivel casi imperceptible.

—¿Tengo que morir? —La luz de una revelación pareció encenderse en el rostro de Gara—. Por eso no quisisteis hacerlo ninguno de vosotros. Obligasteis a Santos, aunque sabíais lo peligroso que podía ser.

—¡No! ¡Te equivocas! Santos quería hacerlo. Era ese tipo de persona, ¿sabes? Necesitaba retos, emoción, no se conformaba con una rutina segura. Uri y yo habíamos estado estudiando todo lo relacionado con el tema. Era más seguro si nos quedábamos a vigilar que todo marchara bien.

—Por supuesto… Y ahora me toca a mí, ¿no? Soy otra de vuestras cobayas.

—En absoluto, y me duele que pienses así. —Elia se giró hacia ella, le tomó las manos y clavó sus penetrantes ojos verde avellana en sus pupilas—. Tú posees algo especial. Una conexión que va más allá de lo terrenal, la que da el dolor compartido. Abigail y tú habéis perdido una hermana y haríais lo que fuera por recuperarla. Ese vínculo es más fuerte del que se pueda crear con cualquier conjuro. Por eso te busca a ti. El manuscrito.

—¿De qué estamos hablando? Por Dios.… —Gara sacudió la cabeza para ver si así se libraba también del impulso interior que anhelaba aceptar el trato.

—En el fondo sabes que esta es la única oportunidad que tienes para descubrir qué le ocurrió a Elena. Pero eso no es lo que te frena, ni tampoco la posibilidad de morir en el intento. No. Lo que te da miedo es encontrarla en el Infierno y regresar sin su perdón.

El recuerdo de esa frase, ya para siempre grabada en el núcleo de su ser, le entrecortó la respiración. Allí, en su habitación de la residencia del Carmen de la Victoria, que ya se había erigido a la vez en un refugio y una prisión donde la perseguían sus temores y sus traumas enquistados. Apretó los dientes mientras se concentraba en permitir que saliera el pensamiento sin que le removiera todo su fuero interno igual que un tsunami. Pero cada palabra se abrió paso rasgando los tejidos de su alma. Acalló un amago de llanto y regresó al recuerdo.

—Podemos ayudarte, Gara —insistió Elia, esta vez con las manos en sus hombros—. Si sigues las instrucciones, no tiene que ocurrirte nada. Confía en mí.

—¿Por qué iba a hacerlo? —La pregunta de Gara iba más dirigida a sí misma.

Elia se detuvo y tomó aire.

—Tienes miedo —le dijo.

—La sola idea de que ese lugar sea real...

—Lo es —la cortó tajante—. ¿No te das cuenta, Gara? ¿Acaso crees que la vida en este mundo sería mucho más terrible si confirmaras que Dante tenía razón? ¿Es eso posible? —Elia se giró indignada, centrada en su discurso—. Por favor, no seas ingenua. Fíjate en el sufrimiento que hay por todas partes. La maldad, la violencia y la mezquindad no se encuentran en un lugar etéreo en la imaginación de un poeta, sino aquí mismo. ¡Este es el décimo círculo!

Gara negó con la cabeza. No quería aferrarse a una visión tan pesimista del mundo. ¿Cómo podría continuar con su vida si sucumbía al sinsentido?

—En el fondo, más allá de tu necesidad humana de bondad, sabes que tengo razón. —Elia se aproximó a ella de nuevo y la miró con firmeza—. ¿Quieres saber por qué vas a hacerlo? Porque la otra alternativa es una existencia de incertidumbre, dudas y una herida que jamás sanará.

Quiso levantarse sin replicar una palabra más, atravesar el hueco de la puerta y cerrar la conversación con un portazo cuyo eco resonara para la eternidad en aquel piso. Se imaginó arrancándose de las entrañas la gran pregunta que la tenía secuestrada. Después quemaría los restos en una hoguera bajo la luz de la luna y los enterraría en una zona yerma donde nada pudiese germinar, y al fin sería libre. Lo zanjaría todo expulsando por completo el dolor en un grito desolado. Así quedaría limpia del vacío de la ignorancia, de los porqués de madrugada, de las conjeturas.

Pero no lo hizo.

Se quedó sentada en el sofá con una palabra mordida entre los dientes a la que sabía que debía dejar escapar.

Porque tal vez con el tiempo pudiera acariciar las cicatrices de la duda sin que escocieran, pero había otra cosa que no la abandonaría nunca. Escarbaría en su alma hasta que el hueco fuera tan grande que se la tragara y desapareciera. Quizá enviada a un Infierno real, cruel y eterno.

La culpa. La maldita culpa de lo que pudo haber hecho para evitarlo la perseguiría incansable por los recovecos de su psique.

Por eso aceptó la propuesta y se convirtió en la siguiente voluntaria que acudiría a un viaje en busca del Inframundo. Pero si iba a arriesgar su salud física y mental en un juego diabólico, también debían respetar sus condiciones. Lo harían sin demorarse, ahora o nunca, y en la fecha que ella misma escogiera.

Elia no puso impedimentos cuando se lo dijo. Tan solo le insistió en que inducir el trance requería de una capacidad de relajación profunda y de que siguiera al pie de la letra sus indicaciones. Lo segundo lo haría, ya estaba decidido. Lo primero se le antojaba más complicado. De ahí que todas sus energías durante las siguientes veinticuatro horas estuvieran puestas en dominarse a sí misma y a los impulsos de sus miedos.

Recuperó las lecciones de meditación de años atrás. Lo conseguiría. Domesticaría su respiración y, con ella, a su impredecible subconsciente. Llevaba una hora sentada en el suelo, delante de su cama, alternando inspiraciones y espiraciones con un único objetivo presente.

Ya no miraba de reojo la fecha maldita que la acechaba. Para demostrarlo, la había rodeado con un círculo rojo en el calendario. Al día siguiente, 26 de octubre, se sometería al ritual y acabaría entonces con su agonía de una forma u otra.

«Mañana, Elena, te haré un regalo de cumpleaños que ninguna de las dos podremos olvidar».

Mentiría si dijera que había logrado apaciguar su insomnio por una noche, aunque ya tampoco lo pretendía. Fue el amanecer colándose por los huecos de la persiana el que le abrió los ojos, pero su cuerpo yacía en la cama aún agotado. Permaneció allí tumbada. Su respiración era apenas perceptible y no movió ni un músculo. Parecía el cadáver de una infeliz criatura que había aterrizado en el asfalto.

Era el día señalado. Lo sentía como si lo llevase marcado en la frente, como una herida abierta e incandescente, en un rojo festivo, y conforme se acercaba el momento del ritual, revivía con cada ráfaga de corriente

eléctrica igual que lo habría hecho el corazón del monstruo de Frankenstein.

Viviría al caer la noche, pero hasta entonces...

Calmó la anticipación de lo que se avecinaba con recuerdos de cumpleaños anteriores. Elena y su molesta
costumbre de hacerse la despistada para comprobar quién
se había olvidado y quién no. La petición a su madre de
que tocara al piano una canción en particular, cada año
una distinta y alejada de la anterior. Las ingentes cantidades de tarta de queso con mermelada de frambuesa.

Habría cumplido veintisiete años, qué casualidad tan
morbosa, y entonces su muerte habría formado parte del
club de los veintisiete, como Kurt Cobain o Amy Wine-
house. Le podría haber otorgado glamour, un poco de
trágica leyenda y trascendencia, hasta algo esotérico. Pero
ni siquiera eso. Con el paso del tiempo se olvidarían de
ella. ¿Seguiría recordando Abigail Quiroga a su hermana
aun en el Más Allá? Decían que la muerte atrapaba a sus
víctimas en un bucle temporal, o al menos eso reprodu-
cían casi todas las novelas en las que se hablaba del tema.
Algunas teorías eran tan crueles que afirmaban que el fallecido repetía sin cesar el propio día en que había perdido
la vida. Se imaginó la crueldad de que Elena reviviera el
ahogamiento en el coche una y otra vez.

Entonces Gara se extrañó. Aquella noche precisamente no había tenido su recurrente pesadilla. En el teléfono
móvil flotaba un mensaje en el que Elia confirmaba que

todo estaba listo. Eso significaba que habían conseguido los ingredientes del rito, incluida la sustancia que la colocaría entre el mundo terrenal y el etéreo. Aquello le aceleró las pulsaciones y le bloqueó la garganta un instante. Pensó en las largas horas que quedaban hasta la cita en la casa de Elia, el lugar escogido, y se percató del temblor de su ojo izquierdo.

Entonces decidió levantarse en busca de su cuaderno azul. El Santo Grial. La tabla de salvación a la que se aferraba cuando la marea subía y las olas se mecían violentas. Pero esta vez no pretendía releer las andanzas del pasado, los cuentos que le había dejado Elena, las crónicas de momentos ya perdidos. No. Necesitaba una hoja en blanco.

Quizá se había dejado poseer por el espíritu de la desconocida Emilia y su desconsolado padre, o por Abigail en aquellos últimos momentos antes de ser brutalmente ejecutadas por las manos de lo irracional. Ignoraba el porqué de aquel impulso por dejar constancia de lo que brotaba de su cabeza. A lo mejor era simplemente un patético último intento de súplica a lo que fuese que decidía el destino de los mortales.

Un grito desesperado en el viento que con suerte llegaría a alguien a través de la energía de las palabras.

O tan solo una sutil manera de anticiparse a la muerte y quedar para siempre preservada en un trozo de papel. Las historias eran lo único inmortal en una existencia efímera.

Abrió el cuaderno, escogió la página y derramó sin filtro cada pensamiento, reflexión e idea que logró transformar en texto. Si era la reciente revelación de la llegada de un posible final o el ego de evitar el olvido, no le importaba. Sus palabras vivirían cobijadas allí hasta que otra alma ingenua como la suya encontrara el manuscrito.

O fuera encontrada por él.

Así funcionaba.

Ahora lo sabía.

Elia había sido concisa y, como le había indicado, Gara llegó a las diez y media de la noche. De hecho, justo cuando tocó el timbre, los números de su reloj se transformaban en el minuto treinta.

—Pasa, siéntate y escucha con atención —le dijo Elia.

Habían movido los muebles del salón de forma que solo quedaba la gran estantería que cubría la pared a la derecha de la puerta, atestada de libros, figuritas y una monstruosidad de televisor demasiado difícil de esconder en cualquiera de las otras habitaciones. Todos estaban presentes, salvo Miguel, aunque Gara intuyó que no aparecería. Resultaba complicado leer sus expresiones, ya que no hicieron ningún gesto de saludo al verla. Se limitaron a quedarse en su sitio, conformando una especie de círculo alrededor de una manta.

Tragó saliva. Dudaba si le producía cierto respeto o

comicidad. Aquel intento de reunión de cónclave masón de tres al cuarto... Pero se lo tomaban tan en serio que, por un instante, no los reconoció. Era como si se hubieran despojado de sus habituales personalidades y las hubieran colgado en el recibidor de la entrada, en la percha de los abrigos. Todo resultaba terriblemente siniestro a la vez que místico.

Las velas iluminaban el salón en tríadas colocadas en otro círculo concéntrico exterior que los envolvía. Un anillo de fuego trinitario que no dejaba claro si les proporcionaba un halo espiritual, demoniaco o protector.

Elia se la llevó a un lado de la habitación, cerca de la cocina americana, y le habló en voz baja:

—No tengas miedo. Estamos aquí contigo. Si hubiera alguna complicación, te sacaríamos del trance, ¿de acuerdo? —Gara asintió sin perder de vista las llamas y los dibujos de sombras abstractas proyectados en las paredes de gotelé—. Vamos, colócate en el centro. Te explicaremos cómo funciona.

Gara aceptó la mano que le ofrecía Elia y se dejó guiar hasta el lugar que le habían asignado. Cruzó entre Leda y un sitio vacío donde reposaba una fotografía de un chico con un dos en números romanos escrito en color rojo. Solo lo había visto una vez, pero reconoció a Santos en la misma imagen de su perfil de Instagram, impresa en su memoria. Se quedó de pie en el centro.

—Octavo, por favor —ordenó Elia con solemnidad a Uri.

Gara se giró para mirarlo. Ninguno vestía de forma ceremonial, ni había ropajes negros o túnicas de aquelarre. Sin embargo, las vibraciones de su presencia eran distintas. Sombrías. Oscuras.

—A partir de ahora nos dirigiremos a ti como Noveno.

Uri se acercó y le colocó la etiqueta con el número, de nuevo escrito en números romanos, sobre su corazón. La miró a los ojos un fugaz instante. Había vuelto el vampiro misterioso, difícil de leer.

—Este círculo es el de los traidores —prosiguió Uri, una vez hubo regresado a su posición—. A la patria, a la familia, a sí mismos. Se halla en un inmenso lago de hielo provocado por el batir de las alas de Lucifer. Ahora tú lo representas para aprender lo que esconde, y a él te debes. Nadie más puede ocupar tu lugar. Como en el mundo, en este club eres especial y única. Todo lo que suceda, acción o palabra, dentro del décimo círculo que conformamos es confidencial y no abandonará estas paredes, bajo pena de expulsión.

—Y de castigo —añadió Elia—. ¿Estás lista? —Gara asintió levemente—. Séptimo, procede.

Genio se levantó y se ausentó un segundo en la cocina. Volvió con una taza humeante en la mano y se la entregó a Gara. Luego se crujió los nudillos.

—El té de belladona te mantendrá en una especie de letargo vital durante aproximadamente treinta minutos.

Bebe. —Después de anudar una fina cuerda negra alrededor de la cabeza de Gara, continuó con su explicación—: Este es el cordón de plata, el hilo umbilical que une ambos mundos. Procura no perderlo de vista ni romperlo. Será necesario para que puedas regresar a esta realidad antes de que se te acabe el tiempo.

Gara miró el líquido sin distinguir el color en la oscura taza, cerró los ojos y dio un tímido sorbo. El amargor no le molestaba, tampoco la temperatura; su lengua buscaba descifrar aquel sabor. En un impulso, se lo bebió de un trago. Lo sintió resbalar por su esófago hasta derramarse en el estómago.

—Dame tu mano izquierda —le pidió Elia.

Gara obedeció, algo temblorosa, y recibió un pinchazo en el dedo anular que la hizo estremecerse. Elia recogió la sangre que goteó en un pequeño cuenco.

—¿Para qué es eso?

—Ahora lo averiguarás. Túmbate —prosiguió—. Tarda un rato en hacer efecto. Mientras tanto, ponte cómoda, recuerda las respiraciones para las que te has estado preparando y concéntrate en mi voz.

Gara se sentó primero y, mientras lo hacía, se percató de que Elia ya sujetaba el grimorio abierto sobre su regazo. Se tumbó despacio, consciente de ser observada por los demás. Aunque Leda y Bruno no habían dicho nada, sus ojos sí. Había desasosiego en una y expectación en el otro. Ambos se levantaron y vertieron agua desde el exterior del círculo en cinco senderos que conducían hacia ella. Al mismo tiempo, Elia recitó:

—Los cinco ríos del Hades: el Aqueronte, el río de la pena o la congoja; el Cocito, el de las lamentaciones; el Flegetonte o río de fuego; Lete, el del olvido, y Estigia, el río del odio. Ahora regaremos la tierra con tu sangre.

Le pasó el cuenco a Leda, que ocupó su lugar como representante del cuarto círculo. La joven griega dejó caer una gota frente a ella, en el suelo, luego hizo lo mismo delante de donde habrían estado Santos y Miguel, y finalmente se lo devolvió a Elia, que repitió el gesto. Cuando hubieron terminado, agarraron un pequeño cuchillo que cada uno tenía a su lado, del que Gara no se había percatado antes, y se hicieron un corte en la palma de la mano.

—Unimos nuestra sangre con la tuya y con la tierra para formar parte del vínculo que te transporte —pronunció Elia—. Te concedemos nuestra energía para el viaje. —Todos levantaron las manos, las posaron sobre la sangre de Gara y dejaron su huella en el suelo—. Cierra los ojos y concéntrate.

La última imagen antes de cerrar los ojos fue la de un techo pintado con sombras bailarinas, una Capilla Sixtina psicodélica e hipnótica. A partir de ese momento se centró en el parlamento de Elia con los oídos y en la perfectamente definida imagen de su hermana Elena con el resto de los sentidos.

—Recuerda que vas a embarcarte en un viaje con tu yo

astral. Tu energía vital abandonará tu cuerpo, pero ambas partes de tu ser permanecerán unidas a través del cordón de plata. Él te guiará de vuelta a nosotros, no lo olvides. —Elia hizo una pausa y tomó aire—. A partir del momento en que pronunciemos la oración que Abigail dejó escrita, tu frecuencia conectará con la suya. El tiempo corre más despacio aquí que en el lugar al que te diriges. Podrás buscar a tu hermana cuando hayas encontrado a Vera Quiroga, inocentemente ejecutada por brujería y quien, suponemos, se halla condenada en el círculo sexto, reservado a los herejes.

»Trae su alma de vuelta y haz justicia. ¿De acuerdo? —Silencio sepulcral—. Gara, ¿me has entendido?

—De acuerdo —dijo al fin.

Los latidos comenzaron a ralentizarse. Sentía la tensión desvanecerse de sus agarrotados músculos y el torrente sanguíneo circular muy despacio.

—Respira hondo —le indicó Elia—. Poco a poco irás induciendo el trance.

Hubo unos segundos mudos en los que advirtió el miedo recorriéndole desde la punta de los pies hasta la coronilla, pero no consiguió realizar ningún movimiento. Ya no se pertenecía. La fuerza se le escapaba. Entonces los escuchó recitar al unísono:

Que se vayan al Infierno, y allí donde nos envíen, nos encontraremos.

Nuestras almas y las suyas.

Compartiremos una condena impuesta, pero donde su espíritu perecerá,

hasta el fin de los tiempos, el nuestro se hará más fuerte.

Con cada año. Con cada siglo.

Aguardaremos con paciencia infinita la mano que nos sacará de las profundidades.

Los inocentes no tienen cabida en el Inframundo.

No será nuestra tumba.

Tú, que lees mis palabras en este preciso instante, que llegas a nosotras a través de los velos del tiempo, tú nos encontrarás en la estancia reservada a los blasfemos.

Allí nos envían con su ceguera.

Pero tú nos salvarás. La magia que te ha encontrado sabrá guiarte.

A ti te invocamos. A ti te esperamos.

Ahora nuestras almas y la tuya regresan.

Y, juntas, nos elevaremos del Infierno para hacer justicia.

Y, de repente, la pérdida del control absoluto y la nada.

Círculo IX
Traición

Sesión quincuagésimo novena
26 de octubre de 2023

La intensa relajación física me provocó inquietud. No quise sacudir las extremidades, como al final de una clase de yoga. Pero, de todas maneras, tampoco me obedecían. Insté a mi corazón para que se acelerara, al igual que a mi respiración.

Nada.

Un atisbo de arrepentimiento parpadeó en mi interior. Los sonidos eran amortiguados y lejanos y yo era incapaz de descifrarlos. Se alejaban cada vez más hasta que la parálisis se completó. El ruido de una especie de hélices me rozó la nuca, insistente, y mi cuerpo vibró sin que yo interviniera. Un chasquido tembló en los surcos de mi cerebro. Entonces me arrancaron de dentro de mi propio ser.

Algo me llevó hacia fuera y me despegó de lo físico. Porque en ese momento flotaba, aún con los ojos cerrados. La sensación de elevarme y abandonar el cascarón de mi materia sólida me indujo una súbita ola de angustia.

Desperté a una oscuridad palpable. Si movía los dedos de mi yo astral, percibía su tacto y, aun así, era capaz de ver, de distinguirme a sí misma. Observé a mi alrededor con los ojos inmateriales abiertos de par en par en asombro y temor. Me encontraba indefensa en un lugar desconocido y lóbrego. Paladeé el fuerte olor a rancio que me envolvía y noté su sabor dulce como el azufre. Mis sentidos funcionaban aunque no tuviera una existencia corporal. Intuí que se debía a mi unión con el cordón de plata y me palpé la frente para confirmar que aún seguía allí.

Afirmativo.

Percibía los estímulos físicos en el núcleo de mi ser, de una forma extraña y complicada de explicar, como si cada una tuviera un color, un olor o un sabor. Una inmensa sensación de sed se me instaló en la boca. La piel de los labios, inexistente en aquel plano, se me agrietó e hice un esfuerzo por salivar. Empecé a desesperarme. La falta de líquido me empujó a vagar por aquel desamparado sitio en busca de algo que beber.

Corrí todo lo deprisa que me permitía mi nueva forma, pero me movía despacio. La desesperación de la sed se mezcló con la confusión de la incapacidad de controlar el tiempo y el espacio. ¿Cómo sabría cuánto rato había estado ahí? ¿Dónde me encontraba realmente? Si era el Infierno y Dante estaba en lo cierto, había nueve inmensos niveles. Encontrar a las hermanas Quiroga sería como buscar un alfiler en un saco de arroz.

Me detuve en el eterno túnel de oscuridad que atravesaba y recordé las lecciones de visualización que se aplicaban en meditación.

Tú nos encontrarás en la estancia reservada a los blasfemos.

Los versos recitados mientras la belladona me adormecía regresaron a mi mente. Sabía que cada círculo cobijaba a grupos de condenados según una serie de pecados. La blasfemia era una de las peores acciones que etiquetaban a una persona de hereje. Aquella frase significaba que Abigail también fue consciente de adónde la enviaban.

Al sexto círculo.

Quieta en medio de la nada, volví a cerrar los ojos para concentrar toda mi energía en eso.

El sexto nivel. Abigail. Vera.

Pensé en las imágenes que me sugerían las descripciones de aquella parte del Inframundo, los pasajes que era capaz de evocar de mis últimas lecturas, las pobres almas encerradas en un castigo eterno. Los epicúreos, negacionistas de la pervivencia del espíritu; los miembros de sectas y las brujas. Me esmeré en experimentar lo mismo que

Abigail aquella noche en la que le arrebataron su vida y la de su hermana, la previsibilidad del peligro que la había empujado a tomar precauciones, el dolor físico y el emocional de ser maltratada. La tortura de presenciar la muerte de su hermana sin opción a protegerla, al menos, del sufrimiento.

Sentí una punzada de desconsuelo en el centro del pecho, tan profunda y afilada que durante unos largos segundos me faltó el aire y creí fallecer allí mismo. Si hubiera contemplado lo que se había llevado a Elena, no habría consuelo suficiente en ninguna dimensión para paliar las consecuencias.

Elena. ¿Estaría ella también ahí abajo, perdida y condenada hasta el final de los tiempos?

Lloré, o al menos ese fue el impulso que envié a mi cerebro, pero no me caía ni una lágrima. Me las habría bebido con mi sedienta garganta hecha de humo. Me detuve para recordar algo importante: ¿en qué círculo se encontraban los suicidas? Necesitaba verificar si Elena era uno de ellos, y si aquello no era una fantasía inducida por la droga y la sugestión, no disponía de más oportunidades.

Había aceptado realizar el ritual para ese preciso fin.

Elia me había advertido, no obstante, del límite de tiempo que podía permanecer allí sin quedarme atrapada. ¿Cómo sería morir en el propio Infierno?

Me retrotraje a la lectura de la obra de Dante y agradecí a mi memoria ser tan leal para guardar textos como lo era para recordar las razones de todas mis cicatrices. Me preparé para realizar todo el recorrido mental del lugar más cruel jamás imaginado por el ser humano. Ya no era una invención; estaba allí.

En el vestíbulo del Infierno divisé unas figuras incorpóreas sin rostro que corrían sin rumbo, perseguidas por unos insectos que se asemejaban a avispas. Debía de tratarse de aquellos cuyo paso por la vida no había dejado huella, los inclasificables que habían desperdiciado su existencia por completo. Crucé el río Aqueronte, uno de los cinco ríos del Inframundo y del que tanto había leído en mis clases de literatura clásica, que los indecisos jamás atravesarían por su propia falta de voluntad. Incluso en mi estado abstracto, me invadía el miedo de la posible presencia del barquero Caronte.

Me resultaba difícil medir el tiempo que había tardado en llegar a la otra orilla. Si mis cuentas no fallaban, allí se localizaba el primer círculo, el Limbo de los ignorantes e inocentes, que no sufrían ningún castigo, al no haber cometido pecado alguno, salvo una eternidad insulsa y vacía. Me deslicé con el sigilo que me brindaba mi apariencia, aunque temía que las almas pudieran reconocer mi esencia e identificarme como una intrusa. Mi parte curiosa deseaba detenerse a absorber cada detalle, pero el peligro de la misión encomendada latía en el fondo de mi mente. Avancé como una nube transparente y pasé al segundo círculo, hogar de los lujuriosos. Sentí un temblor en todo mi ser, a pesar de no tener un cuerpo físico, al recordar que allí se hallaba Minos, el rey de Creta y uno de los jueces del Infierno. Por un fugaz instante me pregunté adónde me enviaría a mí, cuál de mis pecados sería el escogido para marcar mi condena eterna.

El ensordecedor ruido de los torbellinos de viento que asolaban aquella parte me hizo desear poseer dedos para taparme los oídos. Si aquello era tan solo una proyección de mi mente para transportarme al lugar escogido, ¿por qué se sentía tan brutalmente real? Quise cerrar los ojos y no almacenar recuerdos que más tarde fueran imposibles de borrar, pero los vi. Los pobres condenados a ser golpeados una y otra vez contra los muros de aquella prisión infernal se grabaron en la retina de mi forma astral.

El viento se transformó en una pesada tormenta de lluvia y granizo de la que no podía guarecerme. Aquella parte a la que había cruzado debía de tratarse del tercer círculo. Había un fango denso por el que se arrastraban los tentados por la gula. Aceleré el paso, o al menos me concentré en que mi espíritu se moviera más deprisa. Cerbero se hallaría por allí, al acecho, esperando desgarrar a los infelices condenados para saciarse. De repente, una de las figuras detuvo sus alaridos de dolor y súplica y se giró hacia mí. Si hubiera tenido ojos, me habría clavado su mirada. Me paré, invadida por el temor de haber sido reconocida, y cerré los ojos que yo tampoco poseía. Elia había hecho hincapié en la capacidad de saltar de un sitio a otro, si se conseguía la suficiente focalización, así que pensé en Plutos, rey de la riqueza y guardián del cuarto círculo.

Al abrirlos, me encontré en presencia de un niño ciego y lo reconocí. El error del propio Dante, que había confundido al dios Plutón romano con el rey griego a quien Zeus había cegado para que fuera más justo en sus decisiones, se hallaba frente a mí y no me importaba lo más mínimo. Solo quería correr, escapar de aquel lugar en el que los codiciosos empujaban ingentes cantidades de oro.

Hice una pausa para indagar aún más profundo en mis recuerdos.

El quinto círculo… Ahí se encontraba la laguna Estigia y el barquero Flegias. Sí, aquel era el hogar de los iracundos y al fondo se hallaban los altos muros de Dite, que separaban el alto y el bajo Infierno. Al otro lado encontraría a las furias y a todos los diablos que vigilaban las murallas, pero no necesitaba pasar por ahí. Ya había perfilado el sexto círculo con claridad en mi lista de niveles y recordé quién custodiaba el séptimo. Una ráfaga de terror se me anudó en la boca del estómago. Si la visión de Dante no era ficción, el Minotauro vigilaba ese nivel.

La violencia de las bestias equiparada a la de los hombres.

Entonces lo supe. La agresividad era un pecado castigado cuando se ejercía contra el prójimo, pero también con uno mismo. Si Elena había tomado la decisión consciente de dejar de existir…

Algo se me enredó en los brazos y en las piernas, como

finas colas de serpiente, y apretó hasta cortarme la circulación de una sangre que no recorría aquel yo etéreo. Abrí los ojos y no supe registrar en mi cerebro lo que veía. Fuego y oscuridad al mismo tiempo. Tinieblas que absorbían la luz en cuanto se producía, como un abismo del que procediera la nada. Y, enredadas en lo que conformaban su presencia inmaterial, sombras sin rostro que me constreñían. Me rodeaban por todas partes, oprimiéndome el pecho, el vientre, la garganta. Se me pegaban como alquitrán hirviendo e incluso buscaban colárseme por los orificios.

Cerré la boca y los ojos mientras me desesperaba por sacudirme aquellos seres de encima. ¿Demonios? ¿Espíritus del bajo astral? No. Las criaturas rezumaban emociones que yo percibía a través de sus colores. No necesitaba adivinar ni procesarlo para reconocerlas. Las sombras me portaban y allí, en medio de la oscuridad, vi la mezcla de un verde oscuro y dorado.

De repente, algo vibró en mi interior, como un azote eléctrico de otra energía ajena a la mía.

Lo supe porque percibí la angustia, la premura y el resentimiento.

Había partes en las que ambas se entrelazaban como cables que se retroalimentaban y provocaban chispas. Aun así, la oscuridad siempre acababa devorándolas, pero en mi fuero interno reconocí la conexión.

Y, por la forma en que tiraba de mí, lo supe.

«¿Abigail?».

Bajo mis pies la tierra gris se abrió y la boca de piedra me tragó en una caída libre que pareció durar para siempre. Un grito ensordecedor me taponó los oídos. Era mi voz la que no lograba escapar de mis cuerdas vocales.

Quería salir de ahí. ¿En qué demonios estaba pensando? No podía salvarme a mí misma y tampoco sería capaz de rescatar a nadie. El Inframundo sería también mi hogar, el lugar que me había ganado por ser una cobarde incapaz de sobrevivir sin una mano guía. Lo merecía. Por todas las veces que había pensado más en mí y en mis estúpidos problemas que en lo que ocultaban los tristes ojos de Elena. Por haberme dejado cobijar por mi hermana y mi madre, pero no haber sido refugio para ninguna cuando lo necesitaron. Por optar siempre por la retirada.

¿Huir? ¿Esa era la primera opción que barajaba cuando la situación se ponía fea?

Dante se equivocaba y, con él, todos los que hubieran realizado la misma travesía si pensaban que la peor condena era vagar una eternidad por los Infiernos. Lo verdaderamente insoportable era el recuerdo constante de los demás caminos que podrían haberse escogido.

Me revolví en el aire con toda la energía que me proporcionaba la rabia. Caí sobre una superficie dura y rugosa, y paladeé el sabor metálico de la sangre que no debía de haberme salido en el labio con el golpe. Aquello debía ser un intento de mi cerebro de rellenar los huecos para encontrarle sentido a lo que percibía.

Abigail había perdido a su hermana por el temor y la superstición de otros. La muerte de Elena obedecía al azar o a su propia voluntad, y aunque el dolor no distinguía razones, el de la joven bruja clamaba una justicia legítima. Quizá salvar a la hermana de otra me diera la paz de no haber podido rescatar a la mía.

Me levanté con el apoyo de mis etéreas manos y abrí los ojos a una oscuridad plagada de sombras que se ocultaban con vergüenza. Todas, salvo una.

Reconocí su aura verde y dorada. No había rostro ni forma corpórea que asociar a su nombre, pero su energía me vibró en las sienes. El alma de Abigail me guio por los recovecos con sigilo. Esquivábamos el desolador paisaje rocoso, una imagen desangelada que me helaba el corazón a pesar del olor a quemado.

De repente hubo una extraña sacudida en la que perdí la noción del espacio.

Regresé, en lo que me parecieron segundos, y miré a mi alrededor en busca de Abigail, que me había soltado. No había absolutamente nada, excepto vacío, tinieblas y dolor. Creí haber sido víctima de alguna de las criaturas maliciosas que pululaban por allí y temí entrar en un punto de no retorno.

Entonces la percibí. Habría sido imposible no verme deslumbrada por un aura tan blanca y vacía de resquemor y pena.

Era ella.

Vera Quiroga.

Estiré el brazo y le ofrecí la mano, pero otra sacudida inesperada me desestabilizó. La sombra de Abigail me empujó hacia su hermana con urgencia. Entonces lo comprendí: se me acababa el tiempo.

Debía guiar mi alma fuera del Infierno a toda prisa. Pero un instante de reflexión me hizo detenerme. ¿Qué pasaría verdaderamente en el mundo terrenal si me saltaba las normas? No había precedentes, al menos que yo supiera, de un alma condenada que hubiera sido liberada por el empeño tozudo de una mortal. ¿Qué reglas metafísicas rompería y cuál sería su precio? Y lo que más escalofríos me produjo: ¿y si no las había? ¿Cuántos condenados por acciones atroces serían liberados? Fue la imposibilidad de responder a esas preguntas lo que me paralizó. Si realizar un acto bondadoso condujera a la humanidad a una destrucción apocalíptica, todo eso no serviría para nada.

Volveríamos al punto de partida.

Me aparté de Vera con lágrimas invisibles pero sinceras y hui, esta vez con la seguridad de que era lo correcto. Y mientras corría por las cloacas de la dimensión más espantosa jamás conocida, cerré los ojos y pensé en Elena.

La recordé sonriente cuando creía salvarme de mis aburridas clases.

Las fotografías tomadas a traición en las que solo ella salía bien.

Las lecturas conjuntas de nuestro atesorado cuaderno azul.

Tenía que marcharme de aquel lugar urgentemente. Me palpé la frente en busca del cordón de plata, el que me mantenía ligada a mí misma en el mundo terrenal, pero cuando lo encontré, una fuerza rebosante de venganza me impidió asirlo. Rezumaba tanta ira que me la contagió y el fuego de su enojo me quemó, paralizándome. Intenté abrir los ojos y la boca para gritar, pero la sombra de Abigail me los había cubierto con sus tentáculos de oscuridad.

Me revolví con toda la energía de la que pude hacer acopio en mi esencia inmaterial. Insuficiente para un lugar en el que las almas pecadoras se fortalecían y las emociones negativas lo controlaban todo.

No me iba a dejar escapar.

Si Vera no conseguía la libertad, yo tampoco la tendría. No necesitaba que me lo recitara con las palabras de un conjuro. La conexión establecida era suficiente para descifrarnos mutuamente. Pensé en lo que significaría mi rendición. Al igual que Santos, nadie conocería las razones de mi muerte y, por lo tanto, el secreto que destruiría el mundo permanecería oculto un rato más. Quizá esa fuera una buena razón para morir.

Aflojé la tensión de los músculos y dejé de resistirme al estrangulamiento de la esencia de Abigail. En ese intervalo breve de rendición imaginé que los lazos que me apretaban eran el abrazo de Elena, un último adiós que no habíamos podido darnos en nuestra vida terrenal. La soñé tranquila y protectora, como cuando me resguardaba de los truenos de una tormenta, y en aquella fantasía me abandoné.

De pronto, una especie de descarga me espabiló y me obligó a despegar los párpados levemente.

Un destello anaranjado.

Otra sacudida y un tirón del cordón anudado a mi frente.

Me di cuenta de que flotaba en otra parte y que no había sombra pegada a mí. Algo intentaba arrastrarme mientras entornaba los ojos a una oscuridad distinta. Eran las ramas de un precioso árbol las que me protegían de las tinieblas mientras estas engullían mi aura de luz naranja.

La miré, no supe por cuánto tiempo, y entre las ramas y las hojas que me rodeaban, un tímido viento casi imperceptible logró colarse para susurrarme:

«Te perdono».

Un tirón aún más fuerte me separó del árbol y, de nuevo, los crujidos en la corteza cerebral, las hélices en la nuca y la más absoluta oscuridad.

13

Gara apenas lograba mantener los ojos abiertos. Era como luchar contra dos fuerzas contrarias: una que suplicaba que la dejaran desaparecer y otra que la sacudía para regresar a la vida. Había mucho ajetreo a su alrededor. Un hombre con un uniforme azul le sujetaba el brazo mientras le introducía una aguja. La notaba clavada en la carne.

El corazón le galopaba en el pecho como si quisiera romperle la caja torácica y escapar. Perdía el conocimiento a intervalos. Aquel hombre le hablaba y ella hacía esfuerzos por leerle los labios para descifrar lo que decía, pero su descodificador estaba apagado. Demasiados estímulos para un cerebro exhausto.

Había más gente allí de la que recordaba. ¿Cuánto tiempo había pasado en trance? Elia hablaba exaltada con dos policías uniformados y otra mujer vestida con el mismo uniforme de sanitaria no paraba de hacerle preguntas simples: «¿Cómo te llamas?», «¿Sabes qué día es hoy?», «¿Dónde vives?». Pero Gara solo alcanzaba a pestañear muy despacio.

Permanecía tumbada. Movió la cabeza a ambos lados, pausadamente, en busca del resto del grupo, o tal vez para confirmar que seguían en el piso de Elia. El círculo se había roto y solo localizó a Uri en una esquina, respondiendo a las preguntas de otro policía, y a Miguel en el marco de la puerta. Cerró los ojos de nuevo, una milésima de segundo, y se forzó a regresar al presente. ¿Qué había sucedido?

Cuando consiguió otro segundo de una mínima conciencia, lo encontró a su lado, de rodillas.

—Perdóname, Gara —repetía sin cesar—. Tenía que hacerlo.

Elia lo arrancó del suelo con rabia y descargó un discurso agresivo sobre Miguel, que negó con la cabeza y contestó en dirección al policía. A ella se la llevaron, pero justo antes de atravesar el hueco de la puerta, echó la vista atrás y clavó sus penetrantes ojos en Gara. No supo distinguir si era una disculpa o un intento de averiguar si había funcionado. Una pregunta velada en busca de confirmación.

Gara no movió un músculo. Las náuseas le subieron hasta la garganta, se giró y vomitó sobre las viejas baldosas. Agotada, se recostó de nuevo y exhaló un suspiro que expulsó un par de lágrimas atascadas. Tenía la boca extremadamente seca y una abundante sed.

—¿Fue… real? —balbuceó en voz alta, aunque su debilidad no le permitió más que un susurro que nadie escuchó.

Con la poca energía que le quedaba, se abandonó a que el suelo sujetara su peso y cerró los ojos, esta vez para no volver a abrirlos.

La psiquiatra era una mujer rechoncha, de mejillas redondas y sonrosadas, piel morena y un acento latinoamericano que no supo asignar a un país concreto. Le hablaba con dulzura, como si fuera a romperse por una palabra mal dicha o pobremente escogida, y además la escuchaba con atención.

—Gara, llevas tres días ingresada. Hubo que hacerte un lavado de estómago, pero ya se han eliminado los restos de la belladona de tu organismo. Existía la posibilidad de que entraras en coma. ¿Cómo te encuentras?

—Cansada.

Tres días no iban a ser suficientes para recuperar el sueño perdido.

—¿Recuerdas lo ocurrido?

—No sé qué pasó cuando me desperté. —Por supuesto que todo lo demás residía todavía en su memoria, pero no hablaría sin saber lo que había sucedido en su ausencia—. ¿Dónde están todos? ¿Y Elia?

La psiquiatra se sentó en el filo de la cama y le cogió la mano.

—Está recibiendo ayuda. Por el momento no puede tener visitas. Hay que esperar a ver qué dice el juez. —Hizo una pausa y se subió las gafas, igual que solía hacer Uri—. Tuviste suerte de que tu amigo Miguel avisara a la policía. La dosis que tomaste podría haber sido letal. ¿Eras consciente de eso?

—¿Lo que quiere saber es si intenté suicidarme? —Gara apretó los labios y bajó la mirada—. Es curioso, pero en todo este tiempo he pensado muchas cosas, y acabar con mi vida nunca ha estado entre mis opciones.

Lo dijo con decepción. Como si aquello significara que, al fin y al cabo, la muerte de Elena no le dolía tanto, que a pesar de la tristeza seguía siendo una cobarde que se elegía a sí misma.

—Vamos a tener que vernos durante unas semanas, ¿de acuerdo? Podemos internarte, pero solo si tú lo consientes.

—¿He perdido la cabeza?

—Eso es simplificar demasiado las cosas. —La doctora se levantó y sus rizos se balancearon alegres—. Te darán el alta en un rato. Nuestra primera sesión será el lunes. Es obligatorio que acudas, y espero que lo hagas.

Gara no tenía fuerzas ni humor para oponerse ni resistirse en aquel momento. Tampoco disponía de argumentos sólidos para negarse a la propuesta.

—Nos vemos en unos días.

La mujer hizo ademán de marcharse.

—Espere —la interrumpió Gara—. ¿Puede acercarme mi bolso, por favor?

La psiquiatra le acercó sus pertenencias, que alguien habría recogido de la casa de Elia, y finalmente salió de la habitación, dando a entender que se había creído su testimonio sobre el suicidio. Su teléfono móvil reposaba sobre la mesita que tenía al lado derecho. Lo cogió y leyó demasiadas notificaciones para prestarles atención a todas. Algunas eran de su padre, quien probablemente estaría esperando fuera la autorización de un médico para entrar a fingir de nuevo que no había sucedido nada. La que decidió abrir era un audio de Miguel:

«No sé si... si me atreveré a ir a verte —decía entrecortado, como si hablara mientras caminaba deprisa—, así que te envío esto para que lo escuches cuando recuperes el conocimiento. Lo siento mucho, Gara. Perdóname por no haberte avisado desde el principio. Elia te necesitaba para su ritual y yo también. Lo de Santos no podía quedarse en el olvido. Tenía que hacer justicia. Elia y Uri estaban obsesionados, había que pararles los pies. Él se ha librado porque era Elia la que llevaba la voz cantante, pero supongo que me tendré que conformar con eso. Espero que comprendas por qué lo hice, y si me odias, lo entenderé. Algunos creen que los libros nos encuentran y otros, que lo hacen ciertas personas que se nos cruzan en el camino. Espero que te recuperes pronto. —Un corte en el audio y, a continuación, uno de pocos segundos—: Si estuviste en el Infierno que Dante describió, no quiero saberlo».

Gara dejó el teléfono sobre la cama, suspiró y rebuscó dentro del bolso hasta que dio con lo que quería: su cuaderno azul y un bolígrafo. Pasó las páginas hasta encontrar una en blanco. ¿Qué era exactamente lo que necesitaba escribir? La forma en que había «sentido» a Elena en el Infierno era la confirmación de que se había suicidado, pero aquello también le trajo el ansiado perdón. Al recordarlo, se percató de que la presión en el pecho que la había atormentado tanto tiempo ahora pesaba un poco menos. No había desaparecido del todo; aún quedaban incógnitas que quizá jamás se resolverían. ¿Qué la había llevado a tomar ese camino? ¿Por qué la vida que compartía con ella no había sido suficiente para retenerla a su lado? Sentía que, tal vez, si escupía todos esos sentimientos sobre el papel, ellos solos se ordenarían en una explicación que, si bien no le darían una respuesta mágica, la consolarían. Gara exhaló un suspiro cargado de toda la angustia acumulada y dejó que las palabras salieran. La hoja en blanco, sedienta como ella había estado en las profundidades del Infierno, se bebió cada frase.

Escribió acerca de todo lo que había vivido y se imaginó que, tal vez siglos después, alguien se toparía con su cuaderno azul, de la misma manera que ella había encontrado aquel en las galerías subterráneas del Gran Capitán. Lo leería e intentaría descifrarlo en una sociedad distinta a la suya para comprobar si solo eran los desvaríos de una mujer rota por el dolor o, en cambio, había en ellos un ápice de verdad.

Sea como fuere, su historia sería inmortal.

Agradecimientos

Quizá esta novela se haya escrito en medio de un profundo caos, el del mundo terrenal y del que, como a Gara, siempre me han salvado ellos, los libros. Y por darme el espacio para escribir la más sincera declaración de amor a la literatura, siempre estaré agradecida a las oportunidades que me salen al paso en la oscuridad, como otras encuentran grimorios en galerías subterráneas.

Gracias a Dani, mi Paraíso, por ser mi Virgilio particular y, al igual que hizo el suyo con Dante a través del Infierno, darme la mano hasta el final en esta montaña rusa e insistir en que no mirara abajo y que disfrutara del camino y de sus vistas.

Gracias a mi editora, María, y al equipo de la editorial por apostar por mí como autora y por esta historia en particular, que habéis cuidado con tanto cariño. Es una maravilla trabajar con personas que se suben al barco de las locuras que propongo con tanta facilidad y entusiasmo.

Gracias a mi hermano porque esta historia surgió con él y nada me hizo más feliz que rescatarla para que la viera convertida en realidad.

Mi agradecimiento también a quienes han aportado parte de sus experiencias en algún ámbito para ayudarme con la documentación. En los detalles es donde las historias cobran vida. Gracias a Bea por ser una doctoranda igual que Gara, a Thalia y Magda por ayudarme a construir a Leda, a Ana por sus consejos médicos en momentos clave de la historia y a Tania por contarme algo tan personal para que Gara también lo comprendiera.

Gracias a Camino por asociarme siempre con historias oscuras y a Emilio por las charlas literarias y las crisis creativas.

Y gracias a ti, que me has leído a través de esta novela, por compartir conmigo esta travesía literaria. Espero que ahora te estés preguntando si algo de lo que has leído será real...

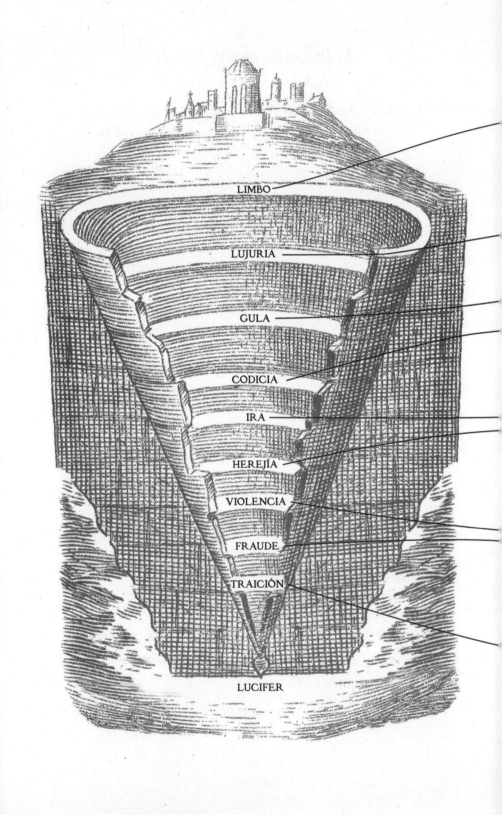

LIMBO

LUJURIA

GULA

CODICIA

IRA

HEREJÍA

VIOLENCIA

FRAUDE

TRAICIÓN

LUCIFER

El Infierno según Dante

CÍRCULO I: LIMBO
Los que no cometieron
pecados, como los
filósofos A.C.

CÍRCULO II: LUJURIA
Los que no saben contenerse.
Castigo: ventiscas.

CÍRCULO III: GULA
Golosos que se hunden
en el fango. Aquí vive el
Cancerbero.

CÍRCULO IV: CODICIA
Los juzga Pluto, dios de
la riqueza.

CÍRCULO V: IRA
También incluye a los
perezosos. Lugar de la
Laguna Estigia.

CÍRCULO VI: HEREJÍA
Los miembros de Sectas.
Vigilado por diablos y
las Furias.

CÍRCULO VII: VIOLENCIA
3 anillos circulares: los
violentos contra el prójimo,
sí mismos y la naturaleza.

CÍRCULO VIII: FRAUDE
10 fosas. Aquí se castiga a
los seductores, aduladores,
hipócritas.

CÍRCULO IX: TRAICIÓN
4 profundidades. Los que
traicionaron a los
familiares, políticos,
huéspedes, benefactores.